KB047909

서울 사는
외계인들

서울 사는 외계인들
이상권 장편소설
(주)자음과모음

차례

말하는 고양이가 사는 집

무화과나무 한 그루가 그 집 마당을 덮고 있었다. 문을 열고 들어가서 본 나무는 생각보다 줄기는 굵지 않았으나 유난히도 가지가 많아 보였고, 마치 허공을 가지와 가지로 촘촘하게 엮어 놓은 것처럼 틈이 보이지 않았다. 그래서 햇살 한 점 떨어지지 않는 마당은 약간 어두우면서도 신선한 고요가 맴돌고 있었다. 순간 다른 세상에 온 것처럼 정신이 몽롱해졌다. 무화과나무를 지나 오른쪽으로 돌아가면 사다리 같은 계단이 2층으로 이어져 있었다. 주인집 마당을 지나야 하니까 꽤나 불편하겠구나 하고 얼굴이 찌푸려질 무렵 나무로 된 작은 뒷문이 보였다. 꼭 나를 위해 만들어진 것 같았다.

나는 버릇처럼 깊은 숨을 내뱉고는 2층으로 올라갔다. 그러나

집 안으로 들어서자마자 다시 얼굴을 찌푸리면서 한숨을 내뱉었다. 햇살이 너무 사나웠다. 거실과 방 모두 정면이 통창이라서 쳐들어오는 햇살에 무방비 상태였다. 나도 모르게 몸을 흔들어 댔다.

"고모 커튼 좀 해 주세요!"

쏟아지는 햇살을 모두 받아먹겠다는 기세로 입을 크게 벌리고 있던 고모는 정남향이라 햇살 한번 푸지게 쏟아져서 좋다고 타령했다.

"커튼 해 주면 넌 밤낮을 가리지 않고 쳐 놓고 살겠지. 아주 뻔해! 안 봐도 비디오야! 제발 좀 정신 차려라. 그래서 고모가 일부러 안 해 주는 거야. 밝으니까 얼마나 좋니?"

나도 모르게 얼굴을 찌푸렸다. 여기서 살아야 할 사람이 커튼을 치고 싶다는데 그것조차 잘못된 생각이라고 몰아붙이는 그 눈빛이랑 조금도 소통하고 싶지 않았다.

고모는 일부러 내 앞에서 아버지하고 통화를 하였다.

"윤 교수, 이사는 벌써 끝났어. 어쨌든 미안해. 내가 더 데리고 있었어야 하는데…… 아무튼 너무 걱정하지 마. 저도 클 만큼 컸으니까 다 생각이 있겠지. 그나저나 이제 전임도 됐으니까 다른 여자도 만나고……."

아버지는 지금 남도의 작은 도시에서 살고 있다. 명색이 대학교수이지만 그것도 오십이 넘어서야 가까스로 자리 잡았는지라 벌어 놓은 것도 없고, 얼큰한 수제비라도 끓여 놓고 기다려 줄 마누라도 없다. 참으로 복이 없는 사람이다. 그러니 고모의 타령처럼 이제라도 정신을 차리고 재혼에 올인해야 한다는 데 동의한다. 나는 결코 아버지의 걸림돌이 되지 않을 것이다.

고모가 나가자 더욱 숨이 막히고 불안해졌다. 나는 이렇게 큰 집을 원한 적이 없었다. 그냥 침대 하나 놓을 수 있을 정도의 원룸을 상상했을 뿐이다. 이 집의 거실은 아이들이 세발자전거를 타고 놀 수 있을 정도고, 방은 침대 두세 개가 들어갈 만큼 길쭉하면서도 넓었다. 그런 여백들이 오히려 나를 불안하게 만들었다. 만약 커튼이 있었다면 그런 여백이 부담스럽지 않았을지도 모른다. 집은 넓었지만 나만의 비밀 공간이라고는 한 평도 없다는 생각을 하자 갑자기 유리관에 갇힌 기분이었다.

나는 책상 앞에 놓여 있는 종이 상자를 급하게 열었다. 손에 잡히는 대로 책들을 마구 찢어 냈다. 그런 다음 테이프로 유리창에다 종이를 붙이기 시작했다. 유리창을 종이로 몇 겹 도배하고 나서야 비로소 나만의 세상에 들어온 느낌이었다.

나는 이렇게 비밀스러운 세상을 원했다. 이제 진짜 혼자가 된 셈이다. 사촌 동생들이 날마다 방에만 처박혀 있는 오빠가 무섭다고 할 때마다 나는 고모한테 눈빛으로 말했다. 혼자 살게 해 달라고. 그런 눈빛을 이해했는지 고모는 지난달에 아버지랑 통화를 한 다음 나를 불렀다.

"이제 너 혼자 살아야겠다!"

나는 그 말을 듣자마자 마음의 준비를 하였다. 물론 두려움도 있었다. 지금까지 나는 혼자 살아 본 적이 없었다. 그럼에도 불구하고 혼자가 되고 싶었던 것은 이것이 운명이라고 생각했기 때문이다. 살아있으니까 어떻게 되겠지, 그렇게 나 자신을 믿고 싶었다.

누군가 현관문을 두드렸다. 이 집은 초인종이 없었다.

나는 창가로 가서 유리에 붙은 종이 틈으로 바깥을 보았다. 꽁지머리에 초록색 모자를 살짝 걸친 여자였다. 내 또래로 보였다.

"아, 미친! 개쓰레기! 양아치 새끼! 이거 정신병자 아냐?"

꽁지머리가 신경질적으로 문을 두드렸다. 나는 그 신경질에 대꾸할 용기가 없었다. 순간 내가 인조인간이라면 좋겠다고 생각하며 눈을 감아 버렸다. 그렇다면 이럴 경우 어떻게 대응하라는 매뉴얼이 있을 테고, 그대로 움직이면 될 일이었다.

나는 거실 구석에 웅크린 채 몸에다 잔뜩 힘을 주었다. 얼마쯤 지났을까. 그녀가 사라졌다. 갑자기 희열이 느껴졌다. 나만의 세상을 완벽하게 지켜 냈다는 묘한 자부심 같은 것이었다. 남들이 들으면 어처구니없어 할지 몰라도 그런 나를 칭찬해 주고 싶었다.

나는 거실 바닥에 누웠다. 당장 오늘 밤에 무엇을 먹어야 할지도 걱정이었다. 어쨌든 살아가기 위해서는 무엇인가를 먹어야만 한다. 그렇지 않으면 내 몸은 금방 방전되어 먹통이 되어 버릴 것이다. 전기밥솥도 있고 쌀도 있지만 언뜻 내키지 않았다. 나는 날이 어두워지기를 기다렸다가 근처 마트에 가서 장을 봐 와야겠다고 생각했다. 라면이랑 햇반 그리고 과자 따위를 최대한 사다가 쟁여 놓을 작정이었다. 그렇게 생각을 딱 정리하자마자 또다시 현관문 두드리는 소리가 울렸다. 아까보다 훨씬 더 크게 울려서 나도 모르게 발딱 일어났다.

"이봐요, 학생! 학새앵! 학새애앵!"

허스키한 목소리를 인지한 순간 그 꽁지머리가 아님을 알았다.

나는 종이 틈으로 창밖을 내다보았다. 손바닥보다 큰 이파리들은 바람에 흔들리면서 반짝반짝 빛을 냈다. 수많은 물고기들이 춤을 추면서 순간순간 비늘을 뽐내고 있는 것 같았다. 꽁지머리는 그런 무화과나무의 물결을 등지고 계속 얼굴을 찌푸렸으며, 그 앞에 서 있는 여자는 단발에 가까운 생머리를 하고 있었는데 도무지 나이를 예측할 수 없었다.

"엄마, 그만 해. 왠지 불안해. 개또라이가 온 것 같아. 저것 봐, 저것 좀 보라니깐! 창문을 다 종이로 도배해 버렸잖아? 왜 우리 집에 세 들어 오는 인간들마다 다 이상한지 모르겠어. 그래서 내가 젊은 여자 아니면 받지 말라고 했잖아. 엄마, 이게 뭐야? 저놈 혹시 사이코패스 아닌지 모르겠어. 사이코패스들이 저렇게 밀폐된 것을 좋아한다는데……."

그 말을 듣고서야 그 여자가 내 또래의 딸을 둔 아주머니임을 알았지만, 그녀의 얼굴만 봐서는 도무지 사오십 대라고 믿기지 않았다. 꽁지머리보다 대여섯 살 많은 언니라고 해도 믿을 것 같았다.

나는 거기까지 훔쳐보고 이번에도 거실 구석에 앉아서 그녀들이 물러나기만을 기다렸다. 그러다가 핸드폰이 울려서 얼마나 놀랐는지 모른다. '주인 아주머니'라는 글자가 화면에 떴다. 고모가 입력해 놓은 전화번호였다. 다행히도 진동모드로 되어 있었다. 내가 전화를 받지 않자 곧바로 문자메시지가 날아들었다. 나는 마치 폭탄이 설치된 물건을 만지듯이 조심스럽게 핸드폰을 열었다.

—학생, 문 옆에다 팥칼국수 두고 갈 테니까 먹어요.

팥칼국수라는 글자를 읽자마자 짜증이 났다. 그건 내가 가장 싫어하는 음식이었다.

불쾌한 감정이 가라앉기도 전에 아버지한테 전화가 왔다. 아버지는 내 목소리를 확인하자마자 곧바로 본론부터 꺼냈다.

"사우야! 이제 진짜 정신 차려야 해. 이거 빈말로 하는 거 아니야. 네가 올해 열여덟이니까 딱 스무 살까지만 경제적으로 지원해 줄 거다. 그 뒤로는 네가 알아서 해. 다만 네가 대학을 간다면 당연히 그건 부모로서 도와줘야지. 더 이상 긴말 하지 않을게."

오늘따라 아버지는 내 대답도 듣지 않고 전화를 끊었다. 끈질기게 나에게 대답을 요구하던 것이 바로 엊그제 같았는데 무엇 때문인지 모르겠지만 달라져 있었다. 본능적으로 느껴졌다. 아버지는 아들에게 최후통첩을 한 셈이다. 그렇다고 아버지한테 서운한 것도 아니다. 다만 아직까지도 앞으로 어떻게 살아가야 할지 아무런 준비가 되어 있지 않았고, 그런 내 자신이 안쓰러워서 울음이 나오려고 했다. 어쩌자고 세상에 나와서 이렇게 대책없이 살아가고 있는지 모르겠다. 내 자신에게 묻고 싶었다.

"넌 진짜 어느 별에서 왔냐?"

새벽 한 시가 이울어 가도록 잠이 오지 않았다. 이럴 때 카톡이라도 할 수 있는 누군가가 있다면……. 그런 생각을 하다가 고개를 흔들어 버렸다. 언제부턴지 나는 친구의 필요성을 느끼지 못하고 있었다. 친구란 있으면 좋겠지만 없어도 별로 불편한 존재가 아니다. 적어도 살아가는 데 꼭 있어야 하는 필요충분조건은 아니다. 가끔씩 인영이를 떠올리기는 했으나 그것은 먼먼 과거 속의 친구일 뿐이다. 친구란 관계를 의미한다. 나는 또래들이랑 어떤 관계를 맺으며 살아갈 자신이 없다. 내가 학교에 가지 않는 것도 그런 이유 때문이다.

밖으로 나왔다. 팥칼국수 그릇은 깨끗하게 비워져 있었다. 누군가 나 대신 맛있게 먹고 배를 채우고 갔으니 그나마 다행이다.

깡마른 초승달이 교회당 높은 십자가를 피해 가고 있었다.

교회당은 '크다'는 말보다 '거대하다'고 해야만 그 규모를 표현할 수 있었다. 밤이라서 그런지 중세 고딕 건물처럼 솟아오른 뾰

족한 지붕이 더욱 날카롭고 위협적으로 보였다. 수많은 건축가들이 그 건물을 일으켜 세우기 위해서 많은 공을 들였겠지만 나는 그 건물을 보고 아무런 상상도 하기 싫었다. 두려웠다. 만약 그 속에 혼자 갇히기라도 한다면…… 너무 뾰족뾰족하게 솟구쳐서 도무지 여백이 느껴지지 않는 그 서슬이 생각만 해도 소름끼쳤다. 그 건축물 주위에는 나무가 없었다. 아니 그 건축물을 다독거리면서 조금이라도 여백을 만들어 낼 수 있을 정도로 품이 넓은 나무가 없었다는 표현이 더 옳을 것이다. 그러니까 그 건축물은 대자연의 눈빛으로 어루만져 줄 수가 없는, 어떤 경계를 벗어나 버린, 하여 아무도 책임질 수 없는 혼돈의 대지 위에 서 있는 것만 같았다. 게다가 담장은 또 얼마나 높은지, 내가 바람이라고 해도 고개를 흔들어 버렸을 것이다. 그런 선입견 때문인지 몰라도 교회당의 그늘은 녹슨 쇳덩어리처럼 무겁게 느껴졌다. 어쨌든 나는 그런 독보적인 건물 때문에 고모가 그려 준 약도도 보지 않고 쉽게 이 집을 찾을 수가 있었다.

그 건축물과 내가 이사 온 집은 분위기가 너무나도 달랐다. 이 집에는 집 전체를 품어 줄 수 있을 정도로 가지가 많은 무화과나무가 있다. 인조인간이라도 저절로 상상하고 싶은 그런 집이었다.

옥상 난간에 앞쪽으로 펼쳐진 무화과나무 이파리가 물처럼 흔들렸다. 낮에 보았을 때보다 더 바다처럼 보였고, 그 출렁거림도 더 장엄했다. 검은빛과 푸른빛이 이파리라는 경계에서 만나 서로

섞이고 섞여 토해 내는 그 미묘한 빛을 나는 얼른 표현할 수 없었다. 그냥 노랫말에 나오는 '검푸른'이라는 말이 이럴 때 쓰일 수 있겠구나 하는 생각만 들었다. 그 위로 날아다니는 나방들이 거대한 생명체로 보였다. 그들은 무화과나무의 가지와 가지 사이로 날아다니면서 자기들만의 놀이에 취해 있었다. 나는 그들을 보면서 나방으로 생겨났다면 얼마나 좋았을까 하는 생각을 하다가 어디선가 중얼거리는 소리를 들었다.

"오늘 2층에 새로운 사람이 이사 왔어. 혼자 산다고 들었어."

"나도 봤어. 꼭 삽살개 탈을 쓴 것처럼 얼굴 전체를 머리카락으로 가리고 있더라고. 어쨌든 녀석이 팥칼국수를 먹지 않아서 덕분에 내가…… 하하하, 지금까지 먹어 본 음식 중에서 최고였어."

마당에서 누군가 소곤거리고 있었다. 그 소리를 따라 나도 모르게 아래로 내려가고 있었다. 밤이라서 무화과나무 아래는 더욱 어두웠다. 나는 한참 만에야 무화과나무 줄기를 찾아낼 수 있었다. 나는 그 앞으로 걸어가다가 나무에 등을 기대고 앉아 있는 고양이 한 마리를 보았다.

"설마, 네가 중얼거린 거냐?"

"아니, 나 혼자가 아니고 저기……."

고양이는 오른쪽 앞발로 어딘가를 가리키다가 "벌써 사라져 버렸네." 하고는 어색하게 웃었다. 나는 또 다른 고양이가 있었으려니 하고 가만히 있었다. 그 고양이가 나를 빤히 쳐다보았다.

"근데 넌 왜 놀라지 않니? 고양이가 말을 하는데, 인간이라면……."

"어, 그게…… 분명 놀라고 있는데…… 별로 이상하지 않거든. 왜 그런지 모르겠어. 꿈인가?"

고양이는 몸을 앞뒤로 흔들면서 고개를 살짝 끄덕였다. 지금 눈앞에 펼쳐진 풍경은 상상의 시간일 수도 있고 지극히 현실적인 공간일 수도 있다고 말했다. 내가 무슨 뜻이냐고 했더니 믿지 않으면 상상의 세계요, 믿게 되면 그것이 바로 현실이라고 했다.

"그래, 어쨌든 우리랑 말이 통하는 걸 보니 꽉 막힌 인간은 아니군! 저렇게 창문을 도배할 때부터 특별한 인간이라고 생각했지. 집 안을 어둡게 하는 것이 맘에 들어."

"이야, 고양이들은 다르구나! 인간들은 다 나를 이상하다고 생각하는데……. 나를 이해해 줘서 너무 고마워."

나는 고양이 앞에 쪼그려 앉았다. 고양이는 황색 점이 네 개나 박혀 있는 꼬리를 혀로 핥아 대고는 나를 보았다. 그 알락 꼬리를 보는 순간 갑자기 누군가를 부르고 싶었다. 누굴 부르려고 했는지 그건 모르겠다. 어디선가 많이 본 녀석이다. 그것뿐이다. 더 이상은 기억나지 않았다. 슬슬 머리가 아파 오기 시작했다.

"분명히 널 어디선가……."

"정말 삽살개 같군. 삽살개도 햇볕보다는 달빛을 좋아하지. 나도 그래. 잘 지내 보자."

고양이가 내 무릎에다 목을 비비더니 어둠 속으로 사라졌다. 나는 꿈이라고 생각하면서 2층으로 올라왔다. 그런데 집에 들어오니 그 고양이가 신발장 앞에 앉아 있었다.

"어, 이게 어떻게 된 거야?"

나는 깜짝 놀라면서 물었다. 고양이는 벗어 놓은 내 운동화에다 턱을 얹었다.

"왜, 이상해? 난 원래부터 이 집에서 살았어. 네가 이사 오기 훨씬 전부터……."

"정말? 그렇다면 진짜 주인은 너네."

나는 고양이한테 이름이 뭐냐고 물으려다가 손으로 입을 막았다. 어느새 고양이는 코를 골고 있었다. 코를 곤다는 것은, 이제부터 잠을 잘 테니까 조용히 하라는 뜻이다.

나도 그렇게 코를 골면서 잠들고 싶었다. 돌이켜보니 한 번도 코를 골면서 당당하게 자 본 적이 없었다. 나는 잠든 고양이 옆에 모로 누웠다. 그리고 백만 번쯤 뒤척이다가 잠이 들었다.

너무나 늙고 깡마른 돈키호테

책상 앞에는 종이 상자가 열 개도 넘게 쌓여 있었다. 그중 몇 개를 열었다. 모두 동화책이 들어 있었다. 나도 한때는 이 나라의 평범한 아이로 지극히 정상적인 박자에 맞춰서 살아왔음을 증명하는 것들이다. 나는 그 책들을 하나하나 어루만져 주었다.

"다시 저 책들을 보고 싶어."

나는 침대 밑에 쪼그려 앉아 있는 고양이하고 눈이 마주쳤다. 고양이는 유리구슬 같은 눈으로 나를 빤히 보고만 있었다.

나는 고양이가 무슨 말이라도 대답해 주기를 바랐다. 고양이는 눈만 끔벅거렸다. 갑자기 엄마의 얼굴이 그려졌다. 엄마도 내가 무슨 말을 하면 그렇게 눈만 끔벅거렸다. 외할머니도 그랬다. 내가 아무리 엉뚱한 이야기를 해도 가로막지 않고 그렇게 눈만 끔벅이면서 들어 주었다. 이제야 엄마랑 외할머니가 많이 닮았음을 알 수 있었다.

나는 그런 이야기를 홍얼홍얼 풀어 놓기 시작했다.

"넌 참 수다스럽구나!"

고양이 말을 부정할 수 없었다. 나는 말이 많은 아이로 태어났지만 슬프게도 수다쟁이로 살아오지는 못했다. 만약 내가 부모가 된다면 아이랑 밤새도록 수다를 떨면서 살고 싶다.

나는 고양이를 위해서 신발장 앞에다 밥그릇을 놓아 두었다. 사료는 제법 비싼 것을 샀다. 고양이는 고맙다고 했다.

"다만 날 애완동물 취급할 생각은 하지 마. 난 오래 전부터 이렇게 살아왔으니까."

책꽂이에다 책을 꽂자 뭔가 설레면서 마음이 뿌듯해졌다. 분명히 어렸을 때는 이런 느낌을 느낄 수 없었다. 그러니 아무리 어린 아이들이 보는 책이라고 해도 무시해서는 안 된다.

나는 책 한 권 끄집어내서 펼쳐 보려다가 얼굴을 찌푸렸다.

"이 하와이 새끼들아!"

어디선가 낯선 언어들이 테러하듯이 날아왔다.

"이 하와이 새끼들! 지구에서 사라져 버려라, 이 하와이 새끼들아! 부처님 예수님 온갖 귀신들은 뭐 하는고! 저 하와이 새끼들 하나 없애 버리지 않고! 어허, 이 멍청한 하와이 새끼들!"

고양이도 얼굴을 찌푸렸다.

"아이고 골치 아파. 또 시작했구먼, 또 시작했어!"

"대체 누가 저러는 거야?"

"어, 그래 알 리가 없지. 이 집 주인아저씨야. 저 사람은 술 먹으면 저렇게 고래고래 소리치면서 온 동네를 돌아다니는 것이 버릇이야! 아주 골치 아파! 저것 때문에 경찰한테 수십 번 끌려갔지만 저 버릇은 절대 바뀌지 않아."

고양이는 나이 든 노인처럼 탄식을 하면서 방을 나갔다.

나는 적당한 거리를 두고 따라갔다. 고양이는 거실을 가로질러 신발장 밑으로 사라져 버렸다. 그곳이 비밀 통로였다. 나는 호기심을 참지 못하고 몇 번이나 손전등으로 비춰 보고 우산으로 찔러 보았으나 쥐 한 마리 달아날 수 있는 구멍을 발견하지 못했다. 아무래도 이 집은 뭔가 이상하다. 내가 알 수 없는 수많은 비밀들이 집안 곳곳에 숨어 있는 것만 같았다. 어쩌면 고양이가 공간 이동을 하는지도 모른다. 그래, 녀석은 외계 생물일지도 모른다.

마당에서는 주인아저씨가 계속 소리를 질러대고 있었다.

나는 옥상 철재 난간을 잡고 무화과나무 가지 사이로 얼굴을 내밀었다. 러닝셔츠 차림으로 집을 나가는 주인아저씨의 앙상한 뒷모습이 잡혔다. 하도 말라서 바람조차 건드리지 않을 것 같았다. 집을 나선 주인아저씨는 오토바이 헬멧을 쓰고 있었다. 무화과나무 이파리 때문에 마당에서는 보이지 않았던 모양이다. 긴 막대기

같은 것도 들고 있었다.

주인아저씨는 대문 앞에서 성처럼 솟아 있는 교회당 붉은 벽을 향해 소리쳤다.

"이 하와이 새끼들! 어서 나와! 다 없애 버리겠어. 이 하와이 새끼들! 다 태평양 한복판에다 쓸어 버릴 거야!"

붉은 담은 내가 살고 있는 2층보다 더 높이 솟아 있었고, 맨 위쪽에는 햇살조차 두려워할 정도로 사나운 가시로 중무장한 철조망이 으르렁거리고 있었다. 순간 거대한 풍차를 향해 돌진하는 돈키호테가 떠올랐다. 왜 그런 생각을 했는지 모르겠다.

어디서 나타났는지 모르겠지만 주인 여자가 뒤에서 남자의 어깨를 낚아채더니 등을 마구 내리쳤다.

"이 썩어 죽을 인간아! 어서 들어가! 어서!"

놀랍게도 남자는 주인에게 순종하는 개처럼 고분고분해지면서 마당으로 끌려왔다.

집 안이 오래된 고분 속처럼 조용해질 무렵 아래층에서 휘파람 소리가 들렸다. 다른 세계에서 들리는 소리 같았다.

나는 곧바로 인터넷에 접속한 다음 '지식인'에다 도움을 요청했다.

오늘 길거리에서 어른들이 싸우는 소리를 들었어요. 근데 '하와이 새끼들'이라고 소리치더라고요. 그게 무슨 뜻인지 알려주세요.

30분쯤 뒤에 확인을 해 보니까 벌써 10개도 넘는 댓글이 올라와 있었다.

—balrog2320000님의 답변

어른들이 싸울 때 뱉어 낸 욕설이라면 별 뜻이 없을 것 같아요. 그냥 상대방이 한때 하와이에서 살았기 때문에 '하와이 새끼들'이라고 뱉어 냈겠지요. 우리도 친구들이 쌍문동 살면 저 쌍문동 새끼들 하고 욕을 하잖아요? 그거랑 똑같은 것이죠.

—wntjdl1008754님의 답변

zzz. 나도 그런 욕설은 첨 들어 보네요. 근데 특별히 호기심을 가질 정도로 의미있는 말은 아닌 것 같아요. 상대가 하와이에서 살았거나 아니면 하와이처럼 섬에서 사는 사람을 조롱하는 욕설일 수도 있어요. 예전에는 시골에서 올라온 사람을 '촌놈', 섬에서 올라온 사람을 '섬놈'이라고 비하하면서 욕을 했잖아요? 그런 거랑 비슷하지 않을까요? 도움이 되시길.

—skdud33323433님의 답변

헐, 상대가 외국인이었나요? 한국 사람들끼리 싸우면서 그런 욕설을 했다면 좀 이상하기는 하네요. 욕은 그 시대 사회적인 분위기를 반영한다고 하던데…… 욕 전문가에게 물어봐야겠네요. 욕 전문가 없나? 욕으로 박사학위를 받은 사람? ㅎㅎ

—sexyr420234516님의 답변

요즘은 잘 쓰지 않는 욕이지만 예전, 그러니까 우리 아버지 세대는 종종 쓰던 욕입니다. 하와이가 미국 본토에서 떨어져 있잖아요? 지금이야 50번째 주로 인정받고 경제적으로도 풍요롭지만 초기에는 안 그랬어요. 거긴 사탕수수를 재배하는 원주민들이나 흑인 노예들이 사는 땅이었지요. 그러니까 옛날에는 하와이가 미국에서 소외받는 땅이었다는 뜻이지요. 그래서 미국 사람들이 가난하고 못사는 사람들을 조롱하거나 흑인들을 비하해서 '저 하와이 새끼들!' 하고 말했답니다. 지금은 그런 욕을 쓰는 사람이 많지 않지만 예전에는 많았답니다. 근데 그게 우리나라 자유당 때 일부 정치인들이 전라도 사람들을 비하하는 말로 쓴 거지요. 그게 지금도 나이 든 어른들 사이에서 쓰이는 거랍니다.

—ad19811118ad님의 답변

하여튼 이 나라를 망치는 것은 정치하는 놈들입니다. 그런 뜻이 있었군요.

그렇다면 주인아저씨는 전라도 사람으로 추정되는 누군가를 비하하면서 욕설을 퍼붓고 다녔다는 뜻이다. 대체 누구한테 그랬을까? 주인 남자는 교회당 벽을 보고 마구 소리 질렀다. 그렇다면 교회 목사님이 전라도 사람인가, 하고 생각했다가 고개를 흔들어 버렸다. 호기심이 생겼지만 더 이상 신경 쓰지 않기로 했다. 나는 전라도를 '홍어'라고 비하하는 아이들을 종종 봤으나 그런 짓이 너무 유치해서 단 한 번도 진지하게 생각해 본 적이 없었다. 다만 몸이 깡말라서 머리에 쓴 헬멧이 더욱 커 보이는 주인아저씨의 모습이 떠오르자 그만 웃음이 나왔다. 그러면서 나 혼자만이라도 주인아저씨를 돈키호테로 부르고 싶어졌다.

다음 날 눈을 뜨니 오후 2시였다. 햇반을 전자레인지에 데우려고 할 때 주인 여자가 문을 두드리는 소리가 들렸다. 허스키한 목소리만으로도 알 수 있었다. 슬쩍 창가로 가서 내다보니까 이번에는 혼자였다. 오늘도 주인 여자를 피할 수는 없었다.

주인 여자는 나를 보더니 입을 활짝 벌리고 웃었다.

"이제야 정식으로 학생이랑 인사를 하네요. 반가워요! 그리고 우리 집에 이사 온 거 환영해요. 아마 좋은 일이 많이 생길 거예요. 우리 집 식구는 모두 셋인데 딸은 기숙사에 들어가 있어서 주말에나 볼 수 있고, 남편도 택시 운전을 하기 때문에 거의 집에 없어요. 집은 좀 오래되기는 했지만 겨울에는 따뜻하고 여름에는 시원해서 괜찮을 거예요. 조금이라도 불편한 거 있으면 말하고요."

우리는 서로의 숨소리까지 들을 수 있을 정도로 가깝게 서 있었다. 나는 버릇처럼 머리를 흔들었다. 그러자 머리카락이 내 입까지 덮어 버렸다. 그제야 편했다. 상대는 내 눈을 들여다볼 수 없을 것이다. 비겁하다고 할 수도 있겠지만 나는 가려진 머리카락 사이로 상대의 모든 표정을 다 훑어볼 수 있다. 그렇게 생활하다 보니 진짜 삽살개처럼 내 눈은 예민하게 발달해 있었다.

그녀의 이목구비가 또렷하게 눈에 들어왔다. 보면 볼수록 나이를 헤아릴 수 없었다. 머리 스타일은 고딩, 얼굴은 사십 대, 옷차림은 이십 대로 보였다. 내가 돈키호테라고 부르고 싶은 남편은 환갑이 훨씬 지난 사람으로 보였다. 아버지와 딸이라고 하는 편이 더 자연스러울 것 같았다.

나는 어서 이 어색한 순간이 지나가기만을 고대하고 있었다. 그래서 뭔가 할 말을 찾으려고 궁리하다가 이사온 날 그녀가 두고 간 팥칼국수가 떠올라서 억지로 거짓말까지 하였다.

"참, 팥칼국수 잘 먹었습니다. 고맙습니다!"

그렇게 말을 하면서도 이런 말은 내가 하는 게 아니라 고양이가 해야 한다고 생각했고, 어쨌든 고양이라도 맛있게 먹은 건 사실이니까 거짓말은 아니라고 합리화했다. 그녀도 더 이상 다른 말을 하지 않았다.

주인 여자는 온갖 종이로 도배된 거실 창을 비롯하여 집안 구석

구석을 두리번거렸고, 그때마다 나는 가슴을 움츠렸다. 만약 그녀가 그걸 문제 삼는다면 커튼을 마련할 때까지 임시로 해 둔 것이라고 변명할 작정이었다. 다행히도 그녀는 창에 대해서는 아무런 언급을 하지 않았다.

그녀는 문밖으로 나갔다가 정작 해야 할 말이 이제야 떠올랐다는 표정을 지었다.

"아 참, 어제 우리 남편 때문에 시끄러웠지요? 우리 남편이 가끔 술을 먹으면 그래요. 술버릇이 잘못 들어서. 이해해 줘요!"

"아, 예에. 괜찮습니다."

"학생한테는 절대 해코지하지 않을 테니까 걱정 말아요."

나는 공손하게 "예." 하고 대답하면서 고개를 숙였다. 알았으니까 이만 물러가 주십시오 하는 뜻이었다.

그날부터 나도 모르게 주인 여자의 모습을 핸드폰에 담기 시작했다.

처음에는 내가 왜 이러지 하고 헛웃음이 나왔으나 컴퓨터에 옮겨 해상도 높은 사진으로 보니까 그녀에 대한 호기심이 더욱 커졌다. 컴퓨터 화면에 나타난 그녀는 더욱 신비로웠다. 옆모습은 이십대 초반이라고 해야 할 판이었다. 한번은 꽁지머리 여자랑 같이 사진을 찍어서 비교한 적도 있었는데 역시 어미와 딸이라고는 믿어지지 않았다. 오히려 꽁지머리가 키도 크고 국방색 옷을 입어서 그런지 몰라도 언니처럼 보일 정도였다.

나는 틈만 나면 아래층을 훔쳐보았다. 그것이 하루 일과가 되어 버렸다.

고양이는 자기만이 알고 있는 비밀 통로로 나가서 돌아다니다가 배가 고플 때만 들어왔다. 아니다. 어떨 때는 사흘 만에 들어온 적도 있으니까 반드시 배가 고플 때만 들어오는 것도 아니다. 한마디로 자기 맘이다. 들어오고 싶을 때 들어오고 나가고 싶을 때 나간다. 그런 고양이를 볼 때마다 한없이 부러웠다. 그런 생각을 하다가 마당에서 중얼거리고 있는 주인 여자와 꽁지머리의 소리를 들었다.

나는 그녀들의 모습을 슬그머니 찍었다. 무화과나무 이파리가 가려 주고 있어서 몰래 사진을 찍기가 좋았다.

주인 여자가 평상으로 수박을 들고 나왔다.

"미미야. 2층 가서 학생 내려오라고 해. 수박 먹으라고."

꽁지머리의 이름이 미미라는 것을 확실하게 알았다.

"싫어! 난 그런 애랑 같이 뭐 먹는 거 불편해. 내 기분도 좀 이해해 줬으면 좋겠어."

미미는 얼굴을 찌푸리면서 고개를 흔들어 댔다.

주인 여자는 알았다고 하면서 더 이상 말하지 않았다.

"엄마! 참, 병원은 잘 다니지?"

"그래, 걱정 마라. 의사 선생님이 하라는 대로 다 하고 있어. 우울증이라는 게 뭐 특별한 치료법이 있겠냐?"

"그래도 약은 꼭 챙겨 먹어야 해. 우울증은 약물치료가 중요하대. 알았지? 난 지금이라도 다른 곳으로 이사했으면 좋겠어. 여기서 살다 보면 엄마가 계속 스트레스받을 것 같아서 그래."

"그 이야기는 그만하기로 했잖아."

"그래도, 자꾸 맘이 편하지 않아서……."

그녀들은 한동안 말없이 수박씨만 멀리멀리 뱉어 냈다. 그러다가 문득 미미가 무화과나무가 가린 2층을 올려다보면서 입을 열었다.

"엄마, 그나저나 저 2층 또라이한테 함부로 뭐 갖다주고 그러지 마. 뭔 짓을 할지 알 수 없잖아? 2층으로 난 계단도 또라이가 마당으로 올 수 없도록 막아 버려. 난 그게 제일 신경 쓰여."

"미미야, 너 말 조심해. 네가 뭘 안다고 함부로 또라이, 또라이 하니? 내가 보니까 아주 선하게 생겼더구먼."

주인 여자가 미미의 어깨를 툭 쳤다.

미미는 수박 옆에 있는 새우깡을 연달아 먹으면서 목소리를 높였다.

"우와, 우리 엄마 이해심 쩐다, 쩔어! 이건 말도 안 돼. 세상에 저런 사람이 어딨어? 몇 살인지 모르겠지만 고딩이라니까 십 대 후반일 것이고, 부모도 없이 혼자 산다는 것은 가정사가 평탄하지 않다는 뜻이고, 그런데 이사 오자마자 창이란 창을 다 먹통으로 만들어 버렸다? 게다가 날마다 방구석에만 처박혀서 지낸다? 학교 안 간다? 아무 데도 안 간다? 이건 이미 정상이 아니잖아? 외계인이거나 또라이거나……."

주인 여자는 다시 미미의 어깨를 툭 치면서 목소리를 낮추라고 하였다.

"너 계속 함부로 말할래? 사람 보는 눈은 다 다른 거야. 네 눈에는 그 학생이 양아치처럼 보일지 몰라도 엄마 눈에는 그렇지 않아. 그건 서로 인정해 줘야 하는 거 아냐?"

"알았어, 엄마. 알았다구! 근데 저번에 2층에 살았던 사람들이 워낙 골치 아프게 했잖아? 나야 집에 없으니까 상관없지만 그 스트레스를 엄마가 고스란히 다 받잖아? 나도 자취생이라는 말을 듣고 차라리 잘됐다는 생각도 했거든. 근데 막상 보니까 평범한 자취생이 아니잖아? 그래서 그런 거야."

"그래도 그렇게 말하는 거 아니야. 우린 그 학생에 대해서 아무것도 모르잖아? 뭔가 이유가 있으니까 저러는 거야. 나비들도 저런 시기가 있잖아? 애벌레로 살다가 고치를 만들어서 어두운 세상에서 혼자 웅크리는 시기가 있잖아? 그 시기가 지나야 화려한 나비가 되잖아?"

"와아, 우리 엄마 진짜 유식하다! 알았어. 항복!"

미미는 두 손을 높이 들고 깔깔깔 웃어 댔다.

나는 갑자기 그녀들이 부러워졌다. 그녀들에 대해서는 잘 모르지만 적어도 대한민국에서 저렇게 솔직하게 속엣말을 나눌 수 있는 모녀도 흔치 않을 것이다. 만약 엄마가 살아 있다면 나도 저렇게 재잘거리면서 마음껏 웃어 보고 싶다.

자살이란 한순간에 스쳐 가는 충동

나는 고양이만 보면 그동안 밀렸던 말을 쏟아 냈다. 그때마다 고양이는 입가에 난 수염을 앞발로 쓸어내리면서 "넌 입이 열 개 달려 있는 것처럼 수다를 떠는구나!" 하고 웃어 주었다. 그렇게 부엉이 같은 눈으로 쳐다보다가 불쑥 한숨을 내쉬면서 고개를 갸우뚱거리기도 하였다. 이렇게 수다스러운 아이가 친구 하나 없다는 사실이 믿어지지 않는다는 표정이었다. 고양이는 미미를 어떻게 생각하느냐고 물었다. 내가 무슨 뜻인지 몰라 대답하지 못하자 남자로서 끌리지 않냐고 낮게 말했다. 나는 슬쩍 웃어 버렸다.

"걘, 나름, 예쁜 구석이 많아. 근데 키도 크고, 머리도 짧고, 옷차림도 남자들처럼 입고 그래서 약간 중성적인 것 같아."

고양이는 중성적이라는 말도 이해할 수 없다면서 만약 자기가 남자였다면 한번쯤 사귀어 보고 싶은 여자라며 눈에다 힘을 주었다. 나는 다시 씩 웃고야 말았다. 단 한 번도 그런 생각을 해 본 적이 없었다. 주위에 좋은 친구가 있다면 미미를 소개해 줄 수는 있을 것 같았다.

"친구한테 미미를 소개해 주겠다고 생각한 것 자체가 관심이 있다는 뜻이야. 너도 모르게 괜찮은 여자라고 생각한다는 뜻이야. 그렇지 않고는 친구한테 소개할 수가 없는 것이거든."

"야, 너 그만 소리 하지 마. 난 여자한테 관심없어. 너랑 이야기하다 보니 나온 말이니까, 더 이상 확대해석하지 마."

나도 모르게 목소리가 커지는 것 같아서 고양이 눈치를 보았다.

"나 농담하는 거 아냐! 진짜야! 난 아직까지 야동 한 번 보지 않았어. 물론 미팅도 해 본 적이 없지. 한마디로 여자에 대해서 생각해 본 적이 없다는 뜻이야. 내 몸 하나 생각하고 살아 가기에도 벅찬데 여자라니…… 아이고 끔찍하고 갑자기 머리가 복잡해지려고 한다."

"어, 그래? 솔직히 난 네 말을 이해하기가 힘들기는 해. 왜냐하면 사람이든 고양이든 그건 다 마찬가지야. 남자가 여자한테 관심이 있고, 여자가 남자한테 관심이 있는 건 당연하거든. 더구나 네 나이 또래에는. 그래서 더 예쁜 옷을 입으려고 하고, 더 멋있게 보이려고 머리 스타일도 신경 쓰고 그러는 건데…… 그렇지 않다니!"

고양이는 다소 황당하다는 표정을 지었다. 나는 막상 입을 열었지만 아무 말이 나오지 않았다. 고양이의 말이 맞는 것 같기도 하고 아닌 것 같기도 했다.

고양이는 나를 똑바로 보고 있다가 누군가 온다고 하면서 귀를 쫑긋 세웠다.

고모의 목소리가 들렸다. 고모는 내가 문을 열자마자 급하게 밀고 들어오더니 다짜고짜 빰부터 때렸다. 그 충격이 유리 파편처럼 온몸으로 퍼졌다. 놀란 고양이가 신발장 밑으로 달아났다. 고모는 미친놈이라고 소리쳤다. 갑자기 벼락을 맞은 기분이었다.

"이 미친놈아, 미친놈아, 미친놈아아!"

고모가 다시 뺨을 때렸다. 이번에는 몸이 휘청했다. 그러자 고모는 카운터펀치를 맞고 휘청거리는 나를 끝장내겠다는 듯이 거칠게 몰아치기 시작했다.

나는 두 팔로 얼굴을 감싼 채 주저앉았다. 얼마나 맞았는지 모른다. 고모는 당신의 몸에서 체력이 방전될 때까지 손을 휘두르다가 내 머리를 잡고 마구 흔들어 댔다.

"너 악마니? 그렇지 않고서야 어떻게 성경책을 갈기갈기 찢어서 저 짓을 할 수가 있니?"

그제야 나는 고모가 왜 폭군이 되었는지 알았다. 내가 창문을 도배한 종이들 중에 성경책이 섞여 있었던 모양이다. 그것은 나도 몰랐으며 절대 고의가 아니다. 그래서 예수님한테는 미안하지 않았지만 고모한테는 정말 미안했다. 고모는 신이 아니기 때문에 내 깊은 마음속까지 들여다볼 수 없기 때문이다.

"아무리 고모가 밉다고, 이렇게 해서야 되겠니? 이게 무슨 짓이야? 내가 부끄러워서 살 수가 없다 이놈아! 네가 사람이니? 어서 말 좀 해 봐! 뭐라고 말 좀 해 보라고오!"

고모의 목소리가 흐느끼고 있었다.

나는 뭐라 한마디도 하지 못하고 웅크려 있었다.

고모는 벌떡 일어나더니 유리창에 붙은 종이를 마구 뜯어내다가 고개를 홱 돌렸다. 고모의 눈에서 불이 뿜어져 나왔다. 무서웠다.

"아무리 생각해도 이건, 이건, 이건…… 이 미친놈아! 너 죄받아. 넌 나중에 지옥에 갈 거야. 지옥의 불덩이 속에서 수백 수천 년 동안 고통받을 거야!"

고모가 종이를 마구 집어던지면서 소리쳤다. 끔찍했다. 수백 수천 년 동안 불덩이 속에서 벌을 받는다니, 그냥 죽어서 사라져 버렸으면 좋겠다. 모래도 바람도 아닌 아무 것도 아닌 것으로.

고모가 내 머리카락을 잡아끌었다.

"이놈의 머리부터 잘라 버려야 해. 싹 밀어 버릴 거야. 어서 따라와, 어서!"

그때 내 입에서 어떤 비명 소리가 터져 나왔는지 알 수 없었다. 나는 떼굴떼굴 굴렀다. 순간적으로 나를 놓친 고모가 두 팔을 뻗었다. 나는 고모를 뿌리치면서 방으로 뛰어들었다. 문을 잠그려고 했으나 고모의 힘에 끌려 튕겨 나갔다. 고모가 내 팔을 잡아끌었다. 나는 끌려가지 않으려고 모질음을 쓰다가 책상 위에 있는 작은 가위를 집어 들었다.

고모가 비명을 질렀다. 나는 가위로 왼쪽 팔목을 마구 내리치면서 잘못했다고 소리쳤다. 주인 여자가 나타났다. 빨간 모자를 쓴 미미까지 뛰어오자 나는 꼭 발가벗은 기분이었다. 미미만 없었어도 그토록 비참하지는 않았을 것이다.

놀랍게도 그런 아수라장을 총 지휘한 사람은 미미였다. 미미는 일단 주인 여자에게 119 구급차를 부르게 하고는 가위로 수건을 잘라 내 손목을 칭칭 싸맸다. 나는 이 어처구니없는 상황들이 믿어지지 않아서 그냥 고개만 흔들어 댔다. 고모랑 미미가 내 팔을 하나씩 붙잡고 있었다. 두 여자의 숨소리가 느껴졌다. 특히 미미의 맥박은 100미터 달리기 선수처럼 빠르게 뛰고 있었다.

나는 119 구급차에 태워졌고, 병원 응급실에서 치료를 받을 때까지 눈을 뜨지 않았다. 주인 여자랑 미미가 응급실까지 따라왔다. 나는 거기까지 따라온 그 여자들이 미웠다. 그런 생각을 하다가 잠이 들었다. 눈을 떠 보니 고모랑 주인 여자가 보였다. 고모는 내 눈을 보자 피해 버렸다. 대신 주인 여자가 웃어 주었다.

그녀는 이제 집에 가도 된다고 했다. 돈키호테 씨가 밖에서 기다리고 있었다. 돈키호테 씨는 나를 보고 거의 퇴물 같은 누런 이가 드러나도록 웃으면서 어깨를 두드려 주었다.

"윤 군, 괜찮아. 살다 보면 이런 일도 있을 수 있네."

돈키호테 씨는 나를 윤 군이라고 불렀다. 술에 취해 "이 하와이 새끼들아!" 하고 소리칠 때의 굵고 짜랑짜랑한 목소리가 아니었다. 하도 가늘고 여린 목소리라 조금만 주위가 시끄러워도 잘 들리지 않았다.

나는 돈키호테 씨가 운전하는 택시 안에서 고개를 숙이고 있었다. 단 한 번도 고개를 들고 창밖을 보지 못했다. 공교롭게도 그 병원은 내가 마지막으로 다녔던 중학교 근처에 있었고, 그 낯익은 거리가 눈에 들어오는 순간 죽어 버렸어도 괜찮았을 것이라고 생각했다. 잊고 있었던 기억들이 온몸에서 돋아났다. 가장 먼저 강구의 두툼한 입술이 떠올랐다.

"이게 다 너 때문이야! 네가 우리 학교에 나타났기 때문에 이런 일이 생긴 거야! 우린 죄가 없어! 우린 궁금하니까 물어 봤을 뿐이야! 네가 초딩 때 성추행을 당했다는 소문이 들리니까, 그래서 물어 본 것뿐이라고 이 씹새야! 그게 잘못이야? 잘못이냐고오!"

강구의 목소리가 파장이 되어 돌아왔다. 다른 아이들도 떠올랐다. 나도 모르게 쥐며느리처럼 몸을 웅크렸다. 나를 더욱 힘들게 한 것은 앞으로도 몇 번이나 그 병원에 다니면서 치료를 받아야 한다는 사실이었다. 내가 병원을 다른 곳으로 옮겨도 되냐고 했더니 고모가 안 된다고 했다. 결국 나는 엄청나게 멀미를 하고야 말았다. 차안에다 마구 토악질을 하였다. 돈키호테 씨는 어차피 세차하려고 했다면서 괜찮다고 웃었으나 고모의 얼굴은 두드러기가 날 정도로 붉어져 있었다. 그런 나를 간신히 집까지 끌고 온 고모는 "아이고!" 하고 탄식하면서 주저앉았다.

"이제 난 몰라. 죽든 살든 이제 네 맘대로 해라."

"괜찮냐?"

고양이가 침대 밑에서 나왔다.

나는 얼굴을 찡그리며 손목을 흔들었다.

"안 괜찮아. 왜 나한테 이런 일이 생긴 거지?"

"그래도 운 좋게 동맥이랑 뼈는 다치지 않았대. 미미가 하는 말을 다 들었어."

나는 입을 크게 벌리고 웃었다. 누군가 그런 나를 보았으면 진짜 바보 같다고 손가락질했을 것이다. 이상하게도 입만 벌리면 "흐흐흐!" 하고 웃음이 나왔다. 이번 일은 나조차도 당황스러운 사건이었다. 내 손목에서 뚝뚝뚝 떨어지는 핏방울이 떠오르자 "아!" 하고 비명이 나오면서 소름이 돋았다. 그렇게 죽고 싶지는 않았다.

"아, 이래서 사람이 죽을 수 있구나! 하고 생각했어. 그리고 죽는다는 것이 계획적인 게 아니라는 것도 알았어. 그냥 아무 생각 없이 순간적인 충동으로 죽음에 이를 수 있구나! 그걸 알았어."

"그래, 맞아. 자살이라는 건 그냥 한순간에 스쳐 가는 충동이야."

고양이는 나처럼 책상다리를 하고 등을 기대고 앉아서 앞발로 팔짱을 꼈다.

"우린, 절대, 자기 몸을, 일부러, 피나게, 하지 않아. 오래 전부터 그래왔어. 이 집에서 살아온 것들은 다 그래. 앞으론, 절대, 그러지 마!"

고양이의 한 마디 한 마디가 귀에서 울렸다.

나는 고개를 끄덕여 주었다. 다시는 이런 일 없을 테니까 안심하라고 말을 하면서 바지 주머니를 뒤졌다. 핸드폰이 없었다. 책상 위에도, 침대 밑에도, 화장실에도, 거실에도…… 그 어디에도 보이지 않았다. 나는 고양이를 의심스러운 눈빛으로 쏘아보았다.

"우린 그딴 거 필요없어! 천천히 다시 찾아봐."

고양이가 침대 밑으로 사라졌다.

나는 다시 핸드폰을 찾기 시작했다. 가방 속은 물론이요 신발장 안에 있는 운동화 속까지 다 뒤졌다. 냉장고, 전기밥솥까지 보았다. 그런 다음 집 밖으로 나가서 베란다에 있는 빈 화분, 계단, 마당까지 살폈다.

그 어디에도 핸드폰은 보이지 않았다. 사실 나는 핸드폰이 없어도 별로 불편해하지 않을 자신이 있었다. 그러나 아버지랑 고모가 불편해서 견디지 못할 것이고, 당장 고모가 무슨 큰일이라도 난 것처럼 달려와서 어떻게 잃어버렸냐고 닦달한 다음 중고라도 사다가 쥐여 줄 것이다. 그런 모든 과정이 번거롭고 싫었다. 그래서 낭패감에 빠져 멍하니 서 있다가 2층으로 올라오는 미미를 보았다. 나는 당황하면서 모자를 쓰고 나오지 않은 것을 후회했다.

미미가 괜찮으냐고 물은 것 같아서 고개를 끄덕였다.

"나도 비슷한 경험이 있는데…… 이제 그딴 짓 그만해라."

바람이 불어와서 미미의 머리카락을 날렸다. 그녀의 머리카락이 한쪽 눈을 가렸다. 그녀는 그런 머리카락을 그대로 두었다.

"근데 나한테 무슨 볼일 있니?"

"이게 마당에 떨어져 있더라."

미미가 호주머니에서 핸드폰을 끄집어냈다. 내 핸드폰이었다.

내가 고맙다고 하면서 손을 내밀자 미미는 고개를 확 돌렸다.

"야, 너 혹시 나한테 관심 있냐? 만약 그렇다면 꿈 깨셔. 난 너 같은 양아치는 완전 재수없으니까! 토 나올 것 같아. 이 시간 이후로 다시는 얼굴 마주치지 않았으면 좋겠다."

미미의 눈빛이 가시처럼 날카로웠다.

"흥, 맘대로 잘도 지껄이네! 난 너 같은 애랑 단 둘이 무인도에 남는다면 차라리 바다로 뛰어들 거야!"

나도 모르게 그렇게 대꾸했다.

이번에는 미미가 고개를 오른쪽 옆으로 숙이면서 말했다.

"그럼 왜 나랑 엄마를 몰래 찍었어?"

순간 팽팽하던 다리의 힘이 풀렸다.

"뭐야! 너 뭐 하는 놈이야?"

미미의 목소리가 내 고막을 마구 찔러 댔다.

순간 내 얼굴이 얼마나 뜨거워졌는지 살이 녹아내릴 것만 같았다. 저 여자 앞에서 왜 자꾸만 이런 꼴을 보여야 하는지 이해가 되지 않았다.

"야, 말해 봐! 이 양아치 새끼야! 너 어디 이상한 사이트에서 돈 받고 몰카 찍는 알바 하지? 여자들 몰카 찍어서 보내는 것 맞지? 그거지?"

미미는 나를 위에서 아래로 계속 훑어보면서 다그치고 있었다.

나는 거짓말을 별로 좋아하지 않는다. 설령 맞아서 죽는 상황이 될지라도 거짓말은 하지 않겠다는 것을 신조로 삼고 살아왔다. 그래서 사실 그대로 말을 하려고 했지만 그녀가 콧방귀를 뀌어 댈 때마다 혀가 꼬여 버렸다. 생각이 자꾸만 헝클어지자 나는 맘대로 생각하라고 소리쳐 버렸다. 나한테 그런 배짱이 있으리라고는 상상도 못 했다. 그러자 미미가 주춤 물러나는 것 같았다. 나는 바닥에 쓰러져 있는 빗자루를 발로 차면서 미미를 흘겨보았다. 내 머리카락도 반쯤 쓸려 가면서 오른쪽 눈이 드러났다. 미미는 그런 내 눈을 빤히 쳐다보았다.

"근데 남의 핸드폰을 주웠으면 그냥 갖다 줘야지. 그걸 왜 열어 보고 난리야? 그거야말로 양아치 짓 아냐? 너야말로 나한테 관심 있냐?"

나는 최대한 냉소적인 표정을 지으면서 쏘아 댔다. 이런 상황에서 그런 말들이 쏟아져 나왔다는 사실이 믿어지지 않았다.

미미는 예상치 못한 기습공격에 당황하고 있었다. 얼굴이 빨개졌다.

나는 뭐라고 한마디 더 해 줄까 하다가 현관문을 열고 집안으로 들어갔다. 미미가 "야!" 하고 소리쳤으나 더 이상 대꾸하지 않았다.

"이 양아치 새끼야! 뭐, 뭐라고? 너한테 관심 있냐고? 이 새끼 보니까 완전히 선수네. 은근히 순진한 척하면서. 너 경고하는데, 몰카 찍는 일 한다면 당장 여기서 나가라. 안 그러면 진짜 가만 안 둔다. 진짜야! 그리고 우리 엄마 만만하게 봤다간 너 뼈도 못 추린다! 내가 없다고 만만하게 생각 마라!"

미미는 숨을 헉헉거리면서 하고 싶은 말을 다 쏟아 내고도 분이 안 풀렸는지 폴딱폴딱 뛰었다.

자기만의 언어로 살아온
찔레꽃 씨

어디선가 휘파람 소리가 들렸다. 나는 그 소리에 빨려들듯이, 그 소리가 나는 쪽으로 기어갔다. 화장실 구석에 고양이가 웅크리고 있었다. 고양이는 작은 입을 동그랗게 벌리고 휘파람을 불고 있었다.

"나도 초등학교 때는 잘 불었는데……."

그러고 보니 엄마가 돌아가신 뒤로는 휘파람을 불지 않았다.

"이 집에서 사는 것들은 다 휘파람을 잘 불어. 우린 오래 전부터 이렇게 살아왔어."

고양이는 잠깐 그렇게 말한 다음 다시 휘파람을 불었다.

휘파람은 살아 있는 것들이 만들어 낸 소리 중에서 가장 아이들 목소리를 닮았을 것이다. 그래서 아무리 들어도 질리지 않으며 가장 행복했던 순간들을 떠올리게 하는지도 모른다. 묘하게도 그 소리는 몸 안에서 경직되어 있던 모든 생각들을 말랑말랑하게 주물러 준다.

나도 은연중에 입술을 모으고 휘파람을 불어 보려고 했다.

내 입에서 희미하게 나온 휘파람은 금방 끊겼다. 순간 제대로 날개가 나지 않은 어린 새가 날아오르다가 추락하는 장면이 떠올랐다. 입술에다 힘을 주면 줄수록 휘파람은 제대로 나오지 않았다. 힘을 주면 휘파람이 제대로 살아나지 않는다는 걸 알면서도 그걸 맘대로 조절할 수가 없었다.

"넌 너무 생각이 많아서 그래."

고양이가 미로 같은 눈을 굴리면서 동그랗게 입술을 모았다.

나는 뭐라고 대꾸하려다가 현관문을 두드리는 주인 여자의 목소리를 들었다.

내가 현관문을 열자 그녀도 휘파람을 불고 있었다. 순간 그녀가 고양이로 보였다.

"이 집으로 이사 오고 나서 어느 날 갑자기 휘파람이 불어지더라고요. 사실 내가 어렸을 때부터 엄청 휘파람을 불고 싶었거든요. 그게 안 됐는데…… 여기 와서 자연스럽게 불 수 있다는 게…… 신기해요."

그녀는 수줍게 웃었다. 그러면서 부탁이 있는데 좀 들어가도 되냐고 물었다. 그녀는 한 걸음도 집안으로 들어오지 않고 내 대답을 기다렸다. 아주 착한 어린아이 같았다.

나는 한동안 망설였다. 그러다가 다시 그녀가 휘파람을 불자 나도 모르게 고개를 끄덕이고야 말았다. 만약 그녀가 마녀라면 그 휘파람 소리에 마법의 힘이 있을 것이다.

아무리 생각해도 주인 여자는 내 주위에 있는 어른들하고 달랐다. 나는 오늘 아침에 다시 창문을 종이로 도배하였다. 그녀는 그걸 보고도 뭐라 한마디 하지 않았다. 더구나 그것 때문에 고모를 화나게 하였고, 결국 자해 소동이 벌어지기도 하였다. 그녀는 그 모든 것을 알면서도 모르쇠 하였다. 그런 눈빛이 나를 편하게 해주었다.

"우리 딸이 학생한테 뭐라 했다고 하던데? 이해해요. 그것이 성질이 하도 괄괄해서요."

나는 죄송하다는 말부터 끄집어냈다.

"정말 다른 뜻은 없어요. 그냥 호기심 때문에…… 아주머니가 너무 동안이고 그래서…… 못 믿겠다고 하면 컴퓨터에 올린 것도 다 보여 줄게요. 전 이런 거 보낼 친구도 없어요. 그냥 밤에 고양이하고만……."

나는 무심코 고양이 이야기가 나오자 얼른 입을 다물고 그녀의 눈치를 살폈다. 날마다 고양이랑 말을 한다고 하면 아무리 마음이 넓은 사람이라고 해도 나를 이상하게 볼 것 같았다. 어쩌면 나를 미쳤다고 할지도 모른다. 나는 급하게 핸드폰에 저장되어 있는 사진 폴더를 열어서 그녀 앞으로 내밀었다.

"괜찮아요. 문제 있는 사진이 있었으면 미미가 이야기했겠지요."

그녀는 다시 휘파람을 불었다. 그 소리가 약간 경직되어 있는 내 몸을 풀어 주었다. 그녀가 웃어 주었다.

"난 긴장하거나 뭔가 잘 안 풀리거나 그럴 땐 휘파람 불어요. 그럼 맘이 편안해져요. 오늘 내내 기분이 안 좋았거든요."

그러고 보니 엄마도 무척 휘파람을 불고 싶어 했다. 내가 휘파람을 불 때마다 부러운 눈길로 바라보면서 그 방법을 알려 달라고 했지만 어떻게 설명할 수가 없었다. 엄마도 이런 집으로 이사 왔더라면 휘파람을 불 수 있었을까?

"하여튼 미미가 내 딸이라서 하는 말이 아니라 아주 똑부러져요. 초등학교 때부터 지가 다 알아서 척척척 해냈어요. 학원도 지가 필요하면 보내 달라고 하고, 엄마가 고민하기 전에 지가 알아서 다 했어요. 그 어렵다는 외고도 지가 알아서 들어갔어요. 기숙사에서 생활하니까 주말이나 되어야 볼 수 있다는 것이 아쉽기는 해도……."

나는 한마디도 뭐라 대거리할 수가 없었다. 분명 내 또래의 이야기였는데도 나하고는 너무도 먼 나라 이야기였다. 그래도 그 외고에 가려면 어느 정도의 실력이 있어야 하는지는 알고 있었고, 그래서 그런지 어제 한바탕 실랑이를 벌이던 그녀가 새삼 대단하다는 생각이 슬쩍 들었다. 그럴수록 나하고는 너무 다른 부류라는 생각을 다시금 하게 되었다.

주인 여자는 당신 딸에 대해 이야기를 하면서도 표정이 그리 밝지는 않았다. 말을 멈추기만 하면 한숨이 나오는 것이 버릇이 되어 있었고, 애써 입을 동그랗게 벌려 웃음을 지으려고 했으나 금세 멍한 표정으로 바뀌었다. 마음속에서 그 웃음을 끝까지 밀고 나갈 힘이 부족한 것 같았다. 그녀는 다시 길게 한숨을 내뿜었다. 그제야 나는 그녀가 겉모습하고는 달리 내면이 무척 어두운 사람임을 알 수 있었다. 그녀는 다시 휘파람을 불면서 웃음을 띠었다.

"학생, 나 좀 도와줘요. 어려운 일은 아니고요."

그녀는 다시 한참을 망설이다가 자신의 이야기를 글로 써 달라고 하였다. 나는 무슨 뜻인지 이해할 수가 없었다. 그러자 그녀의 입에서 책이라는 말이 나왔다.

"얼마 전에 이 동네에 사는 황 씨라는 사람을 우연히 알게 되었는데 나이는 나랑 비슷해요. 자그마한 식당이지만 그게 잘돼서 먹고 사는 데는 지장이 없대요. 그걸로 3남매를 다 대학까지 보냈다고 하는데…… 하여튼 내가 하고 싶은 말은 그게 아니고요. 그 사람이 책을 냈더라고요. 우연히 아는 사람 소개로 구청에서 하는 '평범한 사람들이 쓰는 자기 이야기'라는 강좌를 들었대요. 황 씨는 중졸이지만 어려서부터 글 쓰는 것을 좋아했고, 그 강좌에 나오는 작가 선생님이 도와주고 해서 책이 나왔대요. 처음에는 많이 망설였지만 책이라는 것이 꼭 유명한 사람만 내는 것이 아니라는 것을 알고 용기를 냈다고 하더라고요. 누구든 자기 이야기를 세상에 전하고 싶은 마음이 있으면 책을 낼 수 있다고 하더라고요. 그 말을 듣고 나도 책을 내고 싶어서 알아보니까, 우선 자기가 글을 써야 한다고 하더라고요. 만약 책을 내게 되면 구청에서 경비도 지원해 준다고 하는데, 글을 쓰는 게 쉽지 않아서 한동안 포기했다가 학생이 이사 온 뒤로 그런 생각이 다시 들어서요. 학생이 시간이 있는 것 같으니까 좀 도와 달라고 부탁하려고 왔어요."

그제야 나는 무슨 말인지 이해할 수 있었다. 하지만 그런 일이라면 굳이 나한테까지 도움을 청할 필요가 없을 것 같았다.

"그러니까 지금 저한테 아주머니의 이야기를 대신 글로 써 달라는 것이지요? 근데 저는 글쓰기를 너무 싫어해서요. 아주머니가 그냥 직접 쓰시면 되잖아요."

그녀는 슬쩍 내 눈길을 피했다가 한참 뒤에서야 더 낮은 목소리를 흘려 보냈다.

"학생, 난 글을 몰라요. 그래서……."

처음에는 농담인 줄 알았다. 외국어도 아니고 한글을 모르다니! 상식적으로 납득할 수 없었다. 내 머릿속에서 갑자기 온갖 물음표들이 벌떼처럼 윙윙거렸다. 글을 모르고 살 수 있을까? 어딘가에 가려면 간판을 보아야 할 텐데? 물건 이름도 다 글자가 붙어 있고, 식당, 시장, 신발, 옷, 은행…… 글자를 모른다면? 우리나라에서 한글을 모르는 사람이 있을 거라고는 생각해 본 적이 없기 때문에,

다시금 눈앞에 있는 그녀가 비현실적으로 느껴졌다.

그녀는 보통 사람들이 글자에 익숙해져서 그렇지 실제로는 글을 몰라도 별로 불편하지 않다고 말했다. 오히려 편할 때가 더 많다고 하면서 주위에서 한글을 배우라고 해도 미련이 없었는데, 이런 순간이 오리라고는 예상하지 못했다고 희미하게 웃었다.

그녀가 왼손에 둘둘 말아 쥐고 있던 달력을 들어서 펼쳤다.

"여기 양력으로 3월 4일에 찔레꽃이 그려져 있지요? 그게 내 이름이에요. 오세지라는 이름을 나만의 글자로 표현할 때는 이런 찔레꽃 모양이 돼요. 여기는 내 생일이지요. 어려서부터 찔레꽃을 좋아해서……."

그녀는 그렇게 수많은 언어 대신 자신이 기억할 수 있는 기호들을 만들어서 문자 대신 사용한다고 했다. 그녀는 그것을 자기만의 언어라고 했다. 그녀는 혼자만의 언어를 수천 개나 가지고 있었다. 주로 간단한 그림이었다. 보름달은 친정 부모님의 기일, 별은 미미의 생일, 토끼는 남편의 생일, 은행 알은 은행에 적금 들어가는 날, 십 원짜리 동전 두 개는 미미 등록금 내는 날…… 그런 식으로 그녀는 자기만의 글자를 얼마든지 만들어 낼 수 있다고 하였다. 그래서 불편하지 않다고 했다.

"근데 나만 알 수 있지, 다른 사람하고는 통할 수가 없어요. 그래서 부탁하는 거예요. 나 대신 글을 써 줘요. 알바라고 생각하고. 내가 알바비를 챙겨서 줄게요. 어때요?"

그녀의 눈빛은 무척 진지했고 어떤 간절함이 느껴졌다. 나는 그런 그녀의 눈빛을 거절할 수가 없었지만 미미랑 돈키호테 씨가 떠오르자 고개를 갸우뚱하였다.

"그런 일이라면 아저씨도 계시고, 딸도 있잖아요?"

그녀는 순간순간 얼굴 표정이 달라졌다. 이번에는 당신만이 알고 있는 어느 먼 곳을 쳐다보듯이 허공을 보다가 한숨을 내뿜었다. 그 순간 옆에서 비껴 보니까 얼굴이 창백했으며 나이가 쉰이 넘어 보였다. 그러다가 다시 웃자 삼십 대로 보였다.

"그러게요. 고년이 당최…… 내가 그 말을 꺼내면, 엄마가 유명인사도 아닌데 왜 그런 걸 만들려고 하냐면서 반대하니. 근데 반드시 유명인사가 되어야 책을 낼 수 있다는 법이 있는 것도 아니잖아? 안 그래요, 학생? 난 유명한 사람들보다 잘못 살았다는 생각을 해 본 적이 없어요. 난, 남이 아니라 나 자신에게 당당하게 살고 싶어요. 홀로 거울 앞에 섰을 때, 거울에 비친 내 자신에게 당당한 거요. 그래서 판검사며 장관, 무슨 사장, 국회의원 어쩌고저쩌고 하는 인간들이 하나도 부럽지 않아요. 근데 우리 딸은 엄마가 쓴 책을 누가 보냐고 자꾸만 타박을 하더라고요. 황 씨가 낸 책은 주로 도서관으로 들어간다고 하는데 그걸 누가 보냐고 하면서요. 근데 그건 모르잖아요? 난 무엇보다도 세상 사람들에게 내 생각을 말하고 싶어요. 잘난 사람들이 보면 웃을지도 모르겠지만 누군가에게 내 이야기를 할 수 있는 것은 이 방법밖에 없는 것 같아요. 그래서 그래요."

나도 유명한 사람을 별로 좋아하지 않았기 때문에 그녀의 말에 공감한다고 크게 말해 주었다. 그러자 그녀가 짧게 박수까지 치면서 "그치요, 학생?" 하고 다시금 내 생각을 확인하려고 하였다. 나는 고개를 끄덕여 주면서도 대체 어떻게 살아왔길래 자신의 삶을 책으로 내고 싶을까 하고 궁금했다. 나는 그녀가 불러 주면 그걸 받아서 적을 수는 있다고 말했다. 그녀도 고개를 끄덕였다. 이렇게 나랑 이야기를 하면서 슬슬 풀어 내야만 제대로 이야기를 할 수 있을 것 같다고 하였다. 황 씨는 대필을 전문적으로 해 주는 작가를 소개할 수도 있다고 하였다. 그럴 경우 비용이 부담스러운 것도 문제이지만 전혀 모르는 사람 앞에서 당신의 삶을 풀어 놓기란 쉽지 않을 것 같아서 거절했다는 말도 하였다. 어쨌든 글만 정리가 되면 출판하는 것은 황 씨가 도움을 주기로 한 모양이었다.

그녀는 당장 시작하자고 하면서 집 안으로 들어와 식탁에 앉았다. 나는 엉거주춤 A4 용지를 놓고 그녀의 이야기를 받아 적었다. 모든 게 얼떨떨했다. 나보다 수십 년을 더 살아온 어른이 지금까지 살아온 당신의 삶을 이렇게 풀어 놓을 줄은 상상도 못 했다. 처음에는 약간 불편했던 것도 사실이다. 그런데 이야기를 듣다 보니 전혀 부담스럽지 않았고, 오히려 그녀를 오래 전부터 알아온 것처럼 편안해졌다.

"내가 나이 어린 사람인데, 당신의 살아온 이야기를 진실하게 들려주니까, 비록 내가 다 이해할 수는 없어도 나도 모르게 무장이 해제되는 느낌이었어."

만약 고양이가 옆에 있었다면 그렇게 말했을 것이다. 살아오면서 나보다 나이 많은 어른이 당신의 이야기를 들려준 것은 처음이었다.

나는 아주머니라는 호칭보다 찔레꽃 씨라고 부르고 싶다고 했다. 오세지라는 당신 이름을 찔레꽃으로 표기한다는 말을 듣는 순간부터 그렇게 불러 주고 싶었다. 그녀는 어린애처럼 환하게 웃으면서 "정말? 정말로 그렇게 불러 줄 거예요?" 하고 소리쳤다. 그녀는 무슨 보물이라도 찾은 듯이 기뻐했다. 나는 그녀에게 대단한 선물이라도 준 것 같은 기분이 들었다.

찔레꽃 씨가 내 손을 잡았다. 순간 우리만이 알고 있는 비밀을 공유하는 것 같았다. 이 세상을 다 뒤져도 그런 어른은 없을 것이다.

찔레꽃 씨는 열아홉 살에 시집을 왔다고 하였다. 부모님이 두 오빠들만 대학까지 보내고, 막내이자 유일한 딸인 자신은 초등학교 문턱도 밟아 보지 못하게 하였다. 그래도 부모님을 원망해 본 적이 없다며 웃었다. 그 시절에는 모든 어른들이 그랬다고 하면서, 서울에서 사는 것이 꿈이었기 때문에 둘째 오빠가 누군가를 만나 보라고 했을 때 조금도 고민하지 않았다고 했다.

"지금 남편이 둘째 오빠 친구예요. 전문대학을 나왔으니까 대단했지요. 지금은 남편이 막대기처럼 말랐지만 그때는 지금보다 몸

무게가 두 배는 더 나갔어요. 인물이 뺀지르르했지요. 가수 남진이랑 많이 닮았어요. 그런 사람이 왜 나 같은 여자를 만나려고 할까, 좀 이상하다 생각은 했지만…… 그 사람이 좋다고 하니까 바로 결혼했지요. 오빠는 그 사람이 머리가 좋으니까, 내가 잘 내조하면 크게 될 사람이라고 했어요. 한 2년은 괜찮았어요. 재미도 있었고. 특히 남편이 오토바이를 좋아해서 쉬는 날만 되면 나를 뒤에 태우고 전국을 돌아다녔지요. 그때가 제일 좋았어요. 근데 직장에서 밀려나면서 술버릇이 나오기 시작하더니, 하루도 멀쩡한 날이 없었고, 집에 오면 때리고 부수고……. 진짜 한 5년을 그렇게 살다가 이러다가는 맞아죽겠다 싶어서 무작정 도망쳤어요. 그렇게 거의 30년을 혼자 산 거지요. 살다 보니 딸도 생겼어요. 그렇게 딸이랑 여기저기 돌아다니면서 살다가 4년 전에 남편을 다시 만난 거지요. 난 지금 저 모습이 더 좋았어요. 머리털은 다 빠지고 깡말랐어도, 젊었을 때 그 잘생긴 얼굴보다 더 좋았어요. 이제 아무것도 감출 게 없는 그 진실한 모습이 편안했어요. 그래서 남편이랑 다시 같이 살게 된 거예요. 이 집은 내가 샀어요. 그동안 번 돈으로."

나는 찔레꽃 씨의 이야기를 받아 적으면서 은연중에 '그렇다면 미미는 주인아저씨 핏줄이 아니라는 뜻인가?' 하고 낙서를 했다가 얼른 지워 버렸다. 궁금하기는 했지만 그렇다고 물어볼 엄두는 나지 않았다. 그녀는 술집에서도 일을 했다고 하였다. '그렇다면 그때 생긴 것이 미미인가?' 나는 다시 낙서를 지우면서 머리를 가

볍게 한 번 툭 쳤다. 자꾸만 미미한테 신경이 가는 나를 타박하고 싶었다. 찔레꽃 씨는 학력도 없고 집안도 안 좋은 여자가 할 수 있는 일이라는 게 많지 않더라고 회상하였다. 가락동 시장에서 수레도 끌어 보고, 청소부, 식당일, 장사 등 닥치는 대로 일을 했다. 그렇게 험난한 생을 굴러왔는데도 얼굴이 동안이라는 게 믿기지 않았다. 가난한 사람들이 더 빨리 늙는다는 기사를 본 것 같아서 나는 자꾸만 고개를 흔들어 댔다. 찔레꽃 씨는 단 한 번의 망설임 없이 그런 이야기를 쏟아 냈다.

"한때 살아가는 것이 너무 힘들어 연탄불 피워 놓고 자살을 시도한 적도 있었어요. 그렇게 하루하루 버텨 나가는 것이 자신이 없고 아무런 희망이 없을 때 찾아온 사람이 있었지요. 학교 선생님이었어요. 내가 세 들어 사는 집 주인이었는데, 당연히 아내도 있었고 자식들도 있었지요. 그런데도 좋았어요. 만약 그 사람이 선생님이 아니었다면 쉽게 받아들이지 못했을 거예요. 날마다 그 선생님의 따뜻한 눈빛을 생각하면서 다시 살아가기 시작했지요. 신기하게도 그때부터 신비로운 힘이 생기고 정신이 맑아지면서 살아지더라고요."

나는 찔레꽃 씨의 말을 이해할 수가 없어서 연필을 들고 그냥 멍하니 바라보기만 했다. 누군가를 사랑하게 되면 진짜 신비로운 힘이 나올까? 만약 옆에 다른 사람이 있었다면 진짜 그럴 수가 있냐고 물어봤을 것이다.

"학생, 아무튼 내 말 다 들어 줘서 고마워요! 좀 유치할 수 있었는데……."

찔레꽃 씨는 줄곧 나한테 존대를 했는데, 나는 그것이 불편해서 딸에게 말하듯이 편하게 반말을 해 달라고 하였다. 학생이라는 말도 불편하니까 이름을 불러 달라고 했다. 찔레꽃 씨는 대뜸 알았다고 하고는 "사우야, 다시 한번 날 찔레꽃 씨라고 불러 줘서 고마워." 하고 말했다.

찔레꽃 씨의 이야기를 쓰기 시작하면서부터 묘하게도 다음 날이 기다려졌다. 어서 다음 날 밤이 되어 그녀의 얘기를 듣고 싶었다. 호기심이 점점 커졌지만 그런 차원의 단순한 감정을 넘어서는 뭔가가 내 마음 속으로 들어와 있는 기분이었다. 그러다 보니 잠이 들 때도 다른 잡념이 들지 않았고, 아침에 눈을 뜰 때도 몸이 개운했다. 이렇게 어떤 시간을 기다려 본 적이 있었던가 하고 내 자신에게 물어보았다. 아무리 기억을 더듬어도 생각나지 않았다.

"너 무슨 좋은 일이 있니? 뭔가 달라 보여."

찔레꽃 씨의 이야기를 쓰기 시작한 지 3일째 되는 날, 고양이가 그렇게 물었다.

나는 사실대로 말해 주었다. 고양이는 뜻밖이라는 표정으로 나를 보았다.

"결국 글을 쓰는 거네?"

"받아 적는 것이기는 하지만 그렇다고 볼 수 있지."

"넌 글쓰기를 엄청 싫어했잖아?"

고양이는 사료를 우적우적 씹어 먹다가 나를 빤히 쳐다보았다.

나는 그 말을 부정할 수가 없었다.

"그래, 누가 내 생각을 엿본다는 게 싫었어. 아이들이 쓴 글은 언제나 어른들이 보는 거잖아? 난 그게 싫었어. 특히 일기를 누군가에게 보여 준다는 것은, 발가벗은 내 알몸을 보여 주는 것이나 다름없다고 생각했어. 독후감도 쓰면 꼭 선생님한테 검열을 받아야 하고. 그래서 점점 글쓰기가 싫어지고 어려워진 거야."

숙제 때문에 독후감이랑 일기를 억지로 썼으나 내 생각을 들키지 않으려고 글씨를 작게 쓰기 시작했다. 선생님이 아무리 꾸짖어도 글씨는 점점 작아졌으며 지금은 개미보다 더 작게 쓸 수도 있었다.

고양이는 앞발로 얼굴을 문지르고는 허리를 길게 펴는 스트레칭을 했다. 그런 다음 낮게 휘파람을 불고 물을 마셨다.

"네 말을 들어 보니까 걱정할 게 없네. 왜냐하면 넌 글쓰기를 싫어하는 게 아니잖아? 네 생각을 어른들이 보는 게 싫다는 뜻이잖아? 그래서 글쓰기를 싫어한 거잖아?"

나도 모르게 고개를 끄덕이면서 고양이를 내려다보았다. 보면 볼수록 낯이 익었다. 그러니까 눈은 그 고양이를 잘 안다고 소리치고 싶어 했으나 뇌는 전혀 그 녀석을 기억할 수 없다고 하였다.

그렇게 눈과 뇌의 극단적인 반응 때문인지 녀석을 어디서 보았을까 하고 생각하려고 하면 머리가 아파 왔다. 녀석은 우리나라 들고양이 중에서 가장 흔한 품종이었다.

"넌 나에 대해서 참 많이 알고 있구나?"

고양이는 애매하게 웃으면서 두 발로 일어서서 고개를 끄덕였다.

"물론이지. 네가 한때 형이 있었으면 좋겠다고…… 아이들한테 놀림 받고 괴롭힘을 당할 때마다 그런 생각도 했잖아? 그것도 알고 있어."

고양이는 알락 꼬리를 높이 들고 화장실 쪽으로 걸어갔다.

"넌 도대체 누구니?"

내가 소리치듯이 말하자 고양이는 걸음을 멈추고 나를 보았다.

"난 그냥 나야. 난 여기서 오래 전부터 살아 왔어. 그래서 너를 잘 아는 거야."

고양이는 그 말을 남기고 화장실로 들어갔다.

나는 고양이를 따라가면서 소리치듯이 말했다.

"난 여기 이사 온 지 얼마 되지 않았어. 너 혹시 다른 사람이랑 헷갈리는 거 아니야?"

아무런 대답이 들리지 않았다. 화장실에 가 보니 고양이는 사라지고 없었다.

병원에 치료받으러 가는 날이었다.

나는 평소보다 모자를 더 깊숙이 눌러쓰고 길을 나섰다. 내가 마지막으로 중학교를 다녔던 동네를 지나치지 않기 위해서 그보다 먼 길을 돌아가는 수고로움을 자청했다.

의사 선생님은 나를 보더니 어디 다른 데 불편한 곳이 있냐고 물었다. 나는 애써 아닌 척했다. 의사 선생님이 내 머릿속까지 다 들여다보고 있는 것만 같아서 몹시도 불편했다. 나는 언제까지 치료를 받아야 하냐고 물었다. 의사 선생님은 잠깐 싱긋 웃었다. 그 웃음이 무엇을 의미하는지 모르겠다. 아무튼 의사 선생님은 확실하게 치료를 받아야지 대충 치료를 했다가는 염증이 생겨 병원에 입원할 수도 있다고 했다. 왠지 협박당하는 기분이었다.

"무리한 운동은 하지 말고, 약 꼬박꼬박 드세요. 그리고 사흘 후에 오세요."

나는 공손하게 인사를 하고 나오면서 맥이 쭉 빠지는 걸 느꼈다. 뭔가 농락당한 기분이었다. 그러면서 내가 다시 공부를 하게 되어 상상도 할 수 없는 성적이 나오더라도 절대 의사는 되지 않을 것이라고 다짐하였다.

병원 앞에 있는 약국에서 약을 사고 지하철역이 있는 곳까지 걸었다. 날이 너무 더워서 거리는 한산했고 그래서 나는 오히려 더 편했다. 마을버스로 열 정거장 정도 떨어진 거리였지만 걷다 보니 어느새 주상복합 아파트가 보였다. 지하철 역사랑 연결되어 있어서 최고의 상권을 거머쥐고 있는 건물이었다. 그곳에는 내가 가장 좋아했던 떡볶이 가게가 있었다. 나는 우울할 때마다 거기에서 떡볶이를 먹었다. 나는 그 생각을 하면서 사거리 횡단보도를 몇 걸음 건너다가 멈췄다.

누군가 뒤에서 내 팔을 툭 건드렸다.

"아, 저기……"

아주 작은 남자아이였다. 초딩이라고 해도 믿을 정도로 작았다. 나는 그 아이가 누군지 알아볼 수 없었다. 다만 교복을 입고 있어서 고등학생임을 알 수 있었다.

잠시 뒤에 그 아이는 확신에 찬 어조로 나를 불렀다.

"야, 사우야! 사우 너 맞지?"

그는 내 이름을 정확하게 알고 있었다. 그렇다면 나하고 한시절을 같이 보냈다는 뜻이었다. 그래서 나는 더욱 그 아이를 이리저리 뜯어보았다. 그 아이가 내 팔을 툭 쳤다.

"그래, 모를 수도 있지. 우리가 마주친 적은 없으니까. 너도 말수가 없었고, 나도 말이 없었으니까. 한 번도 말을 안 해 봤을 수도 있을 것 같애."

그의 말을 종합해 보면 중학교 1학년 때 한 반이었지만 서로 기억에 남을 만한 특별한 인연이 있었던 것은 아니었다. 그런데 어떻게 녀석이 나를 기억하고 있는지 그저 신기할 따름이었다. 그는 조금 답답하다는 표정을 지으며 코를 소리나게 풀었다.

"이런 말 하는 거 그렇다만 그때 네가 아이들한테 놀림당할 때

참 마음이 아팠다. 내가 용기가 없어서 그냥 보기만 했다만, 너랑 싸웠던 애들도 다 짤렸어. 강구 패거리들 말야."

강구라는 이름까지 말하는 걸 보니 중학교 때 한 반이었던 것은 분명해 보였다. 그래서 나는 녀석에게 적당히 아는 체해 주기로 했다. 녀석이 내 기억 속에 남아 있냐 아니냐가 중요한 것은 아니었다. 내가 엉거주춤하게 기억이 난다고 하자 녀석은 자신의 이름이 양진구라고 하면서 좋아했다. 그리고 내가 뭐라 더 말을 하기도 전에 얼른 말했다.

"일단 어디로 좀 가자! 아 참, 너 떡볶이 좋아하지?"

그 말이 녀석에 대한 나의 경계심이 무디어지게 하였다. 내가 떡볶이를 좋아한다는 사실을 알고 있다는 것은 그만큼 나를 관심 있게 지켜보았다는 뜻이다.

"자, 가자. 우리 누나가 그 병원에 입원해 있어서 병문안 갔다가 나오는데 어디서 많이 본 듯한 놈이 있더라고. 사실 나 병원에서부터 너를 따라왔어. 맞는 것도 같고 아닌 것도 같고. 근데 너 엄청 컸다. 물론 그때도 작지는 않았지만 몰라보겠다야! 나도 키가 좀 컸으면 좋겠는데 별짓을 다 해도 안 크네!"

진구는 내 옆에 바싹 붙어 가면서 쉬지 않고 재잘거렸다.

진구는 내가 단골로 다녔던 그 떡볶이집으로 들어가서 가장 구석진 자리를 차지한 다음 마음껏 시켜보라고 하였다. 내가 움직이지 않자 녀석이 직접 메뉴판을 들고 가서 주문을 하였다. 그런 다음 내 쪽으로 컵을 내밀고는 물을 가득 채워 주웠다.

김밥이랑 떡볶이가 연달아 나왔다.

"야, 많이 먹어!"

진구는 내가 먹는 것이 너무 부실하다면서 은근히 잔소리를 해댔다. 그러다가 눈을 쪼프리고는 피식 웃었다.

"사우야, 이런 말하기 그렇다만 실은 나도 많이 힘들었다. 넌 모를 거야. 강구 패거리들한테 진짜 많이 시달렸어. 야, 말도 마라. 난 너보다 더한 굴욕도 당했어. 매달 돈 갖다가 바치는 것은 기본이었고, 학교에 오면 빵셔틀, 과자셔틀, 아이스크림셔틀 심지어 담배셔틀도 했으니까. 걔들은 일진도 아니었지만 워낙 덩치가 커서 그래도 우리 반에는 제법 행세했잖아? 특히 강구가 그랬지. 그놈은 집안도 좋잖아? 그러니까 맘대로 그 짓 하고 다닌 거지. 그래도 그 잘난 부모들이 다 막아 주잖아. 그러니까 금수저라는 말이 나온 것 아니겠어. 아무튼 그놈은 중 2때 사고 치고 미국으로 튀었어."

나도 강구 패거리들의 이야기를 더 이상 몸속으로 들이고 싶지 않았다. 중학교를 그만둔 뒤로 녀석들도 다 잊으려고 하였고, 더 이상 미워하지도 말자고 정리를 한 지 오래였다.

나는 최대한 무표정하게 진구의 말을 듣기만 하였다. 그러자 진구도 맥이 풀리는지 다 지나간 일이니까 이제 그만 잊자고 했다.

"그나저나 넌 뭐하고 사냐? 하고 다니는 꼬락서니 보니까 학교는 안 다니네? 그럼 뭐 하냐? 야 이 새끼야, 말 좀 해 봐라. 이 새끼

그때나 지금이나 변한 게 없네. 그때도 진짜 말이 없고 시크하더니. 하여간 오늘은 이 정도 이야기하고, 우리 가끔씩 연락이나 하고 지내자. 우리 핸드폰이나 트자!"

그래도 머뭇거리자 진구가 내 핸드폰을 낚아채더니 자기 번호를 입력했다. 그리고 나한테 돌려주었다.

진구는 누군가랑 통화를 하고는 다시 내 어깨를 툭툭 쳤다.

"야, 내 여친이 근처까지 왔나 보다. 다음에 또 보자!"

녀석이 손을 흔들어도 나는 손을 흔들지도 못했고 그렇다고 웃어 주지도 못했다. 이런 상황을 도대체 어떻게 받아들여야 할지 판단이 서지 않았지만 진구가 입고 다니는 교복을 믿고 싶었다. 진구가 입고 있었던 교복은 그가 성실하게 고등학교에 다니고 있는 학생임을 증명해 주는 것 같았다. 어처구니없게도 그런 생각을 하고 나서야 그에 대한 불확실한 선입견이 많이 누그러졌다. 그렇다면 너무 과거의 기억에 짓눌린 채 겁먹을 필요가 없다고 나를 달랬다.

영원히 묻어 두고 싶은 이야기

집으로 오는 동안 머리가 복잡했다. 중학교를 같이 다녔던 누군가와 다시 인연을 맺게 된다는 사실이 몹시 불편했다. 솔직히 기억 속에다 단 한 점도 남겨 놓고 싶지 않은 시간이었다. 그렇다고 마냥 피할 수만은 없었다. 진구도 나랑 비슷한 아픔을 겪었다고 한다. 그렇다면 진구랑 좋은 친구가 될 수 있을지도 모른다는 생각을 한다면 위험한 판단이었을까. 문제는 내가 그에 대해서 아는 게 너무 없다는 사실이다. 나는 그에 대해서 아무것도 모른다.

오늘도 찔레꽃 씨는 휘파람을 앞세우고 왔다. 찔레꽃 씨는 찢어진 청바지에 진달래 빛 반팔 옷을 입고 있었다. 오늘따라 더 나이를 예측할 수 없는 얼굴이었다. 찔레꽃 씨의 얼굴에도 생기가 돌고 있었다. 찔레꽃 씨는 집 안이 깨끗하다고 칭찬을 한 다음 거실이랑 식탁 뒤쪽 벽을 손으로 만지면서 유심히 살폈다.

"안방은 괜찮은데 거실이랑 화장실 벽이 많이 상했어. 사우가 이사 오기 전에 대대적인 보수 공사를 하기는 했지만 또 이상이 생길지도 몰라. 혹시 벽이 갈라지면 얼른 말해 줘야 돼. 지금은 도배를 해서 크게 눈에 띄지는 않지만 또 갈라질 거야. 아마 그동안 수리비만 해도 집을 새로 지은 것만큼 나왔을 거야."

찔레꽃 씨는 환하게 웃으면서 말했으나 그 눈동자 속에는 그늘이 드리워져 있었다.

나는 연필을 뱅글뱅글 돌리면서 무슨 말이냐고 물었다.

찔레꽃 씨는 다시 한숨을 길게 내뱉었다.

"사우야, 실은 내가 이것 때문에 책을 내겠다고 생각을 한 거야. 사실 우리집은 백 년이 훨씬 넘었을 정도로 오래되긴 했지만 제법 야무지게 지어진 집이라 큰 문제가 없었어. 내가 아는 사람 중에 한옥 전문가가 있었는데, 그분이 이 집을 살 때 같이 와서 봤거든. 그분 말로는 앞으로도 수백 년은 끄떡없을 것이라고 했어. 무엇보다도 기둥이랑 서까래가 튼튼하다고 했어. 애초부터 튼튼한 나무를 썼대. 전혀 벌레도 먹지 않았다고 하더라고. 그런데 저놈들이 땅을 파기 시작하면서 이 집이 앓기 시작한 거야."

그때까지도 나는 찔레꽃 씨가 말한 '저놈들'의 정체를 알 수가 없었다. 찔레꽃 씨는 거실 문 쪽으로 걸어가서 창문을 열고는 건너편 교회를 손가락질했다. 무려 3년간의 공사 기간을 거쳐 올 봄에서야 완공되었다고 했다. 신도수가 수십만 명이라고 하니까 저 정도는 되어야 하지 않냐고 말하던 찔레꽃 씨는 이내 풀 죽은 아이처럼 고개를 흔들어 댔다. 찔레꽃 씨는 저렇게 큰 건물이 집 앞에 들어서게 될 줄은 상상도 못 했다고 쓴웃음을 지었다.

"그러니까 우리가 이 집을 속아서 산 셈이지. 집 앞에 저런 건물이 들어서는 것도 모르고 말야. 조금만 관심을 가져도 알 수 있었는데 내가 너무 어리석어서 몰랐어. 집주인은 저 교회 사람들한테 싸게 집을 팔 수밖에 없었어. 다른 사람들이 사려고 하지 않았으니까. 근데 우리 같은 봉을 만난 거야. 우리는 시세보다 오히려 비싸게 샀으니, 집을 판 사람 입장에서 보면 횡재한 거지. 그만큼 난 이 집이 좋았어. 사람도 첫눈에 반하는 경우가 있다고 하던데, 난 그런 경우는 없고 대신 이 집을 보고 첫눈에 반해 버렸어. 그래서 조금도 후회는 안 해. 다만 우리가 들어오고 얼마 지나지 않아서 공사가 시작됐는데 날마다 철거하는 소리에 얼마나 마음이 아프던지……."

찔레꽃 씨는 오래된 집들이 거대한 포클레인의 무력 앞에서 쓰러지는 모습을 보면서 한동안 잠을 이루지 못했다고 했다. 늘 집이 무너지고 쓰러지는 꿈을 꾸었다. 꿈에서 쓰러지는 집들은 인간하고 비슷한 신음소리를 내기도 하였고, 쓰러진 집에서는 고양이나 뱀이나 새 같은 동물들이 가장 마지막에 뛰쳐나왔다고 하였다. 원래 이 지역은 오래된 주택 지구로 수백 년 묵은 나무들이 많은 곳이었다. 그래서 한때는 가장 살기 좋은 마을로 꼽히기도 했으나 한 교회의 희생물이 되고야 말았노라고 아쉬운 눈빛을 보냈다.

어떤 젊은 목사가 이곳에다 개척교회를 만든 것이 20여 년 전이었다. 그 목사의 꿈은 이 세상에서 가장 큰 성전을 짓는 것이었다. 하느님이 그의 소원을 알아서 들어주었는지 어쨌는지 모르겠지만 그는 사람을 끌어들이는 힘이 있었고, 사람이 모이면서 엄청난 자본이 그의 손으로 몰려들었다. 그는 이곳이 하느님의 성지가 될 것이라는 말을 공공연히 하면서 야금야금 주변 땅들을 사들였다. 그 땅을 팔지 않으려고 한 사람도 있었지만 교회 신도들이 그 집 앞에서 몇 번 기도를 드리고 나면 그런 문제가 다 해결이 되었다. 그런 식으로 실제 가격보다 싸게 땅을 사들였고, 그곳에다 아파트 십여 층 높이에 해당하는 거대한 성전을 완성하였다.

"어쩌겠어? 우리도 어쩔 수 없다고 생각하고는 최대한 빨리 교회가 지어지기만을 바랐지. 근데 교회를 짓기 위해서 땅을 파기 시작하자, 우리집 벽에 금이 가기 시작한 거야. 여기 2층은 덜한 편이야. 1층 벽은 도둑놈이 드나들 정도로 갈라지고 야단이었어. 간신히 보수 공사를 하기는 했지만 얼마나 버틸지 모르겠어. 저 건물을 지은 건설회사는 이름만 대면 아는 대기업이야. 근데도 우리를 무시하더라고. 아무리 항의를 해도……."

찔레꽃 씨는 두 손을 깍지 낀 채 오른쪽 볼에다 대고는 한동안 눈을 감아 버렸다. 뭔가 가슴 속에서 불편한 감정들이 요동치고 있음을 알 수 있었다. 찔레꽃 씨는 물을 마시면서 그런 감정들을 달랬다. 자세히 알 수는 없지만 내가 감히 상상도 할 수 없는 엄청난 일들이 벌어졌음을 느낄 수 있었다. 나는 처음으로 찔레꽃 씨의 손을 자세히 볼 수 있었다. 얼굴에 비해서 손은 많이 늙어 보였다. 미세한 실주름들이 손가락 구석구석까지 뻗친 상태였다. 찔레꽃 씨의 신체 중에서 손이 대표로 모든 세월을 다 감당하고 있는 것처럼 보였다.

나는 찔레꽃 씨의 말을 기다려 주었다. 찔레꽃 씨의 왼쪽 머리카락이 내려와서 얼굴의 반을 가렸다. 약간 노랗게 물들인 단발머리가 오늘따라 제법 길어 보였다. 하도 찔레꽃 씨의 침묵이 길어지자 나도 모르게 입을 열고야 말았다.

"근데 집에 금이 가고 했으면 당연히 공사하는 측에서 보상해 줘야 하는 거 아닌가요?"

찔레꽃 씨는 그냥 웃어 버렸다. 고르게 배열되어 있는 하얀 치아가 내 눈에 들어왔다. 동물들은 치아 상태를 보고 나이를 측정한다고 들었다. 만약 찔레꽃 씨가 소나 말 같은 동물이라면 나보다도 더 어리게 볼 수도 있으리라. 나는 이미 아래쪽 어금니 하나가 썩어서 뽑아 버린 상태였으니 말이다.

찔레꽃 씨는 잠시 말을 멈추고는 휘파람을 불었다.

나도 모르게 찔레꽃 씨만큼 나이가 들면 좋겠다고 종이에 긁적였다. 그랬다면 지금 이 상황에서 그녀에게 그럴듯하게 위로의 말을 건네 주었을 것이다.

"저 사람들하고 우리는 처음부터 안 맞았어."

찔레꽃 씨는 다시금 휘파람을 불더니 당신의 가슴을 꾹 눌렀다.

그런 다음 억지로 웃음을 보이고는 "내가 왜 이 집을 보고 첫눈에 반했는지 알아?" 하고 물었다. 찔레꽃 씨는 내 대답을 충분히 기다려 주었다. 그렇게 기다렸다는 것은 내가 알 만한 내용이라는 뜻이었다. 그러나 나는 뭐라 대답할 수 없었다. 그런 상황들이 잘 상상되지 않았다. 찔레꽃 씨는 이 집의 부동산 가치를 보고 산 게 아니라고 다시금 낮게 읊조렸다. 부동산 놀이를 하고 싶었으면 목 좋은 곳에 지어지는 아파트를 분양받지 왜 이렇게 오래된 집을 구입하겠느냐며 나를 보고 웃었다. 그 방면에 문외한인 내가 생각하기에도 그럴 것 같았다. 그렇게 또 얼마간 찔레꽃 씨는 웃으면서 내 대답을 기다렸다가 "그건 나무 때문이야!" 하고 말했다. 나는 잠깐 연필을 놓고 찔레꽃 씨를 보았다. 찔레꽃 씨의 말이 잘 이해가 되지 않아서 마당에 서 있는 그 무화과나무를 말하는 것이냐고 물었다. 찔레꽃 씨는 짧게 고개를 끄덕였다.

"그래, 우습지? 무화과나무 때문에 이 집을 샀다니까!"

"솔직히 저는 모르겠어요. 그 나무가 그렇게 가치 있는 것인지요. 외할머니네 마을 앞에 엄청나게 큰 당산나무가 있었는데, 그 정도 나무라면 모를까. 아무튼 후회하지 않는 선택이기를 바라요. 그런 말을 들으니까 우리 엄마가 생각나네요. 엄마가 이런 말을 들었다면 뭐라고 하실까? 사람이 아니라 나무한테 첫눈에 반했다는 말이요. 저는 지금까지 엄마만큼 식물을 좋아하는 사람을 보지 못했어요."

나도 모르게 엄마 이야기를 길게 늘어놓고야 말았다. 찔레꽃 씨는 한 번도 내 말을 막지 않았다. 내가 말을 끝내고 나서야 그렇게 이야기만 들어도 엄마랑 뭔가 통하는 것 같다고 하면서, 엄마의 이야기를 해 주어서 고맙다는 말까지 덧붙였다. 그러면서 나한테 당신 이야기를 털어놓게 된 것이 행운이라고 하였다. 그건 나에게 너무 가슴에 벅찬 말이었다. 그래서 아니라고 고개를 흔들었으나 찔레꽃 씨는 단호하게 다시 말했다. 찔레꽃 씨는 나한테 친구라는 표현을 썼다. 그 말을 듣는 순간 갑자기 가슴이 뭉클해졌다.

"내가 너 같은 친구를 만나려고 책을 만들고 싶어졌나 보다. 누군가에게 말을 한다는 것. 그러니까 내 말을 들어 주는 누군가를…… 동물이든 인간이든 상관없어. 당연히 나이도 필요없는 거야. 그냥 통하면 돼. 난 그렇게 생각해. 그래서 너한테 고맙다고 한 거야. 진심으로."

"아, 말도 안 돼! 저한테 친구라니요…… 전 친구 없어요. 특별히 아직까지는 친구의 필요성을 느껴 본 적 없어요. 사회생활을 하게 되면 그때는 친구가 필요하게 될지도 모르지요. 하지만 지금은 아닌 것 같아요."

"어, 그래? 난 그렇게 생각 안 하는데…… 친구란 필요하면 사귀고 필요 없으면 안 사귀고 하는 게 아니야. 그냥 살다 보면 바람이나 햇볕처럼 자연스럽게 만나는 관계이지 않을까? 그러니까 아기였을 때도 친구가 있고, 학생 때도 당연히 있을 것이고, 나중에 늙어서도 친구가 생길 거야. 만약 친구가 없다면 이 세상은 너무 재미없을 거야."

나는 찔레꽃 씨의 말에 동의하지는 않았지만 그렇다고 반박하고 싶지도 않았다. 그건 생각하기 나름이라고 입술을 깨물었다. 어쨌든 나는 몇 년간 친구가 없어도 별로 불편하지 않았다. 오히려 귀찮지 않아서 좋을 때가 더 많았다. 그런 생각을 하다 보면 늘 인영이가 떠올랐다. 인영이는 초등학교 때 친구로, 중학교에 간 이후로는 본 적이 없었다. 그래도 가끔씩 통화를 했는데 3년 전인가 마지막으로 목소리를 들었고 그 후로는 연락을 하지 않았다.

"어, 그래도 딱 한 놈! 친구가 있기는 하네요. 인영이라고요. 그 놈은 한번 보고 싶어요. 그 친구가 어떻게 살고 있는지 그게 궁금하기도 하고 그냥 한번 보고 싶네요."

"친구가 없다더니 있네. 친구는 오래되거나 그렇지 않거나 상관없거든. 그 가치는 변함이 없다는 뜻이야."

나는 더 이상 말을 할 수가 없어서 화장실에 간다는 핑계로 잠시 일어났다.

내가 돌아오자 찔레꽃 씨는 재빠르게 당신이 하던 이야기를 이어 갔다.

"사우야, 난 저 나무를 보는 순간 무조건 이 집을 사야겠다고 생각했어. 무화과나무는 원래 따뜻한 남쪽에서만 살아. 근데 추운 서울에서 살아남으려고 얼마나 애를 썼겠어. 진짜 여기서 살아남으려고…… 뿌리는 살아 있으니까 봄에 새싹이 나오지만 겨울이 되면 줄기는 얼어 죽고, 다시 돋아났다가 얼어 죽고, 또 그렇게 얼어 죽고…… 그래도 이겨 냈으니 대단하지 않니? 이백 살 정도 먹은 나무라고 하니까, 얼마나 많은 세월을 힘들게 살아왔는지 알겠지? 그 나무를 보는 순간, 온갖 시련을 겪고 일어선 저 지혜로운 나무에게 남은 생을 의지하고 싶었어. 그리고 나중에 죽으면 뼛가루를 그 나무 밑에다 묻고 싶었어. 근데 교회 관계자들이 와서 집을 팔라는 거야. 당연히 못 팔겠다고 했더니, 성스러운 교회를 짓는다는데 천국에 가려면 협조하라고 협박을 했어. 날마다 우리집 앞에 와서 기도도 하고 찬송가를 불러 대고 야단이었지. 그래서 목사님을 만나 무화과나무 이야기를 했지. 난 잘 모르지만 무화과나무는 성경책에도 나온다고 하던데…… 목사님이 그러시는 거야. 그러니까 그 나무 때문에 돈을 더 달라고 하는 거냐고? 얼마를 주면 팔겠냐고? 돈이 아니라 저 나무를 죽일 수 없다고 해도 믿지 않았어. 그 뒤로 교회 관계자가 몇 번이나 와서 성전을 지어야 하니까 협조해 달라고 했지만 거절했지. 그리고 공사가 시작된 거야. 공사가 시작되자 우리집이 여기저기 금이 가기 시작했고…… 그래서 따졌더니 그건 자기네 공사 때문이 아니고 옛날부터 금이 간 것이었다고 하면서 보상을 해 줄 수 없다고 했어. 공사 인부들한테 말해도, 목사님한테 말해도…… 그래서 공사장에 드러누웠지. 공사 인부들이랑 막 멱살을 잡고 싸웠어."

찔레꽃 씨는 다시 자신의 가슴을 꼭 눌렀다. 얼굴이 순식간에 창백해졌다.

"얼굴이 힘들어 보여요."

나도 모르게 걱정스러운 표정을 지었다. 찔레꽃 씨가 물을 달라고 했다. 찔레꽃 씨는 조금씩 조금씩 물을 마시고는 애써 휘파람을 불었다. 스스로에게 주문을 걸고 있는 모양이었다.

"괜찮아. 그때 일을 생각하니까 나도 모르게 분노해서…… 아무튼 그때 현장 인부들이랑 실랑이를 하다가 사무실로 끌려갔어. 그 놈들이 갑자기 나를 소파에 밀쳐 놓고 서너 명이 달려들더니…… 발로 차고 지근지근 밟고…… 말도 마. 그냥 죽는 줄 알았어. 아무리 소리쳐도 누구 하나 오지 않고, 정신을 잃을 때까지 맞았어. 눈을 떠 보니 병원이었어. 3주 진단이 나왔어. 생니도 몇 개 흔들리고, 가슴이랑 허벅지에는 멍이 들어서…… 그놈들이 일부러 그런 곳만 때린 거야. 근데 더 기가 막히는 것은 내가 가해자라는 거야. 병원에 4주 이상 진단을 받은 인부들이 넷이나 입원해 있고, 현장 소장도 누워 있더라고. 모두 나한테 맞았대."

"어떻게 그런 일이?"

나는 일부러 머리카락을 쓸어 올리면서 얼굴을 심하게 찡그렸다. 갑자기 머리가 아파왔다. 누군가 머릿속에서 마구 바늘로 찔러 대는 것 같았다. 나는 그걸 간신히 참고 있었다.

"몰라! 내가 황소 같은 남자들을 네 명이나 두들겨 팼다고 하니까…… 그야말로 내가 원더우먼인 셈이지. 그게 믿어지니? 그중에는 이십 대 남자가 있으니 말이야."

그녀는 애써 웃고 있었지만 결코 평온해 보이지 않았다. 나도 모르게 머리를 움켜쥐었다. 그녀가 놀라 나를 보았다.

"왜 그러니?"

나는 머리를 흔들어 대면서 긴 숨을 몰아쉬었다.

"제 친구랑 너무 비슷해서요!"

그렇게 말을 해 놓고도 당황했다. 그것은 영원히 묻어 두고 싶은 이야기였다. 차마 내 이야기라고 말할 수가 없을 만큼 아팠던 시간이었다. 그걸 불쑥 말하게 될 줄은 꿈에도 몰랐다. 그나마 다행인 것은 내가 그 이야기를 하면서 인영이를 떠올리고 있었다는 사실이다. 그래서 내 이야기를 인영이 이야기처럼 끌어갈 수가 있었다.

"제 친구 인영이 이야기예요."

그 당시 내 모습이 더 또렷해졌다. 지금 생각하기에도 어릴 적 나는 여자아이처럼 예뻤다. 초등학교 3학년 때 짝꿍은 날 보고 여자보다 더 예쁘게 생겼다고 하였다. 친척들 집에 가거나 어른들 모임에 가면 흔히 듣는 말이 있었다.

"어머, 사우 재 좀 봐. 어쩜 얼굴이 저렇게 예쁘지? 피부도 뽀얗고 얼굴도 작고 머리도 길어서 영락없이 여자네. 요새는 저렇게 예쁜 남자들이 대세라고 하던데."

나는 그런 말을 들을 때마다 몹시도 기분이 나빴다. 내가 여자로 태어났어야 하는데 잘못된 게 아닌가 하는 생각이 들 때도 있었다. 그래서 나는 여자가 싫었다. 한때는 절대 결혼을 하지 않겠다고 일기장에다 긁적거린 적도 있었다.

"인영이는 초등학교 때 선생님한테 성추행을 당했어요. 놀라셨죠? 에에, 남자아이가 남자 선생님한테 성추행을 당한 것이죠. 그 이야기를 하자면 엄청 길어서 다음에 하고요. 오늘은 인영이 중학교 때 이야기를 할게요. 그때 인영이도 찔레꽃 씨처럼 여러 아이들에게 집단 구타를 당했거든요."

나는 중학생이 되자마자 머리를 짧게 깎았다. 군인들 머리보다 더 짧았다. 짧은 머리 때문인지 아니면 1년 새 쑥 커 버린 키 때문인지 몰라도 여자 같다는 말을 듣지는 않았다. 어른들 입에서도 그런 말은 쏙 들어가 버렸다. 나는 거울을 볼 때마다 안도의 한숨을 내뿜어 댔다. 어서 초등학교 때의 악몽이 쫓아올 수 없을 정도로 멀리멀리 달아나고 싶었다.

애시당초 나는 중학교에 갈 마음이 없었다. 중·고등학교 생활을 훌쩍 건너뛰어 어서 어른들 세계로 빨리 안착하고 싶었다. 나는 혼자 공부를 하여 검정고시를 준비할 작정이었다. 처음에는 아버지도 반대하지 않았다. 그러나 갑자기 엄마의 존재가 사라져 버리자 아버지는 달라졌다.

"평범한 게 좋다. 입학 준비 해라."

그렇게 말하는 아버지의 눈빛이 심하게 흔들리고 있었다. 아버지는 170센티미터도 안 되는 당신의 몸을 스스로 감당하기에도 벅차 보였다. 그런 아버지에게 논리정연하게 말을 들이댄다면 당신은 상상도 할 수 없을 만큼 처참하게 무너져 버릴 것만 같았다.

나는 그런 아버지를 위해서 고개를 끄덕여 주었다. 아버지는 학교라는 곳에서 떨어져 나온 나를 책임질 자신이 없었다. 그래서 어른이 되기 전까지만 학교가 나를 책임져 주기를 바라고 있었다. 나는 그런 아버지의 눈빛을 충분히 읽을 수 있었고, 내가 알아서 공부하고 미래를 준비하겠다고 했다. 아버지는 진심으로 고마워하는 눈빛을 보냈다.

"지금 아빠는 너무 힘들다."

아버지는 어린 나에게 고해성사하듯이 말했다.

나는 그런 아버지를 지켜주고 싶었다. 비록 힘겹게 초등학교의 문턱을 넘었으나 중학교부터는 혼자서 잘 해낼 자신이 있었다. 그때까지만 해도 공부를 잘하는 편이었고, 아이들하고도 적당하게 거리를 두면서 살아가는 법을 알고 있었다. 나는 정의감이 강한 아이도 아니었다. 그러니 입학하자마자 벌어진 남자들의 서열 싸움도 관심이 없었고, 크고 작은 무리들이 만들어지면서 왕따를 당하는 이들이 보여도 무관심하였다.

그렇게 중학생이 된 지 두 달 가량 지났을 무렵이었다.

우리 반에서 가장 키가 큰 아이가 다가오더니 "야, 너 초딩 때 성추행당했다며?" 하고 말했다. 순간 나는 어디론가 달아나고 싶었다. 그 아이의 말을 들은 다른 아이들이 모여들었다.

"뭐 성추행? 넌 남자잖아?"

"헐, 진짜? 대박이다! 그것도 선생한테 당했다고?"

"야, 진짜야? 그러고 보니 예쁘게 생겼네!"

아, 나는 비명이라도 지르면서 달아나고 싶었다. 한순간에 우리 반 아이들의 눈빛이 나한테 모아졌다. 나는 그런 눈빛을 견딜 수가 없었다. 도대체 어떻게 그런 소문이 번졌을까 궁금했지만, 그날 학교 수업이 끝나기도 전에 알게 되었다. 맨 처음 그 이야기를 끄집어낸 아이가 선생님한테 들었다는 언급을 했기 때문이다.

"결국 인영이는 그 학교를 그만둘 수밖에 없었지요. 날마다 아이들이 놀려 대니까 견딜 수가 없었어요. 결국 전학을 갔지만, 그 학교도 인영이를 보호해 주지 못했어요. 전학 간 지 1주일 만에 그 소문이 아이들 입과 귀를 통해 퍼져 버렸어요. 이번에도 선생님을 통해서 어느 학부모에게 그 비밀이 전해졌고, 그 학부모가 자기 아들한테 말을 한 것이죠. 인영이는 너무도 황당하고 화가 났지만 어떻게 할 수 없었어요. 선생님한테 찾아가서 이야기를 했더니 너무 걱정하지 말라는 말만 되풀이했죠."

"아이고 맙소사! 항상 어른들이 문제라니깐!"

찔레꽃 씨는 안타까운 눈빛으로 나를 보았다.

"인영이의 비밀을 알아 버린 아이들은 날이 갈수록 짓궂게 변했어요. 날마다 인영이한테 와서 왜 성추행당한 것 같냐, 그때 기분이 어땠냐, 경찰서에서 조사받을 때 마음이 어땠냐, 그 선생님이 동성애자였냐, 구체적으로 어떻게 성추행을 당했냐고 물어 댔지요. 인영이는 전혀 대꾸하지 않았어요. 그걸 어떻게 대꾸하겠어요? 그런 기억을 한다는 그 자체만으로도 힘들었을 텐데요. 그 반에는 강구라는 아이가 있었어요. 공부도 잘하고 주먹도 제법 쓰는 놈이지요. 요새는 그래요. 공부 잘하는 아이들이 주먹도 세요. 그놈 패거리가 인영이를 가만두지 않았어요. 화장실까지 따라와서 몰래 인영이 고추를 핸드폰으로 찍으려고 했어요. 그래도 인영이는 대응하지 않았어요. 그러면서 '이걸 누구한테 따져야 하나?' '왜 날 가만두지 않나?' '난 그저 조용하게 학교 다니고 싶은데……' 하고 날마다 화장실 거울에다 하소연을 해 댔지요. 하도 인영이가 대응하지 않자 강구 패거리가 화장실 뒤로 부른 다음 시비를 걸었어요. 어떻게 성추행당했는지 말하지 않으면 가만두지 않겠다고요. 그러고는 인영이의 고추를 만지려고 하자, 인영이가 달아나려고 했어요. 강구가 인영이를 넘어트렸어요. 인영이는 싸울 생각이 없었어요. 아니 인영이는 싸움을 해 본 적이 없었어요.

대응을 하려고 해도 어쩔 수가 없었어요. 다른 애들까지 한꺼번에 달려들었으니까요. 그래서 일방적으로 집단 구타를 당했어요. 인영이는 맞으면서 이러다가 죽을 수도 있겠구나 하는 생각까지 했대요. 얼마나 맞았는지 선생님들이 온 것도 몰랐어요. 기절을 한 것이지요. 구급차가 와서 병원으로 이송하고 두 시간 만에 깨어났는데 머리가 아프고 어지러워서 사흘간이나 입원해 있었어요. 근데 학교에 가니까 선생님이 부르더니, 반성문을 제출하라고 한 거예요. 너도 잘못이 크다고 하면서요. 심지어 화장실 청소도 시키고, 대자보에다 반성문을 써서 붙이라고도 했대요. 아무리 인영이가 하소연해도 소용없었대요. 오히려 1주일간 봉사활동을 하라는 벌을 더 내렸다고 하니까!"

"아니, 어떻게 그럴 수가 있어?"

찔레꽃 씨가 분노하면서 나를 쳐다보았다. 그 눈빛이 떨렸다.

"그게 말이 되냐고오!"

나는 그냥 쓴웃음을 지었다.

"인영이는 수차례 선생님한테 억울하다는 말도 했고, 걔들이 어떻게 괴롭혔는지도 말했대요. 물론 다 묵살당했대요. 선생님들은 은근히 네가 더 문제가 있다고 말을 하는데 엄청 화가 나더래요. 그러니 학교를 다닐 수가 있겠어요? 결국 학교를 그만둘 수밖에 없었죠. 인영이는 자기를 때린 아이들보다 선생님들이나 학부모들이 미웠답니다."

"어른인 내가 할 말이 없고 괜히 미안해지는구나! 그 아이의 마음이 어땠을까? 혹시 연락되면 한번 데리고 와. 내가 맛있는 거 사 줄게."

그렇게 위로해 주는 찔레꽃 씨가 진심으로 고마웠다. 하지만 그 이야기를 풀어 놓으니 한편으로는 후련하면서도 저절로 맥이 빠졌다. 지금 다시 생각해 보아도 그저 억울할 따름이었다. 그리고 선생님들과 학부모들을 이해할 수가 없었다.

찔레꽃 씨는 그런 나를 보고는 한동안 허공을 쳐다보면서 고개만 끄덕였다.

"난 어른이라는 게 싫을 때가 많아. 늙어 가는 게 두려운 게 아니라 어른 노릇을 제대로 못할까 봐 그래서 두려워. 사우야, 오늘은 그만하자."

엄마의 앨범

찔레꽃 씨가 나가자 내 방으로 가서 종이 상자를 바라보다가 '엄마의 물건'이라고 매직으로 쓴 글씨를 발견했다. 이모의 글씨체였다. 5년이라는 시간이 지났는데도 그 상자는 아직까지 한 번도 열리지 않았다. 그만큼 나한테 여유가 없었다는 뜻이다.

나는 종이 상자에 완고하게 붙어 있던 비닐테이프를 뜯어냈다. 맨 위에 보라색 앨범이 있었다. 내 성장기를 더듬어 볼 수 있도록 아기였을 때부터 시간 순으로 배치된 사진이었다. 내 사진이 이렇게 많이 보관되어 있다는 사실도 처음 알았다. 주로 초등학교에 입학하기 전에 찍은 것들이었다. 엄마는 사진마다 짧은 설명글을 붙여 놓았다. 특히 내가 아기였을 때 사진을 보니 그게 정말 나였을까 의문이 들 정도로 지금과 얼굴이 달랐다. 영락없는 여자아이였다. 부모님 얼굴이 함께 들어가 있는 사진을 찾기란 쉽지 않았다.

나는 엄마의 앨범을 끄집어내 놓고는 잠이 들었다.

눈을 떠 보니 다음 날 점심 때가 지나 있었다. 간단하게 밥을 먹고 나자 찔레꽃 씨한테서 전화가 왔다. 저녁에 문상을 가야 하는데 혹시 지금 시간이 가능하냐고 물었다. 나는 괜찮다고 하였고, 거울 앞에서 내 모습을 한동안 바라다보았다. 숱이 많은 긴 머리카락이 얼굴을 덮고 있었다. 그런 모습을 보고 찔레꽃 씨는 무슨 생각을 할까 궁금해졌다. 만약 찔레꽃 씨가 보기 싫다고 하면 머리를 자를 수도 있었다. 순간적으로 그런 생각을 해 놓고는 얼마나 당황했는지 모른다. 내가 찔레꽃 씨 때문에 외모에 신경 쓰고 있다는 사실을 알았기 때문이다. 나는 말도 안 되는 일이라고 생각하며 소리 내어 웃었고, 다시 머리를 흔들면서 밖으로 나왔다. 곧 찔레꽃 씨가 들어왔다.

찔레꽃 씨는 오늘따라 내 표정이 좋아 보인다고 하였다. 그런 다음 내 손목의 상처 부위를 꼼꼼하게 살폈다.

나는 슬그머니 손을 뺐다.

"어, 이건 뭐니? 앨범이네?"

찔레꽃 씨가 식탁 위에 있는 엄마의 앨범을 손짓했다.

나는 이제야 엄마의 유품을 정리하고 있다며 쓴웃음을 지었다.

"원래 유품이란 그런 거야. 어느 정도 세월이 흘러야 뒤적여 보는 거야."

그 말이 나를 조금 편안하게 해 주었다.

"근데 일부러 안 본 건 아니고요. 그동안은 그게 보이지 않았어요. 분명 내 방에 있었을 텐데…… 아, 그리고 그건 엄마 앨범인데 저도 아직 안 봤어요. 한번 보실래요? 우리 엄마가 어떤 사람이었는지……."

나는 찔레꽃 씨에게 엄마를 소개해 주고 싶었다.

찔레꽃 씨는 한동안 가만히 나를 보면서 웃어 주었다. 그런 웃음이 순간적으로 엄마랑 비슷하다는 느낌이 들었다. 나도 누군가를 향해서 그렇게 부드러운 웃음을 줄 수 있으면 좋겠다.

"사람들은 엄마랑 내가 많이 닮았다고 했어요."

나도 모르게 입이 열렸다. 사람들은 내가 엄마의 눈을 닮았으며, 말하는 목소리의 톤도 비슷하다고 했다. 그런데 엄마는 A형이고 나는 O형이다. 엄마는 오른손잡이고 나는 왼손잡이다.

"우리 엄마는 활동적으로 살고 싶어 했어요. 특히 여행을 좋아해서 여행작가가 되고 싶었지만 몸이 아팠어요. 불행한 거죠. 저는 엄마가 건강하게 바람과 햇볕을 받으며 걸어 다니는 걸 별로 본 적이 없어요. 거의 하루 종일 방 안에서 누워만 있었거든요. 제 기억 속에 있는 엄마는 항상 그랬어요."

찔레꽃 씨는 왼쪽 볼에다 깊숙이 볼우물을 만들면서 고개만 끄덕여 주었다.

나는 엄마를 생각할 때만큼은 눈을 가리고 싶지 않아서 자꾸만 연필로 머리카락을 쓸어 올렸다. 어른들은 내가 머리카락으로 눈을 가릴 때마다 그렇게 하지 말라고 했다. 눈이라는 것은 세상을 보는 창이기 때문에 그것이 보이지 않으면 마음이 어둡고 우울해진다고 하였다. 그러나 엄마는 한 번도 그런 말을 하지 않았고, 오히려 내 머리 스타일이 개성 있고 멋있다고 해 주었다. 엄마는 그런 사람이었다.

"무슨 병이었어?"

찔레꽃 씨는 거의 혼잣말에 가깝게 물었다.

"몰라요. 무슨 병이었는지. 돌아가신 엄마의 짐을 정리한 사람은 아버지가 아니라 이모였어요. 이모는 한 시간 만에 짐을 다 정리하셨지요. 그리고 절 부르더니 '네 엄마가 다 정리해 놔서 버릴 것만 버리면 되겠구나! 사우야, 이건 네가 보관해라' 하고 주셨어요."

찔레꽃 씨는 두 손으로 조심스럽게 앨범을 펼쳤다.

엄마의 돌 사진이 보였다.

"이게 누구니? 엄마?"

"그런 것 같아요. 거기 아래 보세요. 엄마가 뭐라고 써 놨죠? '사우야, 엄마는 이 돌사진을 너한테 꼭 보여 주고 싶었어. 이것만 보고, 다른 건 보지 않아도 돼.' 그걸 보니 엄마가 저한테 이 사진을 남겨 주기 위해서 오래 전부터 준비를 한 것 같네요."

"이제 보니 얼굴만 닮은 게 아니라 글씨도 닮았구나! 엄마 글씨가 하도 작아서 난 알아볼 수가 없어. 사우 네 글씨도 그래. 그래도 괜찮아. 어차피 난 크게 쓰나 작게 쓰나 글을 모르니까. 난 네가 쓴 글을 보고 아예 글을 모르는 게 얼마나 다행인지 모른다고 생각했어. 안 그랬으면 엄청 답답했을 거야!"

나도 그 말을 듣고서야 엄마랑 내 글씨체가 비슷하다는 사실을 인정했다. 그러면서 묘하게도 기분이 좋아졌다. 이상한 일이었다. 나는 늘 내 글씨체가 마음에 들지 않았다. 그런데 엄마의 글씨체를 보는 순간 그런 감정이 싹 사라져 버렸다. 그 누구도 엄마의 글씨를 보고 악필이라고 말하지 않을 것 같았다. 그제야 나는 글씨의 외형상 모양이 아니라 어떤 내용을 담고 있느냐가 중요하다는 사실을 깨달았다. 그리고 엄마가 그런 글씨체였으니까 나도 괜찮을 것이라고 확신해 버렸다.

사우야, 엄마 아기 때 모습이 어때? 근사하지? 이때가 내 생애 가장 아름다웠어. 사우야, 너도 그랬어. 네가 막 엄마 뱃속에서 나왔을 때…… 생태적으로는 그때가 가장 약하다고 하는데, 난 그렇게 생각 안 해. 그때가 가장 강한 때라고 생각해. 가장 아름답고, 가장 신에 가까운 모습이라고. 난 오래 살지는 못하겠지만 이 세상의 작은 생명이었다는 것이 좋았어. 그래서 지금 사라진다고 해도 죽었다는 생각은 안 해. 다만 다른 모습으로 존재한다고 생각해. 그러니까 엄마가 죽은 날은 기억하지 마. 제사 같은 것 전혀 신경쓰지 마. 엄마 보고 싶으면, 이 사진을 보고, 엄마 생일날만 기억해 줘. 엄마가 이 세상으로 나온 날…….

엄마의 뼛가루는 시골 외할머니네 뒷산에다 뿌렸지만 아버지는 꽃삽으로 한 삽을 덜어 내서 몰래 우리 아파트 정원에 있는 단풍나무 밑에다 묻었다. 엄마가 좋아하는 단풍나무였다.

"하하, 기일이 아니라 생일을 기억하라는 말! 사우야, 나는 네 엄마한테 한 수 배워 간다고 전해라. 나도 그렇게 할래. 제사보다 생일! 그래 나도 사라지는 게 아니라고 생각해. 무엇이로든 남는 거지. 흙이나 물, 바람 같은 그런 무엇으로든 말야. 네 엄마 멋지다! 사우야, 엄마 보고 싶으면, 엄마 뼈가 뿌려진 곳에 가서 흙 한 주먹만 담아 와. 그걸 무화과나무 밑에다 뿌려. 그럼 엄마가 옆에 있으니까 보고 싶을 때 볼 수 있지 않을까?"

"어, 정말 그래도 돼요?"

"그럼."

나는 고맙다고 말을 하면서 엄마의 앨범을 넘겼다. 엄마의 초등학교 입학 사진도 있었다. 사진 속에 있는 외할머니, 외할아버지는 아버지보다 더 젊었다. 내 기억 속에 남은 외할머니는 키가 작고 말수가 거의 없는 늙은 사람이었다. 외할아버지는 기억 속에 없는 걸로 보아 내가 세상에 나오기 전에 돌아가신 게 분명하다.

쑥색 스웨터 가슴에다 하얀 손수건을 매단 엄마의 사진 밑에 편지가 있었다.

사우야, 외할아버지랑 외할머니는 아들딸을 차별하지 않던 멋진 분들이었어. 돌아가실 때까지 엄마를 한 번도 꾸짖지 않았어. 늘 나만 보면 널 믿는다 하셨지. 엄마가 대학 때 학생운동하다가 감옥에 간 적이 있단다. 그때도 두 분은 '널 믿는다'라고만 하셨어. 사우야, 나도 널 믿어. 네가 초등학교 때 힘든 일을 많이 당했을 때도 엄마는 그 말만 해 주고 싶었어. 적어도 널 서른 살까지는 지켜 주고 싶었는데, 그러지 못해서 미안해.

나는 잠깐 눈을 감았다. 그리고 나도 모르게 입술을 모았다. 휘파람이 약하게 나왔다. 침을 몇 번 삼키고 다시 앨범을 넘겼다. 어린 엄마가 나무 밑에서 삽을 든 채 울고 있었다.

사우야, 내가 가장 좋아했던 우리집 강아지가 죽었을 때…… 사흘 밤을 울었지. 내가 직접 묻어 주는 걸 외삼촌이 찍은 거야. 그땐 너무 슬퍼서 밥도 안 먹고 살아갈 수가 없을 것 같았는데, 이웃집에서 준 강아지가 그 밑에서 노는 걸 보자 슬픔이 싹 달아나 버렸어. 사우야, 슬픔이란 그런 거야. 슬픔은 머물러 있지 않아. 슬픔은 새로움에게는 못 당해.

또 한 장을 넘겼다. 대학생인 엄마가 보였다. 그 옆에 아버지가 있었다.

사우야, 엄마랑 아빠는 이렇게 대학 때 만났어. 서로 잘 통했고 많이 좋아했어. 그런데 난 늘 투정만 부렸고, 한 번도 아빠를 따뜻하게 챙겨 주지 못했어. 사실 결혼하기 전부터 엄마 몸이 안 좋아졌어. 그래서 난 결혼을 하지 않으려고 했는데…… 결혼하면 괜찮아질 거라고 하면서 아빠가 위로해 주었고, 그렇게 결혼을 했지만 엄마는 점점 나빠졌어. 너를 낳고 나서 잠깐 몸이 좋아졌다가 다시 안 좋아졌어. 엄마 개인적으로는 미련이 없고 크게 슬프지도 않아. 근데 아빠한테는 너무 미안하단다. 그게 너무 마음이 아프단다. 사우야, 그러니 네가 아버지를 좀 많이 이해해 주고, 잘해 줬으면 좋겠다. 혹시 아버지가 좋아하는 사람을 데리고 오면, 네가 엄마 몫까지 대신해서 환영해 주었으면 좋겠다!

나는 눈을 감고 앨범을 덮었다. 사진은 더 이상 없었다. 가슴이 먹먹해졌다. 갑자기 아버지 얼굴이 크게 떠올랐다. 아버지가 근처에 있다면 당장 달려가서 보고 싶었다. "사랑한다, 사우야!" 엄마의 마지막 말이 귀에서 맴돌이쳤다. "아버지 좀 지켜 줘라!" 엄마의 그 말은 너무 벅찼다. 나는 울음이 터질 것 같은 눈을 한 번 문지른 다음, 나 자신도 감당할 수 없었는데 어떻게 아버지를 지켜 달라고 하는지 모르겠다고 말했다. 그런 내 목소리가 떨렸다.

찔레꽃 씨가 내 왼쪽 어깨를 감쌌다. 나는 그녀의 품속으로 한없이 빨려들고 싶었다. 찔레꽃 씨가 내 머리를 손으로 쓸어 주었다. 알 수 없는 향기가 코를 찔렀다. 그것이 여자의 향기인지 무엇인지 그건 모르겠다. 아무튼 그 어디에서도 느껴 본 적이 없는 향기였다.

"사우야, 엄마는 네가 어른인 아빠보다 더 강하다고 믿었던 것 같구나. 나라도 똑같은 말을 했을 거야. 어른들보다 아이들이 더 강하단다. 어른들은 안 그런 척할 뿐이야. 넌 강해! 그러니까 이렇게 엄청나게 큰 거지."

나도 모르게 슬그머니 웃음이 나왔다.

"에이, 그런 게 어딨어요? 키가 큰 만큼 강하다면 키 작은 사람들이 다 반발하겠네요. 저도 제발 제가 강해졌으면 좋겠어요. 엄마의 바람처럼요. 엄마는 돌아가시기 전날 밤에도 아빠가 아니라 어린 저한테 유언을 남겼어요. 상태가 악화되어 병원에 입원하기 전날 나를 조용히 불러서 한마디 한마디 입안에서 물건을 끄집어내듯이 말했어요. '사우야, 엄만 아들 걱정 안 해. 넌 잘할 수 있어. 엄마가 죽어도 너무 울지 마. 엄마랑 좋았던 날만 기억하고…….'"

나는 말을 다 잇지 못하고 울컥 터지는 눈물 때문에 고개를 숙였다. 화장실에 가려다가 이 자리를 피하면 더 걷잡을 수 없이 눈물이 터질 것 같아서 힘껏 입술을 깨물었다. 그리고 어떤 일이 일어났는지 알 수 없었다. 어느새 나는 찔레꽃 씨의 품에 안겨 있었다. 그것이 쑥스러워서 천천히 고개를 들고 뒤로 물러나면서 다시 입을 열었다.

"찔레꽃 씨, 전 엄마가 돌아가실 때도 별로 울지 않았어요. 그냥 어른들 눈치가 보여서, 아들로서 슬퍼한다는 것을 보여 주어야 할 것 같아서, 그런 의무감에 울었을 뿐인데…… 근데 오늘은 진짜 눈물이 나네요. 엄마의 말처럼 제가 아버지를 지켜 줄 수 있을 만큼 강한 사람이었으면 좋겠어요. 진짜요!"

"사우야, 그러지 않아도 돼. 아버지는 아버지 스스로 살아가야지. 넌 너 스스로 살아가야 하고. 엄마는 그것을 강조하려고 그런 말을 했을 거야. 네가 아버지를 위할 정도로 강한 사람이었으면 좋겠다고."

"찔레꽃 씨, 미안해요. 저 때문에 찔레꽃 씨 글을 거의 못 썼네요."

나는 물을 마시면서 미안하다는 말을 또 다시 되풀이하였다.

"아니야, 사우의 엄마를 만나게 되어서 너무 좋았어. 시간 많은데 천천히 하지 뭐. 오늘은 여기까지 하고, 이따가 내가 봐서 시간 나면 다시 올게."

찔레꽃 씨는 다시 한번 시간을 확인하면서 일어났다.

저녁 10시쯤에 찔레꽃 씨한테 전화가 왔다.

"사우야, 너 혹시 일할 생각 없니? 알바 말야. 문상 가서 내가 잘 아는 분을 만났는데 지금 당장 사람을 구한다고 해서 네 생각이 난 거야. 보수도 그만하면 괜찮은 편이고, 무엇보다 하루를 일찍 시작해서 좋아. 하루를 두 번 사는 기분이 들어. 나도 그 일을 했었거든. 요새 몸이 안 좋아서 쉬지만."

나는 찔레꽃 씨의 말이 끝나기도 전에 하겠다고 말해 버렸다. 어찌나 크게 말했는지 집 안이 울릴 정도였고, 어디선가 고양이가 기어 나오더니 깜짝 놀랐다고 눈을 찌푸렸다. 찔레꽃 씨가 소개해 준 곳이라고 하면 무조건 신뢰가 갔으며 단순하게 짐을 나르는 일만 한다는 것도 마음에 들었다. 나는 새삼 찔레꽃 씨가 고마웠다.

"나 낼부터 일해. 동네에 있는 택배 물류센터래. 새벽 다섯 시까지 나가야 해. 택배 보낼 물건들을 분류하는 거래. 오전 열 시면 끝나. 찔레꽃 씨가 소개해 줬어."

"그거 힘들 텐데. 할 수 있겠어?"

고양이는 좀 더 천천히 알바할 곳을 알아보는 게 어떠냐고 물었다.

"아니야, 해 볼 거야."

"그래, 하지만 네 눈빛이 너무 긴장하고 있는 것 같아서."

그건 사실이었다. 막상 일을 한다고 생각하니 은연중에 긴장이 되었다.

"만약 이 일을 잘 해낸다면 더 이상 아버지에게 매달리지 않아도 될 거야. 그만큼 나는 자유로워질 것이고 아버지를 편안하게 해 줄 수 있겠지. 근데 한 번도 일을 해 본 적이 없어서 긴장이 되나 봐."

"그건 누구나 그럴 거야. 그런 거라면 걱정할 거 없어."

"걱정 안 해. 근데, 또 엄마 생각이 나."

나는 고개를 흔들다가 눈을 감았다. 왜 이렇게도 엄마가 자주 생각나는지 모르겠다. 다행히도 눈물은 흐르지 않았다.

"누구나 엄마를 생각하는 건 당연해. 나도 엄마 생각이 많이 나. 지금도 그래."

고양이는 나한테 엄마 사진을 보여 달라고 하였다. 나는 다시 고양이랑 엄마의 앨범을 보았다. 엄마의 앨범을 보자 마음이 차분해졌다.

4시 30분쯤에 찔레꽃 씨가 현관문을 두드렸다. 핸드폰 알람을 맞춰 놓기는 했으나 너무 긴장해서 그랬는지 그걸 듣지 못했다. 찔레꽃 씨는 긴장하고 있는 내 얼굴을 보더니 편안하게 마음을 가지라고 하였다.

처음에는 얼떨떨한 상태였지만 쌀자루와 종이 상자를 몇 개 나르고 나니까 온몸에 힘이 빠지면서 긴장감도 풀어졌다. 그때부터 아무 생각도 안 들었다. 일은 내 예상보다 힘이 들었고, 그때마다 주저앉고 싶었지만 겨우겨우 참아 냈다.

어쨌든 나는 생애 처음으로 육체노동을 소화하였다. 일을 끝내니 오전 11시 10분 전이었다. 보통은 10시 전후로 일이 끝나지만 오늘은 택배 물량이 많아서 늦어졌다고 하였다. 물류센터의 책임자로 보이는 오십 대 남자가 와서 할 만하냐고 물었다. "예." 나는 짧게 대답하였다.

"그래, 젊은데 이까짓 게 일이야? 자, 수고했고. 내일도 늦지 않게 와요."

그는 나이에 비해서 머리털은 풍성했지만 머리가 너무 짧았다. 그래서 아무리 살갑게 웃어 주어도 그 사람의 눈을 쳐다볼 수가 없었다. 그렇게 규격화된 머리가 싫었고, 일정한 선만 넘으면 절대 용납하지 않는 성격의 소유자 같았다. 나는 그의 직함도 모른다. 관심이 없어서인지 귀에 들어오지도 않았다. 나한테는 그런 것들이 하나도 중요하지 않았다. 내가 힘든 일을 무사히 해냈다는 사실만이 중요했다.

새벽에 물류센터에 도착했을 때는 짙은 안개가 끼어 있었다. 30여 명의 사람들이 나와 있었다. 나는 사십 대 초반의 윤 씨라는 사람 옆에서 일을 하였다. 택배기사인 윤 씨는 키가 나보다 훨씬 작았지만 내가 들었다가 놓아 버린 물건들도 불끈불끈 들어 올렸다. 윤 씨는 말수가 많은 사람은 아니었지만 필요할 때마다 요령을 가르쳐 주었다.

집에 들어서니 고양이가 기다리고 있었다.

"괜찮았어!"

나는 약간 과장되게 말했다. 내 얼굴에서 열이 느껴졌다. 뭔가 일을 한다는 것에 대한 가치를 느꼈다고 한다면 너무 과장된 표현이겠지만 분명한 것은 내 몸이 상상도 할 수 없을 정도로 활기에 넘쳐 있다는 사실이다.

"뭔가 짜릿해. 야, 난 지금까지 살아오면서 이런 즐거움이나 성취감을 느껴 본 적 없어."

내 입에서 이렇게 많은 말들이 삽시간에 튀어 나갈 줄은 상상도 못했다.

"새벽에 힘든 알바 하고 나서 짜릿했다고 말한 사람은 대한민국에서 너밖에 없을 거야."

고양이는 한참 뜸을 들이다가 말했다.

"그래도 좋네. 어쨌든 힘든 일이라서 걱정이었는데."

"일을 더 해 봐야 알겠지만 정말, 정말, 정말 좋았어. 물류센터로 온 물건들을 컨베이어 벨트에 올려 놓는 것이 주된 일이야. 일할 때는 워낙 바빠서 아무 생각도 안 나. 난 그게 너무 좋아. 난 가끔씩 내 머리 속에 있는 뇌를 끄집어내고 싶었거든. 제발 생각 좀 하고 싶지 않은데, 그게 맘대로 안 되는 거야. 근데 일을 하니까 생각이 없어지더라고."

내 입에서 말이 많아지고 있었다. 나는 그걸 알면서도 일부러 입을 막지 않았다. 찔레꽃 씨가 너무 고마웠다. 찔레꽃 씨는 새벽에 나를 깨워 주었고, 따뜻한 율무차로 긴장감을 풀어 주었다.

"사우야. 옷 다른 거 없어?"

새벽에 집을 나가면서 찔레꽃 씨가 불쑥 그렇게 물었다.

내가 멈칫하자 찔레꽃 씨가 슬쩍 눈길을 피하면서 말했다.

"이사 왔을 때부터 내내 이 옷만 입는 것 같아서."

그러고 보니 중학생이 된 뒤로는 몸에 맞는 옷을 사 본 적이 없었다. 지금 입고 있는 옷도 아마 고모부가 입던 옷일 것이다. 그렇다고 고모한테 서운한 감정을 품지도 않았다. 고모는 틈만 나면 백화점에 같이 가서 옷 좀 사 오자고 소리쳤다. 나는 옷에 대해서 무관심했다. 그냥 몸을 가릴 수만 있으면 된다고 생각했다. 그래서 고모의 말을 번번이 거절했다.

나는 조금 당황하면서 위아래 옷을 새삼스럽게 보았다. 내 몸을 덮고 있는 것은 겨울옷이었다. 나는 여름에 겨울옷을 입어도 별로 불편하지 않았지만 타인의 눈에는 그렇게 보이지 않을 수도 있다는 사실을 인정하지 않을 수가 없었다. 그렇다고 당장 어찌할 수도 없었다.

"사우야, 조만간 나랑 같이 백화점 한번 가자. 너희만 할 때는 하루가 다르게 키가 크기 때문에 옷을 오래 못 입어. 거 봐라. 청바지도 짧고, 남방은……."

찔레꽃 씨는 자신의 말이 잔소리처럼 느껴졌는지 그 대목에서 말꼬리를 흐렸다. 놀랍게도 나는 그 말을 듣고는 순한 아이처럼 "예!" 하고 대답을 했다. 어쩌면 내 마음속에 옷에 대한 갈망이 있었는지도 모른다.

"그건 당연해. 넌 지금 부인할지 몰라도 네 본능은 그렇지 않았을 걸. 더 멋있고 더 좋은 옷을 입고 싶었을 거야."

고양이는 본능이라는 말을 몇 번이나 강조했다.

"그게 본능이니까. 특히 네 나이 때에는 더 그래. 넌 지금 꽃이나 다름없는 나이이거든. 꽃은 자신이 피고 싶어서 피는 것도 있지만,

피고 싶지 않아도 그냥 본능적으로 피어나지. 그래서 꽃송이를 꺾어 놓으면 수분이 보충되지 않는데도 꽃은 피어나는 경우가 있어. 그런 경우래. 그냥 본능!"

나는 늘 그랬듯이 고양이의 말을 듣고는 고개를 끄덕였다.

"어쨌든 잘됐다. 사실 널 봤을 때 옷차림이 좀 이상했어. 우리 고양이들도 계절에 따라 옷을 바꿔 입어. 그걸 모르는 인간들 눈에는 늘 같은 옷을 입고 있는 것처럼 보이겠지만 그렇지 않아. 겨울에는 가장 두꺼운 털옷, 봄과 가을에는 조금 더 얇은 옷, 여름에는 아주 얇은 옷으로 갈아입는다고. 다 그런 거야."

고양이의 말에 더 이상 대꾸하지 않았다. 급격하게 배가 고파 왔기 때문이다. 뱃속에 내 몸이라는 엔진을 가동하기 위해서는 절대적인 열량이 부족하기 때문에 어서 밥을 보충하라는 맹렬한 욕구가 나를 즐겁게 하였다. 나는 뜨거운 물에다 밥을 두 그릇이나 말아서 뱃속으로 밀어 넣었다. 별다른 반찬을 섞지 않아도 뱃속에서는 불만이 없었다. 오히려 모처럼 풍성하게 밥이 들어오자 위와 장을 비롯하여 간이나 신장 같은 일꾼들이 즐거워하는 듯했다.

어젯밤에 잠을 설쳐서 그랬는지 아니면 모처럼 힘든 노동을 해서 그랬는지 밥을 먹자마자 잠이 들었다. 깊은 잠이라는 것이 이런 상태를 말하는구나, 하는 생각을 했을 정도로 달게 잠을 잤다. 눈을 떠보니 오후 다섯 시였다.

화장실에 다녀오자마자 핸드폰이 울렸다. 화면에 오진구라는 글자가 떴다. 진구가 그렇게 자기 이름까지 입력해 둔 모양이었다.

나는 조금 망설이다가 전화를 받았다.

"야, 사우야! 나다, 나! 진구야! 알지?"

"알아."

나는 일부러 짧게 말했다. 어쩌면 나는 어른이 될 때까지는 친구를 사귀지 못할 수도 있다는 생각을 하고 있었다. 그날 이후로 그랬다. 나는 또래 아이들의 모든 행동이 유치했고, 개념이 없어 보였다. 공부를 좀 한다는 놈이나 그렇지 않은 놈이나 내 눈에는 다 한통속으로 보였다. 그래서 나는 일부러 아이들에게 다가가지도 않았고, 누군가 다가오도록 틈을 주지도 않았다.

진구라는 아이는 그런 나를 혼란에 빠트리고 있었다.

"야, 너 지금 바쁘냐? 안 바쁘지? 그럼 나와라. 여기……."

진구가 나오라고 하는 지하철역은 우리집에서 멀지 않았다. 나는 잠깐 망설이다가 알았다고 대답했다. 오늘 처음으로 일을 하고 푹 잠을 자서 그런지 기분도 나쁘지 않았다. 어차피 녀석하고 전화번호를 공유한 상태라서 몇 번은 만나야 한다. 그래야 그가 어떤 아이인지 알 수 있다. 만약 진구가 진실한 아이라면 굳이 멀리할 이유가 없었다.

진구는 저번보다 나를 더 반갑게 맞았다. 다만 그때하고는 달리 이번에는 교복 차림이 아니었다. 교복을 벗은 그는 두꺼비처럼 배가 나와 있었고 몸에 비해서 얼굴도 커 보였다. 그때만큼 키도 작아 보이지 않았다. 옷에 따라서 사람의 인상이 그렇게 달라졌다.

진구랑 나는 중화요릿집에 가서 짜장면이랑 탕수육을 시켜 먹었다. 계산은 내가 망설일 틈도 없이 진구가 하였다. 내 또래 아이한테 밥을 얻어먹기란 오늘이 처음이었다. 그래서 나는 진구가 달리 보였고, 처음부터 줄곧 경계심만 품고 있었던 내 자신이 조금은 부끄러웠다.

진구는 중화요릿집에서 나와 주위를 두리번거리다가 팥빙수 가게로 갔다. 진구는 부모님 모르게 베트남 쌀국수집에서 알바를 하고 있다고 하였다. 알바를 하는 이유는 여자 친구에게 선물을 사 주기 위해서라고 한다. 너무 좋아하기 때문에 여자 친구에게 비싼 명품을 사 주고 싶다며 미소를 지었다. 그러면서 나한테 그녀의 사진을 슬쩍 보여 주었다.

"예쁘네."

"그래, 나는 이렇게 작아도 걔는 안 그래. 근사한 애야."

진구의 표정이 진지했다. 자신이 좋아하는 여자를 위해서 최선을 다하는 진구가 부럽기도 하였다. 나는 오늘 처음으로 일을 시작했다는 말을 전했다. 나도 모르게 내뱉었다. 진구는 다소 놀라는 눈빛이었다.

"너 혹시 혼자 사냐?"

순간 나는 망설였다. 진구는 금세 감을 잡았는지 내 어깨를 툭 쳤다.

“나 알바 가기 전까지 잠깐 시간 비는데 너희 집에 가서 이야기 하자. 이 근처지?”

진구는 벌떡 일어나서 계산을 하고 나섰다. 진구는 다시 근처에 있는 파리바게트에서 빵을 한 봉지 사 왔다. 그걸 보자 더 이상 망설일 수가 없었다.

진구는 우리 집 주변을 잘 안다고 하였다. 여자 친구가 이 동네에 살기 때문에 많이 와 본 길이라고 아는 체했다. 특히 우리 집 앞에 있는 교회가 아파트 몇 층 높이인지 아냐고, 전 세계적으로 몇 번째로 큰 교회인지 아냐고, 저 교회에 다니는 신도가 얼마나 되는지 아냐고 끝없이 물어 왔다. 그러다가 교회에 가려진 우리 집을 보고는 여기는 살 만한 곳이 아니라고 고개를 흔들어 버렸다. 그러면서도 진구는 나를 따라서 2층으로 올라왔다.

진구는 종이로 도배된 창을 보고는 뭐라 알 수 없게 중얼거리더니 내가 참으로 독특하다며 웃었다. 그러더니 자신이 다음에 월급을 타면 근사한 커튼을 달아 주겠다고 약속했다. 그 말을 듣자 진구하고 정말 좋은 친구가 될 수 있을 것 같았다. 빈말이라도 너무 고마웠다.

갈 수 없는 약속 장소

오늘은 찔레꽃 씨가 아래층으로 나를 불렀다.

"우리 남편이 오늘은 야간에도 일을 해. 택시 일이라는 것이 그렇지. 와서 같이 밥 먹자."

밥상은 소박했다. 물김치와 김장 김치가 기본으로 등장했고 조기 한 마리가 나한테 배당되었으며 큰 그릇에 야채 샐러드가 담겨져 있었다. 내가 이렇게 많은 음식을 위장에 담아 본 것도 처음이었다. 그런데도 별로 불편함이 느껴지지 않았다.

찔레꽃 씨네 집도 밖에서 예측했던 것보다 넓고 깊었다. 미닫이 문을 열고 들어가자마자 길쭉한 거실이 나타났으며 세 개의 방이 좌우측으로 쪼개져 있었다. 그중 햇살이 가장 부지런하게 들어오는 곳이 찔레꽃 씨의 방이었다. 미미의 방은 가장 깊은 곳에 있었고, 돈키호테 씨의 방은 셋 중 가장 작았다. 돈키호테 씨의 작은방 창가에는 오래된 앉은뱅이책상이 있었고, 그 위를 오토바이 헬멧이 지키고 있었다. 수백 혹은 수천 년 전부터 그 자리를 지키고 있는 듯한 자태였다. 꼭 살아 있는 것 같았다.

"우리는 잠을 각자 다 따로 자고, 자기 방은 자기 맘대로 하는 게 원칙이야. 나도 간섭 안 해. 그냥 바닥만 청소해 줘. 원래는 청소도 각자 하기로 했는데, 미미는 거의 집에 없잖아? 우리 남편도 한 달 중 반은 날밤을 새워서 일하고. 그래서 내가 청소는 해 주는 거야. 이것도 살림살이가 많은 편이야. 더 줄여야 해. 최대한 살림살이를 늘이지 않고 사는 게 우리의 목표란다. 그래서 옷도 많지 않아. 우린 좋은 옷을 아끼지 않고 빨리빨리 입은 다음 과감하게 버리거든."

찔레꽃 씨는 밥상을 물리고는 당신이 쓰는 방으로 안내했다. 창가에는 공업용 재봉틀 한 대가 천으로 덮여 있었고, 그 뒤쪽으로 동그란 테이블에 의자가 네 개 놓여 있었다. 주로 친구들이 왔을 때 여기서 차를 마신다고 하였다.

"오늘은 너한테 녹취록을 보여 줄게. 이런 것도 책에 넣어야 할 것 같아."

찔레꽃 씨는 초록색 파일을 나에게 가져다주었다. 거기에는 몇 사람의 녹취록이 정리되어 있었다.

"아마 처음에 공사장 인부 김 씨가 나올 거야. 그 사람이 가장 협조적이었어. 그 사람이랑 이야기하면서 처음으로 몰래 녹음했는데, 그때 얼마나 떨렸는지 몰라. 내가 녹음을 해서 오면 잘 아는 법무사 정 씨가 녹취록을 만들어 주었어. 자, 한번 읽어 봐. 그럼 상황이 어떻게 되었는지 더 쉽게 알 수 있을 거야."

나는 고개를 끄덕이면서 파일 첫 장을 넘겼다.

오세지 씨(이하 오): 아, 많이 드세요. 그냥 한번 점심 사 드리고 싶어서 그런 거니까 부담 가지지 마시고요. 아 참, 김 씨! 거기 앞니요? 그거 정말 나한테 맞아서 그런 거예요? 난 진짜 댁을 때린 기억이 없거든요.

김용갑 씨(이하 김): 에이 곤란하게 자꾸 그런 거 물어보세요. 그런 거 자꾸 물어보면 나 갈래요!

오: 아니, 아니. 뭐 내가 댁을 어떻게 하겠어요? 근데 나도 잘 모르겠어서…… 진짜 내가 무의식중에 그런 것인지…… 하도 다들 내가 그랬다고 하니까, 진짜 내가 그런 건지 이제는 헷갈려요. 그래서 진짜 그랬으면 깨끗이 사과하고 합의하려고 그런 거지요.

김: 에이 아줌마, 진짜 모르시는 거예요? 아니면 모르는 척하시는 거예요?

오: 아니 그게…….

김: 저도 아줌마 병원에서 처음 봤어요!

오: 그럼 이빨은?

김: 그거요? 그 전에 친구들이랑 산에 갔다가 넘어져서 다친 것인데……. 현장소장이 갑자기 부르더니 그날 일을 대충 설명하더라고요. 그리고 협조해 주면 무료로 치료해 주고 보상금도 받을 수 있다고…….

나는 거기까지 읽다가 찔레꽃 씨를 보았다. 너무도 말이 안 되는 상황이라 입안에서 자꾸만 욕이 맴돌았다.

"나는 그때 모든 실체가 드러나는 것 같아서 얼마나 기뻤는지 몰라."

"이 정도면 다 드러난 거나 마찬가지네요."

"그치? 자, 더 읽어 봐."

찔레꽃 씨가 어린애처럼 새물새물 웃으면서 다그쳤다.

오세지 씨(이하 오): 어떻게 그럴 수가 있어요?

김용갑 씨(이하 김): 사실 다들 미안해하죠. 하지만 다들 목구멍이 포도청이라……. 그러니까 아줌마도 너무 끌지 마시고 적당히 합의하세요. 괜히 끌어 봤자 아줌마만 힘들어져요. 그럼 나 먼저 일어날게요.

오: 하여튼 고마워요. 밥이나 더 드시고 가세요.

김: 저도 이런 일을 몇 번 당해 봐서 알거든요. 억울해도 어쩔 수 없어요. 때론 억울해도 못 이기는 척 물러나는 게 사는 겁니다. 우리 같은 사람들이 그렇게 사는 거죠 뭐.

"진짜 말이 안 나오네요!"

"그치이? 그럴 거야! 누구라도 이걸 보면 그렇게 생각할 거야. 자, 그 다음에 있는 것 또 읽어 봐. 이번에는 교회 집사님이야. 여기 교회 앞에 있는 마트 있지? 그 마트 사장님!"

찔레꽃 씨는 차분하게 웃고 있었다. 내가 씩씩거리면서 분노해도 히히히 웃으면서 적당히 달래 주었다.

오세지 씨(이하 오): 집사님, 딸이 이번에 좋은 대학에 붙었다면서요? 좋으시겠어요. 교회에다 헌금을 많이 해서 예수님이 도와주셨나 봐요.

김성진 집사님(이하 김): 모두 다 고마우신 분들 덕이지요. 그나저나 오세지 씨 저랑 한번 산에 가기로 했잖아? 언제 갈 겁니까? 아니면 다음달에 1박 2일로 한라산 가는데, 그때 같이 가시든가요.

오: 예, 기회가 되면 한번 같이 가시죠. 그런데요, 집사님. 솔직하게 저한테 말씀 좀 해 주시면 안 돼요? 전 아무리 생각해도 이해가 안 되고 답답해요. 저는 공사장 사람들을 때린 적이 없는데…… 이게 도대체?

김: 아, 또 그것 말하는 거예요? 아 참, 그냥 못 이기는 척하시라니까는…… 그게 그렇게 안 돼요? 돈 때문이라면 저한테 말하라고 했잖아요. 오세지 씨가 합의만 하면 그쪽에서도 치료비를 요구하지 않겠다는 걸로 아는데요.

오: 치료비가 문제가 아니에요. 저는 끝가지 갈 거예요.

김: 아 참, 답답하시네. 그렇게 살 필요가 뭐 있어요? 제가 이런 말하기는 그렇지만 절대 못 이깁니다. 우리 교회만 해도 장로님들 중에 판검사도 계시고, 집사님들 중에는 국회의원, 경찰, 구청, 시청 공무원도 계시고요.

오: 그거야 저도 잘 알지요. 하지만 너무 억울해서…….

김: 아 참, 이거…… 오세지 씨, 절 보고 그냥 참으세요. 제가 정말 이런 말까지 해서는 안 되는데…… 저는 교회에서 현장소장이랑 경찰 그리고 장로님들이랑 여러 차례 만나는 것도 봤어요. 더 이야기하지 않을게요. 그분들이 왜 만났겠어요? 그러니 이쯤에서 정리하세요. 나머지 일은 제가 다 알아서 할 테니 저한테 위임해 주세요. 어때요? 굳이 이렇게까지 골치 아프게 할 필요가 없잖아요? 집도 팔아 버리세요. 제가 더 좋은 곳으로 알아봐 드릴게요. 나무도 더 크고 좋은 나무로 심어 드릴게요. 저까짓 무화과나무가…….

"그 말을 듣는 순간, 이 사람은 더 이상 만나지 말아야겠구나 생각했지. 그래도 이 동네 사는 사람들 중에서는 괜찮은 분이라고 생각했거든. 겸손하고, 항상 남을 생각하고 해서. 근데 그까짓 무화과나무라는 말을……."

찔레꽃 씨는 살짝 눈을 감고는 고개를 흔들어 댔다.

"그래서 지금은 안 만나."

"아, 예에…… 근데 정말 읽다 보니 짜증 나네요. 이건 뭐 너무 뻔해서 초딩들이 수사를 해도 금방 알 수 있겠네요. 그러니까 '공사장 책임자'가 경찰이랑 교회 사람들이랑 이렇게 다 짜고서 일을 꾸민 거네요. 그치요?

"경찰관 오 씨의 말도 녹취를 했는데, 그건 나중에 경찰이 와서 강제로 뺏어가 버렸어. 뭐야, 재판 끝난 뒤에, 내가 병원에 있을 때

와서 가져갔대. 그게 증거로 채택도 되지 않는다고 하는데 왜 그걸 가져갔는지 모르겠어? 뒤가 몹시 구렸다는 뜻이지 않겠어?”

나는 고개를 끄덕이면서 “말도 안 되는 일이에요!” 하고 크게 소리쳤다. 찔레꽃 씨는 평소보다 한 옥타브 낮은 목소리로 말했다.

“나도 그 정도 준비했기 때문에 이길 수 있다고 확신했지. 법무사 정 씨가 요즘은 몰래 녹취한 것이면 증거 효력이 없다고 했지만 난 믿지 않았어. 왜냐면 진실이니까!”

그렇게 하루하루가 지나갔다.

나는 아무 탈 없이 흘러가는 시간이 좋았다. 점점 시간에 무디어지면서 그냥 그렇게 한없이 흘러가고 싶었다. 그러다가 어느 날 문득 정신을 차려 보니 팔십 대 노인이 되어 있다고 해도 괜찮을 것 같았다. 무엇보다도 내 머릿속이 단순해지고 있었다. 새벽에 일을 나가면 잡념이 들지 않았다. 집에 와서는 찔레꽃 씨의 이야기를 다 듣고 컴퓨터로 입력하는 일을 했다. 그러다가 시간이 나면 찔레꽃 씨가 준 기타를 꺼내 만졌다. 나는 초등학교 때 잠깐 기타를 배운 적이 있었다. 얕은 지식이라고 해도 그때 배운 감이 있어서 그런지 대충 인터넷 영상만 봐도 알아들을 수가 있었다.

“혹시 기타에 관심 있니? 그럼 이거 가져가. 괜찮아. 어차피 누구 주려고 했던 거야. 미미가 중학교 1학년 때 산 건데, 딱 한 달 학원에 다니더니 적성에 맞지 않는다고 팽개치더라고. 미미한테도 이미 말했어. 누구든 필요한 사람이 있으면 그냥 주래."

사실 나는 기타에 미미의 손때가 묻어 있다는 그 자체만으로도 부담이 되었고, 그래서 몇 번이나 거절을 하였다. 이제 일도 시작했기 때문에 내 손으로 기타 하나쯤 장만하는 것은 어렵지 않다고 말했다. 그런데도 찔레꽃 씨는 거의 강제로 기타를 내 품에다 밀어 넣었다. 대신 빨리 기타를 배워서 〈찔레꽃〉 노래를 근사하게 연주해 달라고 하였다. 막상 기타를 받았을 때는 자신이 없다면서 고개를 흔들었으나 언젠가는 그 노래를 찔레꽃 씨한테 들려주고 싶었다.

그 노래는 코드가 어렵지 않아서 연습을 몇 번 반복하니 쉽게 익힐 수 있었다. 어느새 고양이가 다가와 듣고 있었다.

"오, 생각보다 기타를 잘 치네. 너 기타에 재능 있구나?"

고양이가 그렇게 말해 주자 기분이 좋아졌다.

"난 노래를 잘 못해. 기타는 다른 악기하고 달리 연주와 노래를 같이 해야 하거든. 아무리 기타를 잘 쳐도 노래를 못하면 별로야. 반대로 기타 연주가 서툴러도 노래만 잘하면, 노래가 기타를 끌고 가니까 괜찮아. 나도 그러고 싶은데, 난 노래를 잘 못해."

"아냐, 괜찮아. 너한테 잘 맞는 노래를 찾으면 되지. 일단 〈찔레꽃〉이라는 노래는 잘 어울려."

그런 칭찬을 들으니까 은근히 자신이 생겼다.

나는 눈을 감고 반주에 맞춰 노래를 부르다가 깜짝 놀랐다. 누군가 우리집 현관문을 두드리고 있었다.

"누구지? 찔레꽃 씨는 아닌 것 같고."

시간을 보니 열한 시가 넘어서고 있었다. 이렇게 늦은 시간에 찾아올 사람이 있을 리가 없었다. 나는 슬그머니 일어나서 거실 창가로 간 다음 바깥을 훔쳐보았다. 진구였다.

"아는 친구야?"

"응. 중학교 친구야."

"그럼 어서 문 열어 줘."

내 핸드폰도 울렸다. 진구라는 이름이 화면에 떴다. 만약 내가 문을 열어 주지 않으면 밤새도록 전화를 해 댈 것 같았다.

나는 천천히 현관문을 열어 준 다음 일부러 피곤한 표정을 지었다.

"사우야, 나다. 진구야! 짜식, 벌써 자냐?"

진구가 빨간 모자를 벗으면서 반쯤 현관으로 들어오더니 슬쩍 뒤돌아보고는 누군가를 향해 손짓했다. 조금 전에 거실 창으로 볼 때는 분명히 혼자였다. 진구가 나를 보고 씩 웃었다. 혼자가 아니었다. 나는 불편해지기 시작했다.

"야, 괜찮으니까 어서 들어와!"

낯선 여자가 나타났다.

고양이도 놀랐는지 그들을 보자마자 안방으로 달아났다.

"와아, 고양이다! 나 고양이 진짜 좋아하는데."

여자가 핑크색 머리를 흔들면서 안으로 들어왔다. 여자는 분필 가루를 뒤집어쓴 것처럼 얼굴이 하얬다.

"어어, 금방 방으로 들어갔는데…… 어디로 갔지? 아무리 봐도 없네."

여자는 어느새 내 방까지 들어갔다가 거실로 나왔다.

나는 그때까지 멍하니 서 있었다. 이런 경우를 한 번도 경험해 본 적이 없어서 어떻게 해야 할지, 무슨 말을 해야 할지 알 수가 없었다. 이럴 때마다 내가 인조인간이었으면 좋겠다고 생각한다. 그렇다면 고민할 필요도 없이 정해진 매뉴얼에 따라서 움직이면 될 테니까.

"쟤가 네 친구야? 중딩 친구라고? 쟤가 너보다 더 멋있게 생겼다. 짱이네! 헤어스타일이 죽여 주네!"

여자는 낙지처럼 흐느적거리면서 나를 겨누어 보았다.

나는 여자의 눈길을 한 번도 마주보지 못했다.

"야, 너 여친 있냐? 내가 소개시켜 줄게."

여자는 나를 몇 번이나 훑어보았다. 나는 그 여자 앞에서 어서 사라지고 싶었다.

"야야, 사람이 물었으면 대답 좀 해라!"

여자는 깔깔깔 웃어 대기도 하고, 발을 들어서 내 엉덩이를 툭툭툭 치기도 했다. 그러고는 자기 이름이 새민이라고 열 번도 넘게 되풀이하여 내 귀에다 심어 버렸다.

새민이는 종이로 도배된 거실 창을 보고 나를 더욱 뚫어져라 쳐다보았다.

"저거 네가 한 거냐? 오오, 햇살을 싫어하는 사람이라? 나랑 비슷하네!"

새민이가 약간 과장되게 키득거렸다. 그러고는 다시 낙지처럼 흐느적거리면서 화장실로 사라졌다.

진구가 내 앞으로 바싹 다가와서 속삭임에 가깝게 말했다.

"사우야, 딱 한 번만 신세지자. 갑자기 재가 집에 안 들어가겠다고 해서…… 집에 무슨 일이 있는 모양이야. 그렇다고 모텔에 갈 수도 없고, 그래서 이리로 온 거야. 여기서 몇 시간만 놀다가 새벽에 나갈게. 넌 그냥 네 방에 가서 자. 우린 여기 거실에서 있을게. 귀찮게 하지 않을 테니까 오늘 하루만 봐주라. 알았지? 진짜 미안하다, 친구야. 내가 오죽하면 이러겠냐? 너도 나중에 여친 사귀어 보면 알겠지만 여친이 집에 가기 싫다는데 어쩔 수 없잖아? 원래 밤새도록 거리를 쏘다닐까도 생각했는데…… 아무튼 미안하다. 다시는 이런 일 없을 테니까, 오늘 밤만 신세지자. 내가 이 신세 꼭 갚을게. 알았지?"

새민이는 화장실에서 나와서 다시금 흐느적거리면서 깔깔깔 웃어 댔다.

"야, 생각할수록 이상하네! 아까 분명히 고양이 있었지? 진구야, 너도 봤지?"

"어, 글쎄? 본 것도 같고 아닌 것도 같고."

"야, 넌 매사에 너무 흐리멍텅해. 그게 탈이야. 진구 친구니까 나랑도 친구지 뭐. 야, 우리 말 트고 지내자. 사우라고 했지? 집에 고양이 키우는 거 맞지? 근데 어디 갔냐?"

내가 대꾸하지 않자 새민이가 벌떡 일어나서 집 안을 뒤지기 시작했다. 그러더니 내 방 침대로 몸을 날리면서 베개를 끌어안고 누워 버렸다. 그건 진구도 예측하지 못한 일이었고, 내가 아무리 눈치를 주어도 녀석은 어찌할 수 없다고 미안해하였다. 그리고 슬그머니 내 방으로 들어가서 방문을 닫아 버렸다.

내 방에서 둘이 중얼거리는 소리, 웃어 대는 소리가 적당한 비율로 끊이지 않았다. 나는 거실에 앉아 있을 수도 없었다. 억지로 누워서 잠을 잘 수도 없었다. 우리 집인데도 꼭 진구네 집에 와 있는 기분이었다.

나는 밖으로 나왔다. 그런 다음 뒷문으로 갔다. 마당 깊은 곳에서 휘파람 소리가 흘러나왔다. 고양이였다. 고양이의 입에서 나오는 휘파람 소리는 사람의 입에서 나오는 휘파람보다 훨씬 낮고 가늘었다.

고양이는 담배를 물고 있었다.

"어, 너 담배도 피우네?"

"가끔 피워. 아까 그 여자 귀엽더라? 나를 찾으려고 혈안이 되었던데……. 그런 애한테 걸리면 몹시 피곤하지. 마치 우리 고양이를 인형처럼 생각할 테니까."

나는 고양이한테 담배가 무슨 맛이냐고 물어보고 싶었다. 순간적으로 그게 궁금해졌다. 어른들은 담배가 해롭다고 말한다. 학교에서도 그렇게 가르쳤다. 나는 그 말을 별로 믿지 않는다. 왜냐하면 담배가 그렇게 무시무시한 것이라면 어른들부터 당장 끊어야 한다. 특히 우리한테 담배가 해롭다고 한 보건 선생님마저도 몰래 피우는 것을 본 적이 있었다.

"사우야, 근데 그 여자도 친구냐?"

고양이가 불쑥 물었다.

나는 고개를 흔들었다. 그리고 고양이 눈을 피했다.

"아하, 그놈! 초딩 같은 놈 여친이구나!"

갑자기 고양이의 목소리가 아버지만큼이나 굵어졌다.

나는 아무런 말을 하지 않았다. 그 어떤 말도 할 수가 없었다.

"그 초딩 같은 놈이 친구인 건 맞니? 보통 친구라면 반가워해야 하는데 네 눈에는 그런 기색이 전혀 없거든."

고양이는 담배 연기를 바닥으로 내뿜었다. 연기는 땅으로 굴러가듯이 밀려갔다.

나는 새끼손가락으로 귀를 후볐다. 밤이슬 몇 개가 떨어졌다.

"친구라고 할 수는 없지만 그렇다고 아니라고 할 수도 없어. 얼마 전에 우연히 만났어. 중학교 1학년 때 같은 반이었다. 아직도 난 걔에 대해서 아는 게 없어. 그래도 나랑 같은 반이었다고 하면서 반갑게 아는 체하는 것이 한편으로는 고마웠어. 그래서 전화번호도 트고 집도 가르쳐 준 거야."

나는 고양이한테 사실대로 말했다. 고양이는 내가 중간에 말을 멈추어도 어서 말해 보라고 다그치지 않았다. 상대방이 말할 때까지 기다려 준다는 것, 그런 여유를 가지고 있었다.

"진구도 나처럼 아웃사이더인 것 같아서…… 또 그렇게 나쁜 아이 같지 않아서……. 그냥 친구 해도 될 것 같았는데……."

고양이는 담배가 거의 다 타들어 가자 과자처럼 나머지 부분을 입안에다 넣고 씹어 댔다. 나는 고양이처럼 무화과나무에 등을 기댔다. 무화과나무가 따뜻했다.

"한때는 나를 괴롭힌 놈들이 죽도록 미웠던 적도 있었어. 지금도 이해할 수 없는 것은, 그 애들의 생각이야. 난 강구 패거리한테 어떤 시비도 건 적이 없어. 난 전학 간 뒤로 더욱 소리 없이 살았거든. 난 존재감이 없어도 좋아. 친구 같은 건 생각도 안 해. 그러니 제발 나를 건드리지만 말아 줘. 부탁이야. 난 그냥 조용히 있는 듯 없는 듯 그렇게 지내고 싶어. 그런 마음이었어. 아이들 눈에 띄지 않으려고 얼마나 애를 썼는지 몰라. 그런데 그놈들이 건드리는 거야. 자꾸 건드리고 또 건드리고 그러다가 싸움이 되었고, 내가 그 놈들 패거리한테 거의 일방적으로 맞았잖아? 나 그때 뇌에 충격을 입어서 각종 검사까지 다 했어. 내가 그쪽에 예민하거든. 초딩 때도 외할머니네 집에서 뇌를 크게 다친 적이 있어. 수술까지 할 정도는 아니었지만 의사 선생님이 단기 기억상실증이 올 수도 있다고 할 정도로 제법 크게 다쳤어. 머리에 혹이 내 주먹보다 더 크게 생겼고, 날마다 어지럽고 그랬어. 그런데 중학교 때 그놈들한테 맞아서 또 머리를 심하게 다쳤거든. 그때도 많이 어지럽고 토하고 그랬어. 근데 우린 똑같이 징계를 받았어. 그것도 억울한데 그놈들은 징계를 받게 된 것이 나 때문이라고 했어. 하도 어이가 없어서 강구한테 따졌지. 그랬더니 그놈이 그래. '이건 다 너 때문이야. 네가 우리 학교로 전학 오지 않았으면 이런 일은 생기지 않았을 거야! 네가 우리 학교로 전학 온 것 자체가 잘못된 거야!' 뭐 그렇게 말하는데 할 말이 없었어. 아, 저렇게 생각할 수도 있구나, 하고. 그 뒤로는 녀석들이 그 어떤 말로 모욕해도 들은 체도 하지 않았어. 학교를 그만둔 뒤로도 한동안 녀석들이 귀찮게 했거든. 난 그놈들을 상종하지 않기로 했지. 아니 내 또래 아이들하고는 눈빛도 마주치고 싶지 않았어. 차라리 아무것도 모르는 외계인들하고 사는 게 더 나았을 거야. 더 이상 학교에 갈 마음은 생기지 않았어. 뭔가를 하고 싶은 아무런 의욕이 생기지 않았어."

얼마 전까지만 해도 나는 이런 기억을 끄집어내는 것조차 버거웠다. 가끔씩 그런 기억들이 떠오르면 내 몸을 지탱하고 있던 뼈들이 흐물흐물 물러지면서 걸어다니거나 서 있을 수가 없었고, 그야말로 아무것도 할 수 없는 통제불능 상태에 빠져 버렸다. 그런 날은 내 방에서조차 단 한 걸음도 나올 수가 없었다. 아무리 고모가 밥을 먹으라고 소리 질러도 움직일 수가 없었다. 그런 나를 이해해 주는 사람은 아무도 없었다. 그런데 이 집으로 이사 온 뒤로는 그런 기억들을 떠올리고 말을 해도 몸이 별로 힘들지 않았다. 도대체 무슨 백신이 내 몸속으로 들어왔는지 모르겠다. 나는 신경정신과 치료를 받은 적도 없으며, 요즘 유행병처럼 번지는 심리치료니 미술치료니 하는 그런 도움을 받지도 않았다. 내가 강구 패거리들이랑 싸우고 나자 선생님은 아버지한테 심리치료를 권했다. 아무래도 내가 어린 나이에 너무 큰일을 겪다 보니 아이들의 사소한 행동에도 너무 예민하게 반응한다는 이유였다. 그 말을 듣고 나는 아버지 앞에서 웃어 버렸다. 다행히 아버지 역시 선생님의 말이 황당하다며 고개를 흔들어 버렸다.

내 몸은 이곳으로 이사 온 뒤부터 편안해지고 있었다. 내가 이 사회 어딘가에 뿌리를 내리고, 나름대로 사람 구실을 하면서 살아가기 전까지는 그런 감정을 느낄 수 없을 것이라고 포기하고 있었다. 한마디로 나는 아무런 희망도 없이 살아가고 있었다. 살아 있으니까 그냥 살고 있을 뿐 이성적인 사고와 판단을 하는 인간이라고 할 수는 없었다. 먹고 싶은 것도 하고 싶은 것도 없었다. 사촌동생들은 그런 내가 무섭다고 하소연을 했었다.

"물론 생각해 보니 카톡으로 초딩 때 알았던 몇몇 아이들이 연락을 해 오기는 했어. 난 다 무시했지. 지긋지긋했어. 내 어린 시절의 기억, 중학교 때의 기억, 그런 시간들을 싹 없애 버리고 싶었어.

할 수만 있다면 진짜 다 버리고 싶었어. 인간의 한계가 컴퓨터처럼 업데이트를 할 수 없다는 것이라고 생각했지. 난 모든 기억을 다 지우고 다시 새로운 프로그램을 내 머리 속에다 깔고 싶었거든. 난 그렇게 살았어. 살았다고 할 수가 없지. 근데, 근데, 진구란 놈이 나타난 거야. 그놈이 나한테 살갑게 할 이유가 없는데…… 자기 이야기도 솔직하게 하고 먹을 것도 사 주고 하니까 나도 모르게 마음이 움직였나 봐. 근데 뭔가 실수한 것 같아."

고양이는 내 대답을 듣고는 천천히 허공을 바라다보았다.

"괜찮아. 마음이 가는 대로 행동하는 것이 가장 옳은 거야. 난 그렇게 생각해. 난 진구의 눈은 보지 못했지만 여자아이의 눈은 제대로 봤어. 나쁜 애가 아닌 것 같았어."

"그래, 믿어 볼게. 고양아, 근데 너한테 내 이야기를 하다 보니 진짜 보고 싶은 친구가 떠올라. 언젠가도 살짝 말했던 것 같아. 내가 보고 싶은 친구가 있다고 했지? 인영이라고……."

나도 모르게 핸드폰을 꺼내서 인영이 전화번호를 검색했다. 아직 인영이 전화번호는 저장되어 있었다. 그동안 나는 핸드폰을 수십 번이나 바꿨다. 그래도 인영이 전화번호만큼은 빠트리지 않았다. 설령 인영이를 보지 못한다고 하더라도, 설령 인영이가 먼먼 우주로 가 버렸다고 해도 죽는 그날까지 그 번호만큼은 간직해 주고 싶었다.

"미안해. 인영이 옆에 같이 있어 주지 못한 게."

"그럼 보면 되잖아? 뭘 망설여. 이렇게 간단한 것을 왜 못 해?"

고양이가 내 어깨를 툭 건드렸다.

"그래, 그러자!"

나는 핸드폰을 열었다가 너무 늦은 시간이라고 고개를 흔들었다. 고양이가 다시 어깨를 쳤다.

"시간이 늦었으면 어때? 그게 무슨 상관인데? 인간들은 너무 이런 걸 따져. 난 그게 싫어!"

나는 그 말에 용기를 얻어 문자를 보냈다.

— 인영아!

딱 그 한마디였다.

몇 초 만에 답장이 왔다. 손이 떨렸다. 가슴이 마구 뛰었다.

— 혹시 사우?

고양이가 "거 봐!" 하고 웃어 주었다.

— 그래.

— 반갑다!

— 고맙다!

—우리 볼까?

—지금? 넌 어디 사는데!?

—H여대 근처야.

—어, 우리 집이랑 멀지 않아.

—그럼 보자.

—내가 역 근처로 나갈게.

나는 한 마리의 야생동물이 되고 싶었다. 그만큼 빨리 뛰고 싶었다. 지하철역까지 한 번도 쉬지 않았다.

전철 안은 승객이 많지 않았다. 빈자리도 있었다. 그래도 자리에 앉아 있을 수가 없었다. 나는 까만 유리창에 비치는 내 모습을 보면서 인영이가 첫눈에 알아봤으면 좋겠다고 생각했다. 만약 인영이가 알아보지 못한다면 참으로 어색할 것 같았다.

목적지가 다가오자 더욱 긴장이 되었다.

드디어 그 역에 도착했다. 안내 방송이 나왔다. 막상 인영이를 만난다고 생각하자 발이 말을 듣지 않았다. 전혀 예상치 못한 상황이었다. 그러는 사이에 전동차의 문은 닫혀 버렸다.

인영이를 만날 자신이 없었다. 내가 알아볼 수 없을 정도로 변해 있을까 봐 겁이 났다.

나는 다음 역에서 내렸다. 문자메시지가 왔다. 인영이였다. 나는 적당한 변명거리를 생각하면서 메시지를 보았다.

—사우야 미안해. 갑자기 일이 생겨서.

내가 보내고 싶은 문자가 나한테 와 있었다.

핸드폰을 껐다가 다시 열어 보았다. 발신인은 인영이었고 수신인은 나였다. 그렇다면 인영이도 약속 장소에 나오지 않았다는 뜻이다.

어쩌면 잘된 일인지 모른다. 일단 멀지 않은 곳에 살고 있다는 것을 알았으니까 다음에 보면 된다고 중얼거렸다.

—괜찮아. 다음에 보면 되지.

—진짜 미안해!

결국 인영이도 지금 편한 상태가 아님을 알 수 있었다.

나는 다시 지하철을 타고 돌아왔다. 막상 지하철역에서 내리자 진구랑 새민이가 떠오르면서 집으로 가야 할지 말아야 할지 고민이 되기 시작했다. 그때 앞에서 구세주처럼 찔레꽃 씨가 나타났다.

"사우야, 너 어디 갔다 오는 거야?"

찔레꽃 씨는 얼굴에 발그레한 술기운이 퍼져 있었다. 근처 식당에서 친구들이랑 모임이 있었노라고 덧붙였다.

"친구 만나러 갔다가……."

"친구 없다더니 만날 친구가 있는 모양이네?"

내가 머뭇거리자 찔레꽃 씨가 근처를 두리번거렸다.

"너 출출하지 않아? 우리 저기 가서 국수 먹고 가자. 어때?"

"괜찮아요!"

나는 먹지 않아도 된다는 의미로 말했는데 찔레꽃 씨는 그것을 좋다는 뜻으로 받아들였다. 할 수 없이 나는 찔레꽃 씨를 따라갔다. 식당 주인인 사십 대 초반의 남자가 찔레꽃 씨를 알아보고 반겼다. 국수 전문점인데 꼭 분식집 같은 분위기였다.

"난 가끔씩 여기 와. 머리 아프거나 술 한잔 하고 싶거나 하면 여기 와서 먹고 술도 마셔. 너하고는 술을 마실 수는 없고, 여기 잔치국수가 맛있어."

나는 찔레꽃 씨가 주문해 주는 대로 먹겠다고 하였다.

사람들은 보통 술에 취하면 말이 많아진다고 하는데 찔레꽃 씨는 나를 빤히 보고만 있었다. 내가 말을 하지 않으면 언제까지라도 그렇게 있겠다는 표정이었다.

"오늘 인영이랑 3년 만에 연락이 되었어요. 그래서 보자고 했는데…… 막상 만나려고 하니까, 자기의 과거를 다 알고 있는 나를 보려니까 마음이 편하지 않나 봐요. 그런 말은 안 했지만 느낌이 그랬어요. 약속 장소에 나가서 기다리는데 문자가 왔어요. 미안하다고. 급하게 다른 일이 생겨서 다음에 보자고요."

내 말을 들은 찔레꽃 씨도 인영이를 보고 싶다고 하면서 아쉬워

하였다. 그래도 연락이 되었으니 만난 것이나 다름이 없다고 하면서 꼭 한번 집에 데려오라는 말을 다시 강조했다. 나는 그러겠다고 자신있게 말을 할 수가 없었다.

"이번만 그런 게 아니고요, 중학교 때도 몇 번 이런 적이 있어요. 인영이는 마음이 안 편하면 그래요. 그럴 땐 기다려 주는 게 맞는 것 같아요. 자꾸 제가 연락하면 인영이가 더 피할 것 같아요."

"그럴 수도 있겠네."

인영이는 초등학교 5학년 때 선생님이랑 키가 비슷할 정도로 큰 아이였다. 나는 5학년 때까지도 키가 자라지 않았다. 웬만한 여자 아이들보다 작았다. 그런데도 옆에 인영이가 있어서 괴롭힘을 당하지 않았다. 인영이는 반장이었고 공부도 잘했다. 그래서 담임인 이정록 선생님이 예뻐해 주었다. 나는 선생님이 인영이의 머리를 쓰다듬어 줄 때마다 은근히 부러웠다.

"인영이는 자주 선생님에게 불려 갔어요. 아이들은 그런 인영이를 부러워했지요. 그런데 인영이 표정은 밝지 않았어요. 선생님에게 불려 갈 때마다 얼굴을 찌푸리고 가기 싫어했어요. 아무도 그 이유를 몰랐지요."

어느 날 인영이가 나에게 귀엣말을 하였다.

"사우야, 너 선생님이 부르면 절대 가지 마. 배 아프다고 하면서 도망쳐! 알았지?"

나는 인영이가 장난으로 그렇게 말하는 줄 알았다.

그래서 선생님이 청소 끝내고 교실에 남아 있으라고 했을 때도 전혀 긴장하지 않았다. 선생님은 환하게 웃으면서 초콜릿을 주었다. 선생님은 내 성적 이야기도 하였고, 이것저것 학교생활을 비롯하여 엄마의 건강에 대해서도 자상하게 물었다. 엄마가 아프니까 더욱 열심히 공부하라는 선생님이 참 좋은 사람이라고 생각했다. 선생님은 내 머리도 쓰다듬었고, 뒤에서 살짝 끌어안더니 참 예쁘게 생겼다고 하였다.

"어디 사우가 진짜 고추 있는지 볼까?"

선생님의 손이 바지춤으로 들어왔다. 하도 순간적이라서 어찌할 틈도 없었다. 내 몸은 당황해서 굳어 버렸다. 정말 아무것도 할 수가 없었다.

"어쩜 이렇게 예쁠까? 꼭 여자아이 같네. 그래도 고추 있는 것 보니 여자는 아니네."

선생님의 몸에서 은단 냄새가 났다. 선생님이 내 고추를 만지는 것보다 그 냄새가 더 싫었다. 그러니까 선생님을 가장 먼저 거부한 것은 내 코였다. 나는 선생님의 냄새를 밀어내고 싶었는데 몸이 전혀 움직이지 않았다.

"인영이는 걸핏하면 불려 갔어요. 나중에서 안 사실이지만 인영이는 교실, 교무실, 과학실, 음악실, 컴퓨터실, 체육관으로 수시로 불려 갔더라고요. 그러면 선생님이 맛있는 초콜릿을 주면서 끌어 안고 고추를 만졌대요. '선생님이 널 예뻐해서 이러는 거야. 네 할아버지 할머니처럼, 아빠나 삼촌들처럼…… 힘든 일 있으면 선생님한테 말하고. 이상하게 생각하지 마. 알았지? 다른 아이들한테는 비밀이야. 알았지? 뭐 그렇게 말하면서 수시로 만졌대요."

처음에는 선생님의 말이 맞는 것 같기도 하고 틀린 것 같기도 했지만 점차 시간이 지나면서 무서워지기 시작했다. 때때로 선생님은 내가 아플 정도로 심하게 고추를 만지기도 했다. 한번은 고추가 부어서 오줌만 싸도 끝이 따끔거렸다. 그래도 선생님은 내 고추를 만졌다.

결국 나는 아빠의 생일이었던 6월 첫 번째 수요일 날 심하게 설사를 하면서 학교에 가지 못했다. 그날 오후에 인영이가 찾아왔다. 인영이는 모든 것을 다 알고 있었다.

"선생님이 부르면 가지 말라고 했잖아!"

나는 죄인처럼 고개를 숙였다.

"엄마한테 말해. 나도 말했어."

나는 여전히 인영이를 쳐다볼 수 없었다.

"찔레꽃 씨, 나중에 알려졌는데 인영이뿐만 아니라 다른 아이들도, 심지어 다른 학년 아이들도 몇 명 당했더라고요. 결국 인영이가 자기 부모님에게 사실을 털어 놓았어요. 그래도 학교에서는 쉬쉬하면서 사건을 적당히 덮으려고 하였어요. 그 선생님은 거의 상습범이었어요. 그 전에도 그런 일이 몇 번이나 있었더라고요. 근데 다들 쉬쉬하면서 넘어간 거지요."

그런 정보를 나에게 알려준 사람은 인영이었다. 인영이는 선생님이 보복할지 모르니까 조심하라는 말도 했다.

"우리 엄마 말이 이정록 선생님은 엄청 부자여서 경찰에 신고해도, 교육청에 신고해도 소용없대. 그래서 다들 전학갈 거래. 하지만 우린 절대 전학 안 갈 거야. 우리 엄마가 나 끌어안고 울면서 그랬어. 엄마도 전학 가 버리고 싶지만 그럼 안 될 것 같다고. 선생님은 잘못했다고 하지 않는데, 또 다른 아이들이 그 악마한테 상처를 입을 것이라고 하면서……. 나한테 미안하다고 얼마나 우셨는지 몰라. 사우야, 나도 그게 옳다고 생각해."

실제로 사건이 일어나고 한 달 가량 지나자 인영이랑 나만 남고 다른 아이들은 다 전학을 갔다. 이정록 선생님이 주는 합의금을 받고 가는 것이라고 했다. 엄마는 인영이 부모님이랑 연락을 하면서 같이 싸우겠다고 하였다.

"그런 인간은 끝까지 싸워서 벌 받게 해야 해요. 지금도 자기 잘못을 인정하지 않잖아요!"

아버지는 그런 엄마의 손을 잡고 고개를 흔들었다.

"못 이겨, 못 이긴다고. 그러니까 다들 적당히 합의금 받고 전학 가는 거 아니겠어? 이 사건이 해결되기도 전에 당신이 먼저 갈 수도 있어."

"두렵지 않아요!"

"제발 고집 부리지 마! 우리보다 잘살고 더 빽 있는 사람들도 다 물러나잖아!"

아버지의 표정은 굳어 있었다.

아버지는 더 이상 인영이 부모님하고도 만나지 않았으며 나한테도 다른 아이들을 만나지 말라고 주의를 주었다.

"네 엄마, 잘못하면 죽어. 그러니까 알았지?"

나는 아버지의 말에 따를 수밖에 없었다. 엄마는 그럴수록 더 몸부림쳤다. 깊이를 알 수 없는 수렁에 빠진 사람 같았다. 엄마는 점점 작아지면서 쭈글쭈글해졌다. 그리고 나만 보면 미안하다고 탄식했다.

"사우야, 엄마가 미안해. 이래서는 안 되는데, 이런 세상을 물려줘서는 안 되는데……."

아버지는 그런 엄마한테 소리를 지르기도 하고 때로는 눈물을 글썽거리면서 간절한 눈빛으로 하소연하기도 했다. 그래도 엄마의 눈빛은 달라지지 않았다.

그러던 어느 날 아버지는 나를 시골 외할머니댁으로 보내 버렸다. 내가 보이지 않으면 엄마의 마음이 변할 것이라고 생각했는지도 모른다. 약 석 달 뒤에 다시 만난 엄마의 눈빛은 아버지의 바람대로 달라져 있었다. 엄마는 나를 보자마자 "미안하다, 우리 아들……." 하고 울어 댔는데 참으로 이상하게도 눈물은 나오지 않았다. 나는 그런 엄마가 숨이 멎어 버릴 것만 같아서 얼마나 불안했는지 모른다. 우리는 곧 이사를 하였다. 나는 혼자 남은 인영이한테 이사 간다고 했고, 녀석은 그런 나를 이해한다는 듯이 웃어 주었다. 내가 새로운 학교로 가던 날 아버지는 모든 것이 다 잘되었으니 이제 새롭게 시작하자고 말했다. 엄마는 그런 아버지를 보며 억지로 웃어 주었다.

나는 찔레꽃 씨한테 인영이 이야기만큼은 사실 그대로 들려주었다.

"경찰서에 가서 조사받고 오는 날이면 인영이는 저한테 전화를 걸었어요. 그리고 경찰을 총으로 쏴서 죽이고 싶다고 했지요. 인영이는 그때부터 체 게바라를 알았어요. 인영이는 체 게바라처럼 정의를 위해서 살겠다고 했어요. 인영이 부모님은 도움을 받으려고 사방으로 뛰었어요. 교원단체는 물론이요 교육청이나 시민단체 같은 곳에다 도움을 청했지만 큰 도움을 받지 못했어요. 결국 법정까지 갔어요. 인영이가 법정에 섰지요. 5학년 때 법정에 섰으니……."

"아이고 맙소사! 내가 그 심정 알지. 어른인 나도 법정에 섰을 때 떨렸는데…… 아무런 죄를 짓지 않았는데 그랬어. 하물며 그 어린 것이…… 결국 어떻게 됐니?"

나는 대답하지 않았다. 아니 대답할 수가 없었다.

순간 놀라운 욕설이 터졌다.

"그 쌍놈의 새끼들!"

어느새 찔레꽃 씨의 손에 술잔이 들려 있었다.

"인영이가 그러더군요. 이정록 선생님 측에서 변호사를 세 명이나 선임했는데, 여당 국회의원을 했던 변호사도 있었대요."

"개쌍놈의 새끼들!"

찔레꽃 씨의 눈이 활활 타올랐다.

무서웠다. 찔레꽃 씨한테 내가 감당할 수 없는 일이 일어날까 봐 더 이상은 말을 할 수가 없었다.

진구랑 새민이는 가지 않았다. 나는 집에 들어갔다가 다시 나와서 날이 샐 때까지 돌아다녔다. 그렇게 잠 한숨 자지 않고 물류센터로 가서 일을 했다. 일을 마치고 집에 오자 비린내가 내 코를 습격했다. 몸속에 있는 모든 세포들이 거부할 정도로 강하고 도발적인 냄새였다. 거실에는 담배꽁초와 소주, 음료수 병들이 굴러다니고 있었다. 설거지통에는 라면을 끓여 먹고 처박아 둔 그릇들이 패잔병처럼 보였다. 방은 더 엉망이었다. 침대보는 땅바닥으로 떨어져 있었고, 그 위에 누군가의 양말들이 허물처럼 걸려 있었다. 내 성스러운 보금자리가 비참하게 유린당했다.

"여긴 내 세상이야! 나만의 세상이라고! 이 양아치 새끼야!"

나는 지금까지 살아오면서 들었던 온갖 욕설들을 다 쏟아 냈다. 그래도 기분은 전혀 나아지지 않았다.

나는 서둘러 집 안을 치우기 시작했다. 그러면서 집을 알려준 것이 얼마나 치명적인 실수였는지를 깨달았다. 집 안을 다 치우고 나자 찔레꽃 씨한테 전화가 왔다. 그 전화를 받고 나서야 배가 고프다는 사실을 깨달았다.

"집에 있지? 내려와서 삼계탕 같이 먹자!"

이제 넌 내 선생님이야

미미는 나보다 나이가 한 살 많았다.

"그래도 말 편하게 해. 난 그런 건 별로 따지는 스타일이 아니니까!"

미미는 찔레꽃 씨랑 나란히 팔짱을 끼고 가다가 백화점 에스컬레이터 앞에서 갑자기 뒤돌아보더니 그렇게 말했다.

찔레꽃 씨도 뒤돌아보면서 살포시 웃었다. 내 나이를 미미한테 귀띔해 줬다는 뜻인지 아니면 그건 중요하지 않으니까 친구처럼 지내라는 뜻인지 애매했다. 어떤 경우든 나는 상관없었다.

"엄마가 부탁해서 특별히 시간 낸 거야. 난 내 남친이 생기면 같이 옷 사러 가는 걸 종종 상상했어. 그 어떤 데이트보다 신나고 좋을 것 같았어. 영화 보고 뭔가 먹는 것보다 더. 같이 백화점 옷가게에 가서 어떤 색깔 어떤 모양이 어울릴까, 이렇게 저렇게 입혀 보고, 생각해 보고 그러다 보면 그 사람에 대해서 더 잘 알 수 있겠지. 근데, 남친이 아니라서 좀 그렇지만 어쨌든 나만 믿어라."

미미가 혼잣말을 하듯이 그렇게 말하자, 찔레꽃 씨도 혼잣말을 하듯이 속삭였다.

"미미가 마침 와서 일부러 부탁했어. 아무래도 같은 또래니 나보다 낫겠지 싶어서."

찔레꽃 씨의 눈을 보고 있으면 그녀가 얼마나 미미를 신뢰하는지 느낄 수 있었다. 나는 그런 미미가 하염없이 부러웠다. 나도 누군가에게 그런 눈빛을 받아 보고 싶었다. 내가 만약 모든 것을 혼자서 책임을 질 수 있을 때까지 살아 남아서 어른이 된다면 주위에 있는 아이들에게 그런 눈빛을 흠뻑 주고 싶다.

나는 미미가 손짓하는 대로 움직였다. 미미는 옷가게 안으로 들어 가면 최소한 열 번은 옷을 입어 보게 하였다. 나는 옷을 입고 나서 선생님에게 숙제 검사를 맡듯이 미미 앞으로 가서 확인을 받았다. 그 번거로운 과정이 묘하게도 싫지 않았다.

"야, 이거 입어 봐. 가슴 쭉 펴고. 어, 생각보다 팔이 기네."

미미는 자신의 눈대중으로 짐작한 옷을 나한테 입혀 보고는, 내 팔을 잡고 아래로 똑바로 내려 보기도 하고 앞으로 뻗어 보게도 하고 걸어 보게도 하였다. 그러면서 예리하게 그 옷이 나한테 잘 어울리는지를 가늠했다. 찔레꽃 씨는 한마디도 하지 않았다. 오늘만큼은 모든 권한이 미미한테 있었다. 나는 철저하게 미미의 미적인 기준에 따라서 옷 모양과 색깔을 맞춰 가고 있었다. 내가 옷을 입고 거울 앞에 서면 미미가 뒤에서 허리와 다리, 어깨 등을 몇 번이나 손대중하였다. 그런 손길이 부담스러우면서도 싫지 않았다.

"난 얼굴은 못생겨도 좋지만 절대 양보할 수 없는 게 있어. 남자를 볼 때 그렇다는 거야. 옷을 아무렇게나 입으면 무조건 아웃이야! 난 옷 잘 입는 사람이 좋아. 자유롭게, 자기 개성대로, 당당하게, 못생겼어도!"

미미가 옷을 다 사고 난 뒤에 내 어깨를 툭툭 쳤다.

나는 고맙다는 말을 살짝 입 밖으로 끄집어냈다. 그런 말을 하는데 이상하게도 미미의 새끼손가락을 살짝 잡는 기분이 들었다.

"고른 옷이 너한테 다 잘 어울려서 좋아. 넌 키가 커서 아무 옷이나 잘 어울려. 그러니까 겁먹지 말고 자주자주 옷 사 입어. 싼 거 자주 사 입으면 돼."

미미는 화장실이 급하다면서 먼저 집 안으로 들어가는 찔레꽃 씨를 보고는 신나게 떠벌렸다. 그러더니 갑자기 자라처럼 목을 쭉 빼면서 나를 똑바로 보았다.

"야, 이따가 나 좀 보자. 전철역 앞에 있는……. 카페 알지?"

나는 불안해서 집에 가서도 물 한 잔 마시지 못했다. 왜 갑자기 미미가 나를 보자고 하는지 알 수가 없었다.

미미는 나보다 먼저 그 카페에서 기다리고 있었다.

"난 아직도 널 잘 몰라. 내 눈에는 사이코패스나 꼴통 양아치로 보이는데, 우리 엄마는 네가 엄청 착한 애래. 이럴 경우 난 엄마의 말을 믿어 왔어. 우리 엄마가 사람 보는 눈 하나는 정확하거든. 근데 난 이 세상에서 착하다는 말을 가장 싫어해. 너 같은 사람은 착한 것보다 깡이 있어야 해. 넌 지금까지도 내 눈을 제대로 쳐다보지 못하잖아?"

미미는 커피잔을 들어 올리며 미묘하게 웃었다.

나는 간신히 머리카락을 쓸어 올리며 미미를 보았다.

"네가 요즘 우리 엄마를 도와준다며?"

미미는 다시 살짝 웃었다.

"어쨌든 고맙다. 엄마가 책을 내고 싶다고 했을 때 진짜 얼마나 황당했는지 몰라. 웬 책? 게다가 엄마는 글자도 모르잖아? 그런데 책이라니? 엄마의 이야기를 듣고 나서도 이해가 되지 않았어. 물론 엄마 말처럼 요즘은 평범한 사람들도 자기 이야기를 써서 책으로 많이 낸다는 거 알지만 그래도 그게 쉬운 건 아니잖아? 그리고 어찌어찌하여 책을 낸다고 해도 반드시 재판 이야기가 들어갈 테니까, 그게 엄마 건강을 해치게 될까 봐, 그래서 막으려고 했던 거야. 근데 말야, 그런 내 생각이 틀린 것 같아. 요즘 그런 생각이 많이 들어. 엄마한테 책이라는 것은 그냥 구실에 불과했고, 누군가에게 하소연을 하고 싶었나 봐. 미치도록 답답한 마음을 풀어 놓고 싶었던 것이지. 엄마 주위에는 사람이 많은 편이야. 우리 엄마 얼굴이 장난 아니잖아? 이 동네에도 우리 엄마 좋아하는 남자들이 줄을 서 있어. 근데 아무도 엄마 마음을 달래 주지 못했어. 엄마가 저 교회를 지은 건설사를 상대로 소송을 할 때 아무도 편을 들어 주지 않았다는 뜻이야. 다들 말리려고만 했지. 그때 엄마는 너무 외로웠던 거야. 그래서 재판이 끝나자마자 앓아눕게 되고 우울증이 온 거야. 그런데도 딸조차 엄마를 도와주지 못한 것이지. 난 요즘도 걸핏하면 이 집을 팔고 이사 가자고 하거든."

미미는 잠깐 말을 멈추고 창밖을 보다가 나를 보고는 불쑥 물었다.

"너도 알지? 내가 친딸이 아니라는 거?"

나는 약간 놀라면서 고개를 흔들었다. 그런 생각은 한 번도 해 본 적이 없었다. 내가 보기에 두 사람은 닮은 구석이 너무 많았다.

미미가 다시 커피를 마시며 숨을 골랐다. 미미는 엄마의 얼굴을 기억하지 못한다고 했다.

"난 엄마랑 같이 일하던 직장 동료의 아기래. 근데 아기를 낳아만 놓고 사라져 버렸대. 너무 어린 나이라 도저히 키울 자신이 없다면서. 그래서 엄마가 나를 키웠대. 난 기억하지 못하지만 엄마가 말했어. 평생 말을 안 하고 살 수도 있지만 나를 낳아 준 엄마가 이 세상 어딘가에 살아 있기 때문에 말하는 거래. 중학교에 입학할 무렵에 그 말을 하시더라고. 난 그 말을 믿을 수가 없었어. 그때 엄청 반항했지. 나도 죽으려고 칼로 손목을 그은 적도 있으니까.

유전자 검사도 했어. 내가 원했지. 그러고 나니까 엄마가 더 좋아졌어. 그래서 엄마한테 절대 무슨 일이 생기면 안 돼. 난 내가 성공해서 엄마가 날 버리지 않고 키운 것이 탁월한 선택이었음을 보여주고 싶었어. 근데 이 집으로 오면서부터 뭔가 꼬이기 시작했어. 이사 오자마자 엄마는 집에서 무슨 동물들이 나타난다고 헛소리를 하질 않나, 저 무화과나무랑 말을 한다고 하질 않나? 그때마다 얼마나 황당했는지 몰라. 아빠는 엄마가 꿈꾸는 거니까 너무 신경 쓰지 말라고 했지만 난 엄청 불안해졌어. 이 집이 엄마를 가만두지 않을 것 같았어. 그리고 계속 안 좋은 일이 벌어지는 거야. 그래서 그런지 걸핏하면 집이 무너지는 꿈을 꾸고 그랬어."

나는 이 집에 고양이 같은 동물들이 살고 있다는 말을 하려고 했지만 막상 미미의 얼굴을 보자 은연중에 고개를 흔들고야 말았다. 미미를 설득시킬 자신이 없었다.

미미는 다시 한숨을 내쉬더니 나를 빤히 쳐다보았다.

"사실 요즘도 그렇게 집이 무너지는 꿈을 자주 꾸고 있어. 무너진 집에서 누군가 나오더니 막 나가라고 소리치기도 해. 네 엄마 도망치니까 어서 쫓아가라고……."

미미의 숨소리만 들어도 까닥까닥 움직이는 가느다란 손가락만 보아도, 유난히도 까만 그 눈동자만 보아도 그녀의 진정성이 느껴졌다. 그건 쉽게 할 수 있는 말이 아니었다. 자신의 속마음을 감추지 않고 그대로 드러낸다는 것은 대단한 용기를 필요로 한다. 더구나 나는 미미의 친구도 아니다. 나는 그녀가 어떤 생각으로 학교에 다니고, 어떤 생각으로 세상을 살아가는지 모른다.

더 솔직하게 표현하자면 아예 관심이 없었다. 그런데 미미는 나에게 자기 속내를 털어 놓았다. 그러고 보니 찔레꽃 씨도 마찬가지였다. 나는 그렇게 자신들의 아픈 상처를 감추지 않고 드러낼 수 있는 그 용기가 부러웠다. 가능하다면 그녀들의 살아가는 힘을 배우고 싶었다.

미미는 다시 한번 나한테 고맙다는 말을 하였다.

"진심이야. 우리 엄마랑 친구가 되어 줘서."

그런 말이 미미의 입에서 나오리라고는 상상도 못했다. 나는 한동안 아무런 말을 할 수가 없었다. 우리는 가만히 앉아서 서로의 눈빛만 바라다보았다. 그런데도 불편하지 않았다.

내가 먼저 입을 열었다.

"그게, 그게 말야, 그게 가능하다고 생각하니?"

미미의 대답은 망설임이 없었다.

"그게 왜 불가능하니? 친구가 되는데 국경이 어딨어? 나이며 성별 또 다른 거? 언어, 종족이 다른 거, 심지어 종이 다른 것. 인간과 외계인, 인간과 야생동물, 인간과 나무! 그 어떤 경우든 난 다 친구가 될 수 있다고 생각해."

나는 친구라는 관계가 비슷한 생각을 하고 있어야 유지된다고 믿는 사람이었다. 비슷한 생각을 가지려면 나이가 비슷해야 할 것 같았다. 유감스럽게도 나는 내 또래들 중에서는 그런 아이들을 별로 보지 못했다. 그래서 친구가 되고 싶은 아이가 거의 없었다. 나는 막연하게 나보다 나이가 많은 사람하고도 친구가 될 수 있다면 얼마나 좋을까 하는 생각은 종종 한 적이 있었다. 그것도 상상일 뿐 현실에서는 불가능하다고 생각하고 있었다. 찔레꽃 씨는 나한테 몇 번이나 친구라는 표현을 썼지만 나는 그 말을 받아들일 수가 없었다. 어떻게 내가 찔레꽃 씨랑 친구가 될 수 있단 말인가. 그런데 미미의 입에서도 그런 말이 나오자 그녀들이 동일 인물이 아닌가 하는 의구심까지 들었다.

미미는 어른들처럼 커피를 마셨다. 그 맛을 알고 음미하면서 몸으로 받아들이고 있었다. 그러니 아무런 맛을 느끼지 못한 나로서는 미미가 나보다 수십 살 많은 어른으로 보일 수밖에 없었다.

나는 화장실에 다녀오면서 돈키호테 씨를 떠올렸다. 돈키호테 씨는 그 집에서 거의 존재감이 없었다. 보통 때는 마당에서 숨소리 하나 내지 않고 걸어 다녔다. 그 집 사정을 모르는 사람이 본다면 1층에 세 들어 사는 사람이구나, 하고 착각할 수도 있을 것이다. 그런데 가끔씩 마주칠 때 얼굴을 보면 평온해 보였다. "나는 이렇게 사는 것이 너무너무 행복해." 하고 말하는 것 같았다. 나는 그런 돈키호테 씨의 입에서 가끔씩 튀어나오는 하와이 새끼들이라는 욕의 정체가 궁금했다. 그래서 미미한테 솔직하게 물었다. 미미는 그 말을 듣자마자 주위의 눈길을 의식하지 않고 크게 웃음을 터트렸다.

"엄마가 아직 이야기 안 했구나! 우리 아빠의 유일한 욕! 개 같은 놈들, 이 쌍놈의 새끼들, 그 허다한 욕이 있는데, 왜 그렇게 낯선 욕을 하시는지 나도 첨엔 몰랐어. 그게 무슨 뜻인지는 알지? 그래그래, 전라도 사람들을 약간 비하하는 욕이야."

"혹시 공사장 인부들 중에 전라도 사람이 있었어?"

미미도 처음에는 공사장 인부들이 전라도 사람인 줄 알았다고 했다.

"나중에 알고 보니까 우리 집 2층, 지금 너희 집에 세 들어 사는 아저씨가 전라도 사람이었어. 근데 그 사람이랑 말을 해 본 적이 없어서 난 몰랐던 거야. 삼십 대 초반의 신혼부부가 우리 집에서 살았어. 엄마가 여기 살다가 좋은 집 사서 나가라고 월세도 조금밖에 안 받았지. 근데 배신을 때린 거야. 건설회사 사람들한테 매수를 당한 거지. 그 사람이 맨 먼저 집에 금이 가고 있다는 것을 알았어. 그러자 엄마가 부랴부랴 집을 보수해 주었지. 그 사람들 불편하지 않게 하려고 엄마는 늘 신경을 썼어. 그리고 경찰에 조사받을 때 엄마가 부탁을 했어. 사실 대로 증언을 해 달라고."

"찔레꽃 씨가 집단 폭행 당한 것에 대해서?"

"아니! 엄마는 두 가지 소송을 했어. 집단 폭행 건이랑 우리집 피해 보상에 대한 것. 나도 우리 집 피해 보상은 받을 줄 알았어.

왜냐하면 멀쩡한 우리 집이 망가지기 시작한 것은 저 교회 건물을 짓기 시작하면서부터거든. 근데 건설회사에서는 '아니다, 그 집은 우리가 건물을 짓기 전부터 벽에 금이 가기 시작했다. 그러니까 우린 보상해 줄 수 없다.' 하고 나선 거야. 우린 어처구니가 없었지만 그 증거가 없었어. 교회 건물을 짓기 전에 사진을 찍어 두지도 않았고, 전 주인을 찾아가서 증인을 서 달라고 했는데 거절당했지. 동네 사람들도 다 떠나고 없으니 그 증거가 없는 거야. 그때 엄마가 2층 아저씨를 떠올린 거야. 근데 그 아저씨가 '나는 그런 골치 아픈 일에 끼어들고 싶지 않다'고 하면서 거절했어. 그런데 놀랍게도 건설회사 측 증인으로 그 아저씨가 나온 거야. 그러고는 '내가 이사 왔을 때부터 벽에 금이 가 있었다'고 말을 한 거야. 그때부터 아빠는 술만 취하면 2층을 향해 삿대질하면서 '이 하와이 새끼들!'이라고 욕하는 버릇이 생겼어. 엄마도 처음에는 말리지 않았어. 양심에 찔렸는지 그 사람은 아빠가 아무리 욕해도 대꾸하지 않더라고. 그러다가 곧 이사를 했어. 그 뒤로도 아빠는 술만 드시면 그 버릇이 나오는 거지. 그만큼 속에 맺힌 거야. 난 솔직히 말리고 싶지 않아. 그것 때문에 몇 번 경찰서에도 갔지만 그래도 말리고 싶지 않아. 교회 사람들이 아빠를 몇 번이나 신고했거든. 근데 아빠 입장에서는 그렇게라도 해야 살 수 있어. 왜 우리 아빠가 헬멧을 쓰고 그러는 게 좀 우습기는 하지? 근데 그 헬멧 때문에 난 아빠가 보기 좋아. 그건 아빠의 마지막 자존심이야. 그것만 쓰고 있으면 자신감이 생긴대. 특이하지? 그걸 쓰고 다닐 때가 아빠한테는 가장 좋은 시절이었나 봐. 이십 대 때 오토바이 광이었대. 근데 큰 사고를 당하고 오토바이가 망가져서 탈 수 없게 되었지만 그것만큼은 보관하고 있는 거야. 내가 나중에 돈 벌면 아빠한테 멋진 오토바이를 사줄 거야. 아빠한테 약속했어. 아빠가 그때까지 잘 보관하겠대. 아빠는 오토바이에다 엄마를 태우고 바람처럼 달려 보는 게 꿈이야. 어쨌든 아빠가 물건을 부수는 것도 아니고, 날마다 그러는 것도 아닌데…… 만약 벌금을 내라고 하면, 그걸 내가 대신 내 주고 아빠한테 계속 하시라고 지지해 주고 싶어. 그게 내 입장이야."

확실히 미미는 나하고 달랐다. 미미의 입에서는 애매모호한 말은 거의 없었다. 옳고 그름을 떠나서 정확하게 자신의 입장이 실려 있는 말을 뱉어 냈다. 그런 다음 판단은 상대에게 맡겨 두었다. 미미 입장에서 보면 아버지인 돈키호테 씨가 창피할 수도 있었으리라. 하지만 미미는 당당하게 아버지를 지지해 주었다. 나는 그런 미미를 보면서, 저 여자는 내가 생각하는 것보다 훨씬 괜찮은 사람이라고 고개를 끄덕였다. 그러면서 매사에 정확하게 감정을 표현하지 못하고 애매하게 얼버무리는 것이 버릇이 되어 버린 내 자신이 초라해졌다. 나는 애매하게 말을 해야만 살아남을 수 있었다. 내 감정을 정확하게 표현했다가는 불안해서 견딜 수가 없었다. 어쩌면 내 삶은 앞으로도 애매할 수밖에 없을 것이다. 그런 생각을 하자 이번만큼은 확실하게 내 의견을 드러내고 싶었다.

"가끔은 아저씨가 부럽기도 해! 나도 그렇게 소리치고 싶을 때가 있거든!"

"그럼 소리 질러! 뭐가 두려워!"

이번에도 미미의 대답은 망설임이 없었다. 나는 자신있게 말을 뱉어 내는 사람이 부럽다.

집에 들어가자 고양이가 반겨 주었다. 고양이는 대뜸 나를 보고는 기분이 좋아 보인다고 하였다.

"새 옷을 많이 사면 누구나 기분이 좋아 보이는 법."

"그렇기도 하지만 미미랑 이야기하다 보니 기분이 좋아졌어. 진구 그 새끼 때문에 어젯밤에 한숨도 못 자고, 마음이 처참했었는데 다 풀렸어."

미미가 사 준 옷을 갈아입을 때마다 이런저런 잔소리를 해 대던 미미가 떠올랐다. 기분이 좋았을 때 느껴지는 그 느낌, 얼굴 가득 번져오는 그 뜨거움을 굳이 감추고 싶지 않았다.

나는 가장 마음에 드는 옷을 입고 방으로 갔다. 어렸을 때로 돌아간 기분이었다. 엄마랑 같이 백화점에 가서 옷을 사 오던 기억이 어렴풋이 떠올랐다. 아쉽게도 그런 기억은 오래 가지 않았다. 나는 그런 기억의 흔적이라도 찾으려는 듯이 어렸을 때 엄마랑 같이 보았던 책을 몇 권 집어 들고 식탁에 앉았다. 세상 모든 엄마가 그렇듯이 우리 엄마도 나한테 책 읽어 주는 것을 좋아했다. 한참 이야기를 듣다 보면 책 속에 없는 내용까지도 꾸며서 하고 있음을 알 수 있었다. 그때마다 나는 모른 체하면서 엄마의 이야기를 들어 주었다. 우리 집에는 외국어로 된 그림책도 많았다. 엄마의 친구들이 외국 여행을 갔다 올 때마다 사다 준 것이었다. 엄마는 외국어로 된 그림책을 훨씬 더 좋아했다. 내가 그 이유를 묻자 "우리 아들이 읽을 수 없으니까!" 하고 눈을 크게 떴다. 엄마도 외국어라고는 영어밖에 몰랐다. 그런데도 온갖 외국어로 된 책들을 다 읽을 수 있다고 자신하였다. 실제로 엄마는 외국어로 된 그림책을 내 앞에다 펼쳐 가면서 그 암호 같은 꼬부랑 글씨를 해독해 주었다. 나는 엄마가 되면 외국어를 몰라도 글자를 해독할 수 있는 아주 특별한 힘이 생긴다고 믿었다. 그래서 엄마가 들려준 모든 이야기를 다 믿었다.

나는 찔레꽃 씨가 오자마자 그런 이야기를 하였다.

찔레꽃 씨는 여러 나라 언어로 된 그림책을 펼쳐 보았다. 그러더니 글자들이 참 아름답다고 감탄하였다. 나도 모르는 글자였다. 지금 이 순간만큼은 나도 까막눈이었다.

"사우, 네 엄마가 부럽다. 난 그런 능력이 없는데…… 미미를 키우면서 한 번도 책을 읽어 주지 못했어. 오히려 미미가 나한테 책을 읽어 주었지. 우린 거꾸로 된 거야. 그래도 그땐 미안하단 생각은 못 했는데, 갑자기 미안해지는구나. 사우야, 근데 난 애국자가 아닌가 봐. 한글을 보고는 별로 배우고 싶다는 생각 안 했는데, 이런 글자들 보니까 배우고 싶어."

찔레꽃 씨는 이 책 저 책 계속 번갈아 보면서 글자가 이렇게 아름답다는 생각을 해 보기도 처음이라고 했다. 그러더니 나를 보고는 "사우야, 가르쳐 줘!" 하고 말했다. 나는 겁먹은 표정으로 얼굴을 흔들었다.

"저는 외국어 못 해요!"

"아니, 한글! 우선 한글부터 배울래. 그런 다음 저기 책에 있는 다른 나라 말들 다 배울 거야. 그래서 우리 손자들에게 저 책들을 읽어 줄 거야. 어때? 괜찮은 생각이지?"

나는 자신이 없었다.

"너무 부담 갖지 않아도 돼. 그냥 한글로 된 동화책을 읽어 줘. 사실 어렸을 때 오빠가 나한테 한글을 가르쳐 주려고 했었어. 다른 아이들은 기역, 니은, 디귿부터 배우는데, 오빠는 그냥 글자를 외우라고 했어. 그러다 보면 저절로 다 알게 된다고. 그때 오빠 말을 잘 들었으면 한글은 벌써 깨우쳤을 텐데. 우리 오빠는 공부를 잘해서 선생님들이 예뻐해 주었지. 그때는 선생님들이 반드시 가정방문을 왔어. 우리집에 오신 선생님들은 한결같이 다 좋은 분들이었어. 부모님을 만날 때마다 나를 학교에 보내라고 하였고, 우리 오빠 칭찬을 많이 하였지. 선생님들은 어디에서 나를 만나더라도 알아보고는 다가와서 '우주 동생 맞지? 참 예쁘게 생겼네.' 아는 체하였어. 우리 오빠 이름이 우주거든. 어떤 선생님들은 나한테 짜장면을 사 주면서 혼자서라도 공부를 해야 한다고 말했어. 나는 이 세상 모든 선생님들은 그렇게 착한 마음씨를 갖고 있다고 믿었어. 마음씨가 곱지 않으면 선생님이 될 수 없다고 확신했지. 그래서 내가 그 선생님을 사랑했는지도 몰라. 앞전에 잠깐 말했지? 내가 지금 남편 말고 사랑하는 사람이 있었다고."

찔레꽃 씨는 내 눈을 피하면서 잠시 말을 멈추고 생각에 잠겼다. 그러다가 낮게 말을 이어갔다.

"난 누구든 선생님이 되면 자기도 모르게 타인들의 아픔을 어루만져 주는 힘이 생긴다고 믿어. 난 다시 인간으로 태어난다면 꼭 선생님이 되고 싶어. 지금도 이 세상 모든 선생님들을 다 존경해. 사우야, 이제 넌 내 선생님이야. 넌 선생님이 될 자격이 충분해."

나는 아무런 말을 할 수 없었다. 나도 모르게 기억 속에 박혀 있는 수많은 선생님들의 얼굴을 하나씩 꺼내 보았다. 초등학교 1학년 때 선생님은 나이가 많아 할머니 같았는데 별로 기억에 남는 게 없었다. 2학년 때 만났던 선생님은 이십 대 후반의 예쁜 여자 선생님이었고, 3학년 때도 이십 대 여자 선생님이었고, 4학년 때는 오십 대 여자 선생님 그리고 5학년 때는 그 악마 같은 이정록 선생님이었다. 단 한 명도 기억 속에다 남겨 놓고 싶지 않았다. 중학교 때 만난 선생님은 더 기억하기도 싫었다. 나는 그런 이야기를 찔레꽃 씨한테 하였다.

"제가 문제일까요?"

"아니야. 세상이 달라진 것 같아. 난 사실 네 이야기를 들으면서 놀랐어. 어떻게 선생이라는 사람이 어린 자식 같은 제자들을 성추행하니? 그게 인간이니? 난 믿을 수가 없어."

"저뿐만 아니라 대부분의 요즘 아이들은 선생님을 좋게 생각하지 않아요. 요즘은 선생님이 많잖아요? 수많은 학원 선생님도 다 선생님이라고 하잖아요? 학교는 그냥 형식적으로 가는 곳이니까, 선생님들하고 관계도 형식적인 것이 될 수밖에 없지요. 차라리 학원 선생이나 과외 선생님을 인간적으로 더 좋아하는 아이들이 많아요. 학원 선생님은 아이들에게 엉뚱한 짓 하면 바로 잘리거든요. 근데 학교 선생님들은 안 그래요. 무슨 일이 터지면 휴직하거나 다른 학교로 가 버리면 끝이지요. 이정록 선생님도 그랬어요."

이정록 선생님은 사건이 크게 확산되자 직접 문제 해결에 나섰다. 성추행을 당한 아이의 부모들은 처음과는 달리 시간이 흐를수록 목소리의 끝이 낮아졌다. 그리고 자기 아이들이 자꾸 여기저기 불려 다니면서 조사받는 것도 싫어했으며, 무엇보다도 아이들이 공부로부터 멀어질까 봐 두려워했다. 그런 여러 가지 이유 때문에 피해 학부모들은 스스로 움츠러들었고, 누군가 권하기도 전에 스스로 전학을 가겠다고 결정하였다. 이정록 선생님은 그런 학부모들의 약점을 잘 알고 있었다. 처음에는 학교 교문 앞에서 학부모들이 모여 피켓 시위를 하고 언론사에서 관심을 보일 정도로 시끌시끌했던 그 사건은 금방 시들해졌다. 그렇게 하나둘씩 전학을 가고 인영이네만 남았다.

"인영이는 제대로 학교를 다니지 못했어요. 마음의 상처도 너무 컸고, 학교에서도 적극적으로 보호해 주지 않았어요. 오히려 거의 모든 선생님들이 인영이를 무시했지요. 유령 취급을 했다고나 할까요. 걔 때문에 학교가 시끌시끌하다는 표정으로요. 그러니 인영이가 버틸 수가 있겠어요? 그래서 인영이는 더욱 냉소적으로 변해 갔고요. 이정록 선생님을 용서하지 않겠다고 했어요. 제가 알기로는 소송에서 패하고 항소를 했다는 것까지…… 그리고 인영이가 계속 법정에 나가서 증언을 했다고 하더라고요."

"대단하구나…… 나라면 견디지 못했을 것 같은데."

찔레꽃 씨는 혹시 그 아이의 사진이 있냐고 물었다. 내가 고개를 흔들자 "아니야, 그냥 상상하는 게 더 낫겠어." 하고는 다시 먼 곳을 바라다보는 듯했다. 나도 살짝 눈을 감고 인영이를 떠올리려고 했으나 이상하게도 그의 얼굴이 흐려졌다.

갑자기 찔레꽃 씨가 목소리를 높였다.

"하긴 그렇구나! 언젠가 한번 내가 미미한테 '너도 선생님 돼라!' 했더니, 그것이 길길이 날뛰면서 그러더라. '엄마, 이제 환상에서 깨어나. 학교 선생님은 이제 공무원 중 하나일 뿐이야. 옛날 같은 선생님들은 없어. 무슨 사명감을 가지고 그런 일을 하는 게 아니라니까! 공부 잘하는 애들이 안정적으로 살기 위해서 가는 곳이야. 돈 많은 집안의 딸들은 시집 잘 가기 위해서 가는 곳이고. 난 그딴 것 절대 안 해! 차라리 학원 선생이 더 나아!' 그러더라고. 그래, 세상이 변한 거지. 사우야, 그리고 말야. 난 너랑 이렇게 이야기하고 집에 가면 신경정신과에 가서 의사 선생님한테 상담받고 올 때보다 더 마음이 편안해져. 뭔가 치료받은 느낌이야."

"전 무슨 말인지 모르겠어요."

나는 최대한 작은 소리로 말했다.

찔레꽃 씨는 장난치듯이 히히히 웃었다.

"내가 몇 살인지 아니? 놀랄 거야. 오십 대 중반이야. 근데 이 나이 먹도록 그동안 나만 힘들게 살아왔다고 생각한 거야. 근데 너랑 이야기를 하면서…… 저 아이는 나보다 더 험한 일을 겪으면서 살고 있구나, 하고 생각했단다. 정말 내가 상상도 할 수 없는 일들, 그런 아픔을 겪으면서 살아가는 아이들이 많구나, 하고 생각했지. 그동안 청소년들의 험악한 뉴스가 나오면 그냥 혀를 끌끌 차면서 '저런 못된 놈들!' 하고 꾸짖을 생각만 했는데 그게 아니구나! 내가 너무 몰랐구나! 나보다 어리고 가진 것도 없는데, 그들은 자신들이 감당할 수 없는 아픔을 꿋꿋하게 이겨 내면서 살아가는데, 나만 너무 힘들다고 생색냈구나! 아, 더 잘 살아야겠구나! 그런 생각을 하다 보니 뭔가 힘이 생기기도 했어. 한글도 그래서 배우기로 한 거야. 그것부터 시작하려고. 글을 알아야 뭔가를 알 수 있잖아? 책은 꼭 낼 거야. 사우 네가 정리해 준 것에다 내 생각을 보태고, 또 보태서 꼭 책을 낼 거야. 차마 너한테 말하지 못한 것들이 엄청 많거든. 너한테 내 이야기를 하다 보니, 그동안 나는 나만 생각하면서 살아온 것 같았어. 이젠 그렇게 살지 않을 거야."

살아오면서 내가 누군가에게 어떤 도움을 줄 수 있다는 생각을 해 본 적이 없었다. 그런데 나보다 수십 년을 더 살아온 사람에게 도움이 되었다니, 그런 말만 들어도 가슴이 벅찼다.

"저도 찔레꽃 씨랑 이야기하고 나면 편안해지고 머리가 맑아지는 것 같아요. 그리고 뭔가 해 보고 싶은 것들이 막 생겨나요. 외국어도 배우고 싶고, 일도 하고 싶고, 여행도 하고 싶고, 기타도 배우고 싶고……."

돌아가신 엄마의 생신

다음 날 물류센터에서 일을 마치고 집에 와서야 오늘이 엄마의 생일임을 알았다. 나는 엄마의 사진이 들어 있는 앨범을 다시 들추어 보았다. '오늘은 엄마의 생일이다!' 하는 생각을 하자 엄마라는 특별한 생명체가 이 세상 어딘가에 살아 있는 것 같았다. 오늘 하루만큼은 엄마 생각만 하면서 시간을 보내고 싶었다. 아빠한테도 엄마의 뜻을 알리고 싶었고, 비록 혼자이지만 케이크라도 사서 축하해 주고 싶었다.

"근데 엄마 나이는 몇 살로 하지? 그걸 알아야 촛불을 꽂을 수 있잖아?"

나는 핸드폰을 꺼내서 아버지의 전화번호를 검색하면서 고양이한테 말했다.

앞발로 수염을 빗어 내고 있던 고양이는 그런 걸 왜 심각하게 고민하냐는 투로 말했다.

"니네 엄마는 영원한 생명을 얻은 거니까, 나이는 의미가 없어. 그냥 상징적으로 하나만 꽂는 건 어떨까?"

나는 고개를 끄덕이면서 아버지의 전화번호를 눌렀다.

어쩐 일이냐고 말하는 아버지의 목소리는 여느 때나 다름없이 퉁명스러웠다. 그러고 보니 내가 아버지한테 언제 전화를 걸어 보았을까? 까마득하다. 아니 잘 기억이 나질 않는다. 이런 상황에서는 내가 아버지였다고 해도 살갑게 전화를 받기는 어려웠을 것이다.

"왜? 무슨 일 있냐? 혹시 벌써 용돈 떨어졌냐? 얼마 보내 줄까? 다시 한번 말하지만 이제는 너도 알바라도 해야지. 아빠가 언제까지 대줄 수 없잖아?"

아버지는 나한테 연달아 물음표를 날렸다. 나는 그 물음표들에 단 한 번도 답을 해 주지 못했다. 어서 말을 해야지, 해야지 하고 중얼거리고만 있었다.

아버지는 10만 원을 더 보내 줄 테니 그것으로 이번 달은 버티라고 하고는 잠시 말끝을 흐렸다. 여전히 나는 입안에서 맴돌고 있는 말을 풀어 놓지 못했다. 어쩌면 아버지의 입에서 먼저 엄마의 생일이라는 말이 흘러나오기를 기다리고 있었는지도 모른다.

아버지는 갑자기 내 이름을 조용히 불렀다. 나는 차분히 기다렸다. 아버지는 오늘이 엄마의 생일이라는 것을 알고 있으리라고 확신했다. 엄마가 제삿날보다는 생일날을 기억해 주기를 바란다는 것도 당연히 알고 있으리라. 엄마가 죽은 뒤로 아버지는 단 한 번도 제사를 지내지 않았다. 그렇다면 엄마한테 어떤 암시를 받았다는 뜻이 된다.

아버지는 다시 내 이름을 불렀다. 이런 일은 드물었다.

"사우야! 안 그래도 연락하려고 했다. 너한테 소개해 줄 사람이 있어."

순간 맥이 풀렸다. 태어나서 처음으로 아버지한테 화를 내고 싶었다. 아버지가 새로운 아내를 맞이한다고 해서 화가 난 게 아니다. 나는 그렇게 유치하지 않다. 나는 아버지가 더 빨리 이런 삶을 선택하기를 바랐다. 다만 내가 아쉬운 것은 그래도 아버지가 엄마에 대한 최소한의 예의를 딱 한 번만이라도 지켰으면 하는 바람 때문이었다. 딱 한 번만 죽은 엄마의 생일을 기억하고, 엄마의 흔적을 어루만져 주기를 바라고 있었던 것이다.

나는 전화를 끊고 한동안 누워 있었다. 갑자기 온몸이 방전된 것 같았다.

고양이는 가늘게 휘파람을 불다가 다 그런 것이라고 웃었다.

"모든 수컷들은 그래. 그것이 본능이니까 너도 나중에 그럴 거야."

나는 아니라고 하려다가 벌떡 일어났다. 엄마의 흙가루를 무화과나무 근처에다 묻어도 된다는 찔레꽃 씨의 말이 떠올랐기 때문이다. 내가 그 이야기를 했더니 고양이도 괜찮은 생각이라고 했다.

"그래, 엄마 생각날 때마다 그 나무 보면 되니까. 당장 가서 파 와. 꼭 나무뿌리까지 팔 필요도 없어. 그 나무 근처에 있는 흙을 조금만 가져오면 돼."

나는 하마터면 "엄마!" 하고 소리칠 뻔했다. 순간적으로 고양이의 목소리가 엄마의 목소리하고 비슷하게 들렸기 때문이다. 엄마의 영혼이 고양이를 통해 말하고 있는지도 모른다.

"엄마, 정말 좋은 생각이야. 저 나무가 언제까지 살아 있을지 불안하기는 하지만 만약 살아 있다면, 또 내가 어른이 되어서 혹시 결혼하여 아이를 낳는다면 엄마 생일날 온 가족이 다 같이 와서 저 무화과나무를 쓰다듬어 주면서 엄마 생각할게."

나는 곧장 집을 나섰다. 내 몸이 어디론가 날아가는 것 같았다. 꿈속에서나 느낄 수 있는 가벼움이었다. 나는 이런 느낌이 좋다. 걸을 때마다 이렇게 몸이 가벼웠으면 좋겠다. 아무리 많이 먹어도 혹은 내 등에 무거운 짐이 있어도 이렇게 걸음걸이가 가벼웠으면 좋겠다. 나비들이 어떤 기분으로 살아가는지 조금은 알 것 같다.

나는 미미가 골라 준 옷을 입고 하늘을 날아다니는 상상을 하고 있었다. 그러다 보니 한 시간이 지루하지도 않았다. 우리 식구가 마지막으로 모여 살았던 아파트 앞에 도착했다. 초등학교 5학년 가을에 이사 왔다가 중학교 때까지 살던 집이었다. 나는 모자를 더욱 깊게 눌러쓰고 고개를 흔들면서 경비실을 지나쳤다. 혹시

라도 누군가 알아볼까 봐 두려웠다.

그 단풍나무가 나를 보자마자 가지를 흔들어 댔다.

그 단풍나무 뒤쪽이 우리 집이었다. 엄마는 1층이라서 나무를 바로 볼 수 있어서 좋다고 하였다. 엄마는 아침마다 단풍나무 잎새 사이로 부서져 들어오는 햇살을 보면서 저 나무처럼 살고 싶다고 하였다. 나는 그런 생각을 하면서 엄마의 시간이 머물러 있을 것 같은 단풍나무 뒤쪽 베란다를 한동안 바라다보았다. 그러다가 그 집에서 빨래를 널던 할머니하고 얼굴이 마주쳤다. 나는 잠깐 당황했다가 단풍나무 밑에 앉아서 비닐에 든 꽃삽을 끄집어냈다.

나는 꽃삽으로 땅을 판 다음 손으로 흙을 쓸어 담았다.

지하철역 근처에서 케이크도 하나 샀다.

집에는 아무도 없었다. 그런 고요함이 엄마를 더 차분하게 떠올리도록 하였다.

내가 꽃삽으로 무화과나무 근처를 팔 때 고양이가 나타났다. 엄마의 뼛가루는 이미 흙으로 변해 있었다. 그것이 아쉽기도 했지만 한편으로는 안심이 되었다. 하얀 뼛가루가 영원히 변하지 않는다면 이곳에다 묻어 놓고도 마음이 편하지 않을 것이다. 어쨌든 엄마는 흙이 되었기 때문에 이곳에 머물러 있지 않고 사방으로 흘러 다닐 것이다. 바람이 되기도 하고 물이 되기도 하고, 곤충이 되기도 하고 지렁이가 되기도 할 것이다. 그러니까 설령 이곳에 있는 나무가 뽑혀지고 커다란 건물이 들어선다고 해도 괜찮을 것이다. 엄마는 땅속으로 어디론가 흘러갈 것이기 때문이다. 만약 뼈가 변하지 않는다면 그렇게 흘러가기 힘들 것이다. 나는 그런 생각을 하면서 흙을 덮었다. 평평하게 아무도 마당의 속살을 건드리지 않은 것처럼 손바닥으로 다독거렸다. 그런 다음 케이크를 끄집어냈다. 재빠르게 2층으로 가서 앨범 속에 있는 엄마의 돌 사진도 가져왔다.

"엄마, 오랜만이야. 엄마도 오늘을 기다렸지? 아들이 정신 차리고 엄마 생일을 챙겨 주기를 기다렸지? 이제 조금 정신 차린 것 같아. 앞으로 잘 살게. 너무 걱정 마."

초는 하나만 꽂고 불을 살렸다. 생일 축하 노래는 부르지 않기로 했다. 고양이도 그게 좋겠다고 했다. 대신 마음속으로 엄마의 생일을 축하해 준 다음 불을 껐다.

나는 케이크를 잘라서 고양이에게 주었다.

"와아, 환상적인 맛이다! 근데 왜 세 조각으로 잘랐니? 아, 한 조각은 나, 한 조각은 너, 그리고 나머지는 엄마 생각하면서?"

고양이는 그렇게 말했으나 나는 고개를 끄덕이지 못했다. 나머지 한 조각은 엄마를 생각한 것이 아니었다. 왜 그랬는지 모르겠지만 나는 인영이를 떠올리고 있었다. 인영이가 이 자리에 있었다면 얼마나 좋을까? 아마 엄마도 좋아했을 것이라는 말을 꼭 해 주고 싶었다. 엄마는 병원에서도 종종 인영이 이야기를 하였다.

"난 인영이가 남의 자식이라고 생각 안 해. 그래서 더 마음이 아파."

나는 남은 케이크를 고양이한테 주면서 인영이가 보고 싶다는 말을 하였다. 고양이는 멍하니 나를 보고만 있었다.

나는 급하게 집으로 뛰어갔다. 그런 다음 컴퓨터를 켜고 내가 나온 초등학교를 검색하였다. 그 초등학교와 연결된 모든 블로그와 온라인 카페를 추적하다 보니 불과 몇 분 만에 동창들의 흔적을 발견할 수 있었다. 나는 몇몇 동창들의 블로그와 카페를 찾아냈으며 그들이 어느 학교에 다니는지도 알아냈다. 특히 5학년 때 같은 반이었던 선재의 블로그를 발견하자마자 쪽지를 보냈다.

— 나 윤사운데…… 3학년 때 나랑 같은 반이었던 선재 맞지?

곧바로 전화가 왔다.

"사우야, 나 선재야."

목소리만 듣고도 녀석의 얼굴이 떠올랐다. 기억이란 이렇게 정확하다.

"야, 너 어쩌면 연락 한 번도 안 하고 사냐? 그때 네 엄마 장례식장에서 인영이랑 나랑 서로 연락하면서 지내자고 했잖아?"

그런 기억은 없었다. 그러니깐 기억은 정확하지 않다.

"인영이랑은 2년 전까지 만났어. 지금도 연락은 돼. 너만 안 되는 거야. 늘 친구들 만나기만 하면 너 이야기해."

그런 말을 듣자 기억이라는 것이 부담스러워지기 시작했다.

"왜 나를?"

"왜긴? 그 사건 때문이지. 그게 시간이 흐른다고 해서, 어른들이 잊으라고 해서 잊혀지겠냐? 친구들 다 그래. 물론 너나 인영이만큼은 아니겠지만 그때 우리도 많이 힘들고 괴로웠어. 우린 아무것도 할 수 없었잖아? 잊으라고, 공부하라고, 그럼 괜찮아진다고……."

이것만큼은 내가 전혀 몰랐다. 나 외에, 인영이 외에, 그 누군가가 우리의 일을 걱정해 주고 아파했을 줄은 몰랐다. 그렇다면 중학교 때도 누군가가 나를 걱정해 주고 아파했을까?

"사우야, 근데 이정록 선생님이 아직도 학교에 있는 거 아냐? 유명한 사립학교에 있대. 대단하지 않냐?"

그럴 것이라고 생각하고 있었지만 막상 그런 사실을 확인하니 기운이 빠졌다.

"인영이가 많이 힘들 거야. 걔, 부모님도 이혼했거든. 그 문제로 재판해서 계속 지고…… 걔 부모님이 자주 싸운 모양이더라. 아빠는 그만하자고 하고, 엄마는 끝까지 가자고 하고. 그래서 결국 그렇게 된 거지. 그때부터 피하더라고. 내가 보자고 하면 약간 당황하면서 서울에 없다고 급하게 말을 바꾸더라고. 몇 번이나 그랬어. 한 번은 제주도 친척 집에 있다고 했고, 또 한 번은 미국에 있다고…… 인영이랑 친척인 아이가 우리 동생 친군데, 제주도에 친척도 없고 더구나 인영이가 해외에 갔다는 소리는 한 번도 들어 본 적이 없대. 나도 인영이가 그냥 피하는 것 같았어. 그래서 더 이상 연락하기가…….”

그 말을 듣자 더더욱 힘이 빠졌다.

나는 다시 마당으로 내려가서 무화과나무를 안고 중얼거리기 시작했다.

“엄마, 인영이네 부모님이 이혼하셨대. 그 일로 싸우시다가…… 엄마가 죽지 않았다면 어땠을까? 엄마랑 아빠도 이혼했을까? 갑자기 그런 생각이 들어. 인영이한테 미안하지만 나로서는 어쩔 수 없었어. 엄마도 알잖아? 내가 중학생이 된 후로 어떻게 살아왔는지. 나는 제발 인영이는 그렇게 살지 않기를 바랐는데, 내 바람만큼 잘 산 것 같지는 않아. 엄마, 그래서 마음이 아프고, 인영이를 보고 싶지만 여전히 만날 자신은 없어. 내가 인영이한테 조금이라도 힘이 되어야 하는데, 난…… 난…… 아직 그럴 자신이 없어.”

새민이가 임신을 했다

진구한테 전화가 왔다. 받지 않았다. 그러자 진구가 현관문을 두드렸다.

등 뒤에서 고양이가 걸어왔다. 고양이는 진구가 싫으면 당당하게 문을 열고 가라고 말하면 된다고 했다. 나도 모르게 고개를 흔들고 있었다.

"그놈은 절대 가지 않을 거야."

"그래도 가라고 해야지. 이렇게 피한다고 될 문제가 아니잖아?"

"알아. 알지만 그게 맘대로 안 되는 것이지."

"넌 초딩이 아냐! 내 말 알지?"

그 말을 듣고서야 침을 한 방울 꼴깍 삼킬 수 있었다. 그제야 비로소 진공 상태였던 고막으로 바람이 들어오는 것 같았다.

나는 천천히 현관문 쪽으로 걸어갔다. 그 앞에 쪼그려 앉아 있던 고양이가 신발장 밑으로 사라졌다.

나는 다시 침을 삼키면서 문고리를 잡았다.

진구가 연못으로 뛰어드는 개구리처럼 들어왔다. 여자 친구인 새민이도 따라왔다.

새민이가 껌을 씹으면서 내 팔을 툭 쳤다.

"야, 안녕?"

나는 그녀의 눈빛을 피하면서 일부러 얼굴을 찡그렸다. 그런 다음 진구를 보고 "진구야!" 하고 불렀다. 더 이상 찾아오지 말았으면 좋겠다는 말을 뱉어 내려고 하는 찰나였다. 진구가 기습적으로 나를 끌어안았다. 나는 황당해서 아무런 몸짓도 할 수가 없었다.

"누가 보면 좆나 친하다고 하겠네! 진구야, 괜히 오버하지 말고 어서 라면이나 끓여라. 불청객인데 쥔한테 라면까지 끓여 달라고 할 수 없지 않냐?"

새민이가 뒤에서 팔짱을 낀 채로 비웃었다.

진구는 그래도 나를 껴안은 손을 풀지 않고 다그쳤다. 내가 계속 머뭇거리자 이번에는 옆구리를 간질였다.

"야야, 안 잡아먹어. 인상 풀어라! 오늘은 라면만 먹고 갈게."

진구가 더욱 힘을 주어 나를 안았다. 나는 숨을 몰아쉬면서 진구의 손을 간신히 떼어 냈다. 그리고 온힘을 다해서 말했다. "오늘이 마지막이야. 다음부터는 안 돼. 진짜야." 안타깝게도 그 목소리는 입 밖으로 나오지 않았다. 그런 나를 사살해 버리고 싶었다. 내 이름부터, 내 그림자, 내 모든 것들을. 내가 만약 살인 전문가를 알고 있었다면 지체없이 나를 살해해 달라고 부탁했을 것이다. 그만큼 부끄러운 시간이었다.

나는 깊은 한숨을 내쉬었다. 왜 이렇게 내가 바보 같은지 알 수가 없었다. 다시금 내가 인조인간이었으면 좋겠다고 생각했다. 그렇다면 칩에 내장된 대로 확실하게 할 말을 했을 것이다. 나는 새민이를 똑바로 쳐다볼 수도 없었다.

새민이는 거실에 있는 기타를 발견하고는 능숙하게 조율을 했다. 그런 다음 찔레꽃 악보를 보면서 노래하기 시작했다. 그녀의 목소리는 가늘고 애절해서 이 노래하고 잘 어울렸다. 라면을 끓이던 진구가 와서 새민이의 동영상을 찍었다. 진구는 거의 감탄하고 있었다. 새민이가 이렇게 노래를 잘하는 줄은 몰랐다고 하면서 오디션 프로그램에 나가 보라고 하였다. 새민이가 연예계에 진출하게 되면 자신이 매니저를 하겠다고 말하며 웃어 댔다. 새민이는 한마디도 대꾸하지 않고 노래를 계속 되풀이해서 불렀다.

나는 지금까지 살아오면서 단 한 번도 여자 친구를 사귀어 보고 싶다는 충동을 느껴 본 적이 없었다. 그런데 지금 새민이를 보고 나도 모르게 저런 여자라면 사귀고 싶다는 생각을 하고 있었다. 저렇게 누군가의 마음을 울리는 노래를 부르는 여자라면 충분히 사귀어 볼 만한 가치가 있지 않을까. 순간 처음으로 진구가 부러워졌다.

나는 새민이가 노래하는 그런 분위기를 더 눈에다 담아 두고 싶었다. 그렇게 눈치 없는 나를 향해 진구는 몇 번이나 눈짓을 하였고, 그래도 내가 간파하지 못하자 화장실에 가서 문자메시지를 보냈다.

—사우야, 2시간만 나갔다 와라. 새민이랑 할 이야기가 있거든. 고맙다!

나는 2층 계단을 타박타박 내려갔다. 진구의 눈빛은 도발적이지는 않아도 뭔가 알 수 없는 끈적거림이 있었다. 그 속내를 전혀 짐작할 수가 없었다.

무화과나무 밑에서 돈키호테 씨가 담배를 피우고 있었다. 돈키호테 씨의 어깨에는 살아있는 살점이 하나도 붙어 있지 않았다. 뼈에 살가죽만 덮여 있었다.

돈키호테 씨는 약간 바보스럽게 허허허 웃었다.

나는 엉거주춤 인사를 하면서 무화과나무 밑으로 걸어갔다.

"허허, 잠이 안 오는가 보지?"

돈키호테 씨가 나한테 하는 말이었다.

나는 얼른 대답하지 못했다. 처음에는 나한테 하는 말인 줄도 몰랐고, 나중에서야 알았지만 입이 굳어 있었다. 돈키호테 씨의 목소리는 다른 생각을 떨치고 집중해야만 온전하게 들을 수 있을 정도로 음량이 낮고 힘이 없었다. 말을 하면서도 나를 쳐다보지 않았다. 그가 나하고 비슷한 성격의 소유자임을 본능적으로 알 수 있었다.

내가 아무런 말을 하지 않아도 돈키호테 씨는 얼굴을 찌푸리지 않았다. 그냥 누렇게 늙어 버린 이를 드러내고 웃기만 했다. 애초부터 굳이 대답을 바라지 않았고, 그냥 들어 주기만 해도 고맙다는 표정이었다. 늙은 숫사자처럼 머리카락은 거의 빠져 버렸고, 이마의 주름골도 밭고랑처럼 깊었으나 눈동자만큼은 소년 같았다. 이럴 때 보면 인간이란 동물은 참 신비롭다. 신체의 모든 부분이 다 늙어 가도 눈동자만큼은 영원한 어린애일 수 있다니! 내가 만약 오래오래 살아남아서 저 사람처럼 늙어 갈 수 있다면 다른 건 몰라도 눈동자만큼은 저렇게 순수했으면 좋겠다. 누군가 내 눈을 보고 소년 같다고 웃어 주었으면 좋겠다.

돈키호테 씨는 손으로 자꾸 깡마른 얼굴을 문질러 댔다. 아마도 머리카락이 길었다면 나처럼 얼굴을 가리고 다녔을 것이다.

"가끔씩 내가 시끄럽게 소리쳐서 미안하네. 그놈의 술버릇 때문에."

돈키호테 씨는 고개를 살짝 들고는 무화과나무 가지를 올려다보았다. 그 빽빽한 이파리 사이로 믿기지 않을 만큼 밝은 별 하나가 보였다. 서울 하늘에도 별이 많았으면 좋겠다. 저렇게 소년 같은 눈빛으로 꿈꾸는 사람들을 위해서.

돈키호테 씨가 집 안으로 들어가고 나는 혼자 밤이슬을 맞았다. 집오리들은 밤이슬을 맞으면 하늘을 날 수 있다는 동화책에서 본 이야기가 떠올랐다. 까마득한 어린 시절에 엄마가 읽어 준 이야기다. 나도 모르게 몇 번이나 두 팔을 벌려 새처럼 날갯짓을 해 보았다. 내가 만약에 죽었다가 다시 태어날 수 있다면 그때는 새가 되고 싶다. 딱 1년만 살아도 좋으니까 이렇게 누군가에게 시달리지 않고 자유롭게 날아다니고 싶다.

나는 두 시간 정도 흐른 뒤에 집으로 들어갔다. 진구랑 새민이가 식탁에서 케이크를 먹고 있었다. 나는 이상하게도 엄마한테 미안해졌다. 생일 케이크라 엄마의 허락을 받아야 할 것 같았다. 순간 나도 모르게 화가 났다. 어서 나가 달라고 했다.

진구는 미안하다는 눈빛을 보냈다.

"야, 미안하다만…… 앞으로 한 시간만."

나는 안 된다고 말했다. 진구가 다가와서 다시 나를 끌어안았다. 밀어내도 집요하게 안았다. 그런 다음 미안하다고 하면서 한 시간만 더 달라고 했다.

나는 어쩔 수 없이 집을 나왔고, 동네 골목골목을 떠돌이 개처럼 돌아다녔다. 그렇게 걸어야만 나를 달랠 수가 있었다.

나는 그렇게 한 시간을 흘려보내고 나서야 집으로 들어갔다. 이번에도 그들은 식탁에 앉아서 라면을 먹고 있었다. 내가 어처구니

없다는 표정을 짓자 진구가 다가왔다.

나는 그런 진구를 거칠게 밀어냈다. 진구가 당황하면서 새민이를 보았다. 내가 어서 나가 달라고 하자 진구는 밖에 나가서 이야기를 하자며 잡아끌었다.

진구는 나를 데리고 계단에 앉았다. 그런 다음 내 손을 잡았다. 나는 그걸 슬그머니 뿌리쳤다.

"이건 약속이 다르잖아? 나 저번에도 너희들 때문에 한숨도 못 잤다고. 이제 제발 가 주라. 나 내일 일찍 일 나가야 해."

"알아, 알지. 내가 다 알아. 그래서 미안하다고 하는 거잖아? 난 가고 싶은데 새민이가 안 가겠다고 저러니…… 나도 이유를 모르겠네. 사우야, 그래서 그런 거야. 오늘 밤만 자고 갈게. 진짜 미안하다. 다음에는……."

나는 진구로부터 떨어지려고 몸을 일으켰다.

"그건 네 사정이고……."

진구가 어느새 내 팔을 잡아끌었다. 그 힘이 어찌나 강하던지 하마터면 앞으로 꼬꾸라질 뻔했다. 진구는 다시 나를 안으려고 했다. 나는 가까스로 그를 밀어냈다.

진구가 담배를 꺼내 불을 붙이고는 한숨과 함께 뱉어 냈다.

"아 참, 너 일하지? 사우야, 사실대로 말할게. 실은 벌써 가려고 했는데 새민이가 자꾸 버티잖아? 아기를 낳겠다고."

진구의 입에서 상상도 못 했던 말이 튀어나왔다. 나는 그게 무슨 말인가 싶어 진구를 보았다.

진구는 더욱 심각한 표정으로 담배 연기를 뿜어 냈다.

"그게…… 새민이가 임신했어. 그래서 그 이야기를 하다 보니 길어진 거야. 나야 당연히 낙태하라고 하지. 근데 문제는 돈이야. 나도 알바를 하지만 이번 달 월급은 이미 다 써 버렸거든. 그러니 어디서 돈이 나올 데가 있어야지. 사장님한테 가불 좀 해 달라고 해도 안 된다고 하고, 이번 달 넘기면 낙태는 위험할 수도 있다고 하고……. 야, 사우야! 부탁이다. 네 손에 친구 목숨이 달려 있다. 한 100만 원만 빌려주라. 그냥 달라는 게 아니라 빌려 달라는 거야. 내가 다음 달, 늦어도 그 다음 달까지는 갚을게."

"난 그렇게 많은 돈 없어. 알바한 지도 얼마 안 되고, 월급 받아도 많지 않아. 그리고 쓸 데가 많아서 여유가 없어. 미안하다."

나는 솔직하게 말했고 제발 진구가 이해해 주기를 바랐다.

진구는 담배 연기를 더욱 오래 참았다가 뱉어 냈다. 그러고는 내 손을 잡았다.

"사우야, 나 좀 살려주라! 난 새민이 없으면 못 살아! 응, 부탁이다. 넌 아빠도 있잖아? 어떻게 융통할 수 있잖아? 난 전혀 할 수 없어. 제발, 제발, 제발 부탁이다!"

갑자기 진구는 내 앞에서 무릎까지 꿇었다. 그럴수록 나는 곤욕스러웠다. 진구가 부탁한 돈은 내가 감당할 수 있는 금액이 아니었다.

"진구야, 미안해. 나도 어쩔 수 없어."

"사우야, 제발 부탁이야. 나, 새민이랑 헤어지면 진짜 어떻게 될지 몰라. 너도 알다시피 나도 한때 엇나갔다면 엇나갔는데, 그래도 이렇게 학교라도 다니게 된 것은 새민이 때문이야. 사우야, 나 좀 살려주라."

"아, 진구야! 미안, 우리 아빠한테 말해도…… 우리 아빠도 재혼을 앞두고 있어서 만 원짜리 한 장 쉽게 안 줘. 미안해, 미안."

나는 진심으로 미안했다.

"이런 씹쌔끼 봐라!"

진구가 빈 화분을 발로 차면서 일어났다. 눈에서 파란 불이 타올랐다. 순간 나도 모르게 뒤로 물러났다.

"진구야. 미안해. 미안해!"

"야, 친구가 이렇게 무릎까지 꿇고서 부탁했잖아! 그냥 달라는 것도 아니고 빌려 달라고! 이번 일만 잘 정리되면 널 더 이상 귀찮게 하지 않을게. 약속해. 내일 다시 연락할게."

진구는 더 이상 내 말을 듣지 않고 안으로 들어갔다.

나는 진구가 버린 담배꽁초를 급하게 입에 물었다. 물론 불은 꺼져 있었다. 그런데도 가슴이 매웠다. 나는 옆으로 넘어지면서 재채기를 해 댔다.

"아, 정말 골치 아프다. 저 새끼가 나를 이렇게 이용하려고 일부러 접근한 것인가?"

나는 옆으로 온 고양이한테 얼굴을 비비고 싶었다.

"고양아, 전생에 난 뭐였을까? 전생에는 내가 악마였을까? 그래서 지금 이렇게 악마들에게 괴롭힘을 당하고 있는 것일까? 이정록 선생님, 강구 패거리, 또 다른 놈들 그리고 진구까지…… 잊을 만하면 나타나고, 나타나서 괴롭히고".

고양이는 아무런 말도 하지 않았다. 그저 안타까운 듯이 바라다보고만 있었다.

"그놈이 돈을 달래. 말이 100만 원이지. 내가 그런 돈을 어떻게…… 그 미친놈이…… 아, 이제 어째야 하니?"

나는 정신이 나간 것처럼 중얼거렸다.

"이건 아냐, 아냐. 아, 이사온 지 얼마 되지도 않았는데, 다시 이사 가야 하나? 난 이 집은 좋은데."

다음 날 일을 마치자마자 진구한테 문자가 왔다. 어떻게 일이 끝나는 시간을 알았는지 모르겠다. 소름이 끼쳤다. 그만큼 진구는 나에 대해서 잘 알고 있었다.

—일 끝났지?

물론 나는 대꾸하지 않았다. 머리가 아파 오기 시작했다.

— 어제는 미안했다. 내가 너무 심하게 말한 거 사과할게. 미안해.

도무지 알 수 없는 녀석이다. 지금까지 나를 괴롭혔던 아이들하고는 달랐다. 진구는 미안하다는 말을 무시로 했다. 상대에게 미안하다는 표현을 하는 사람이라면 일단 그 진정성을 믿어 주고 싶어진다. 순간적으로 내가 생각하는 것만큼 진구가 나쁜 아이가 아닐지도 모른다고 주억거렸다. 만약 내가 사귀는 여자 친구가 임신을 한다면 어떻게 할까? 돈이 있다면 선택의 폭이 넓어지겠지만 그런 경우가 아니라면 진구처럼 행동했을지도 모른다. 녀석의 말처럼 그는 지금 절박하다. 그런 생각을 하자 진구를 어느 정도는 이해할 수 있었다. 문제는 내가 현실적으로 그에게 도움을 줄 수 없다는 사실이었다.

— 진짜 너를 다시 만났을 때 기뻤어. 왜냐하면 나도 너처럼 강구한테 많이 당했거든. 그건 진심이야.

— 사우야, 이건 내가 자존심도 상하고 하도 아픈 기억이라 묻어 두고 가려고 했는데…… 난 있잖아. 강구가 나한테 몹쓸 짓도 강요했어. 난 그때마다 속으로 울었어. 그리고 내 성기를 잘라 버리고 싶었어.

— 그뿐이 아니야. 그놈은 나한테 얼마나 많은 돈을 요구했는지 몰라. 난 아버지 돈을 몇 번 훔쳤다가 진짜 병원에 실려갈 정도로 맞았어. 그래서 너한테 이런 부탁을 하는 게 쉽지 않았어. 나 장기라도

팔려고 몇 군데 전화도 했었어. 진짜 누가 내 장기를 사겠다고 하면 팔 거야. 그 정도로 절박해. 근데 방법이 없어. 그래서 너한테 부탁한 거야.

—사우야, 이번 한 번만…… 이게 내 계좌번호야. 100만 원이 안 되면 이쪽으로 한 칠팔십, 그것도 안 되면 오륙십이라도…… 부탁해. 넌 월세 보증금도 집주인한테 부탁하면 받을 수 있어. 잘 부탁해 봐.

연달아 날아오는 친구의 문자메시지를 보면서 처음으로 돈에 대해서 진지하게 생각을 하였다. 나는 아직까지 돈 때문에 심각하게 고민해 본 적이 없었다. 특별하게 내가 돈을 써 본 적이 없었다. 용돈을 안 줘도 불만이 없었다. 그래서 이런 경우에 내가 어떻게 해야 할지 판단의 기준이 없었다. 만약 나에게 돈이 있었다면 망설이지 않고 친구한테 주었을 것이다.

친구한테 참으로 미안하지만 진짜 어떻게 해 줄 수가 없다고 답장을 보냈다. 월세 계약서도 고모가 썼기 때문에 내 맘대로 할 수 없다는 말도 덧붙였다. 안타깝기는 하지만 친구가 그런 나를 이해해 주기를 바랄 수밖에 없었다.

친구한테 곧바로 문자메시지가 왔다.

—너 이 씹새끼, 내가 그렇게까지 이야기했는데…… 좋아, 어디 한번 해 보자!

내가 한숨을 내쉬자마자 공격적으로 연달아 문자메시지가 날아왔다.

사진이 첨부되어 있었다. 그걸 본 순간 나는 핸드폰을 떨어트리고야 말았다. 그건 내가 상상도 할 수 없는 사진이었다.

— 여차하면 이걸 인터넷에다 확 깔아 버릴 거야.

손이 떨렸다. 가슴이 막혔다. 나는 애써 크게 심호흡을 하면서 제발 이것이 꿈이기를 바랐다. 그런 다음 화장실에 가서 세수를 하고 다시 핸드폰을 집어 들었다.

"아, 미친…… 이 개또라이 새끼!"

내 입에서는 그 말밖에 나오지 않았다.

어떻게 그런 사진을 구해서 조작을 했는지 모른다. 발가벗은 내가 찔레꽃 씨를 끌어안고 있는 사진이랑 역시 발가벗은 미미랑 내가 끌어안고 있는 사진이었다.

나는 하도 어이가 없어서 그냥 고개만 흔들어 대고 있었다. 이런 사진을 찔레꽃 씨랑 미미가 본다면 뭐라고 할까? 아, 뚜껑이 열린다는 말뜻을 이제야 이해할 것 같았다. 이 사진이 퍼진다면 이 세상에서 사라지고 싶었다. 그 사진을 다시 한번 보니까, 어디서 많이 본 것이었다. 그것은 내가 찍어서 클라우드 서버에다 보관하고 있던 사진이었다. 그러니까 이미 진구한테 내 컴퓨터까지 다 털렸음을 알 수 있었다. 진구가 치밀하게 이런 과정을 준비했다는 뜻이다. 만약 그게 사실이라면 진구는 강구보다 훨씬 진화한 괴물일지도 모른다. 나도 모르게 몸을 떨었다.

찔레꽃 씨가 문을 두드렸다. 나는 벌떡 일어나서 문을 열어 주고는 찔레꽃 씨를 보자마자 한숨을 내뱉었다.

"사우야, 왜 그래? 무슨 일 있어?"

찔레꽃 씨가 나를 보고 물었다. 찔레꽃 씨가 내 손을 꼭 잡아 주자 걷잡을 수 없이 번지던 불안이 잦아들었다.

나는 애써 웃음을 지으면서 별일이 아니라고 하였다.

찔레꽃 씨가 칼국수를 들고 식탁으로 가서 앉았다. 나는 억지로 그걸 꾸역꾸역 밀어 넣었다. 그걸 먹고 나자 더욱 마음이 안정되었다.

오늘은 처음으로 찔레꽃 씨에게 한글을 가르치는 날이다. 중학교 1학년을 중퇴한 인간이 누군가를 가르친다고 하면 세상 사람들이 다 웃을 것이다. 자신은 없지만 하는 날까지 부딪쳐 보자고 마음을 먹었다. 더구나 진구가 보낸 그 합성사진이 떠오를 때마다 얼굴이 달아오르면서 찔레꽃 씨를 제대로 볼 수가 없었고, 어쩌면 나 자신도 예측할 수 없이 이 집을 불쑥 떠날지도 모른다고 생각했다. 그러자 마음이 비장해졌다. 이미 마음 속 깊은 곳에는 무거운 돌덩이들이 가득 들어차 있는 기분이었다. 나는 그런 무게를 느끼면서 찔레꽃 씨를 내 방으로 데리고 갔다. 보고 싶은 책을 골라 보라고 하였다. 찔레꽃 씨가 뽑아 낸 책은 엄마가 가장 좋아했던 책이었다. 아빠랑 딸이 신나게 놀면서 가을 산에 올라가는 내용이었다.

"이 책은 『산에 가자』예요. 이 글자가 '산'자이고, 이것이 '에'자, 이것은 '가자'입니다. 한번 써 보세요."

"아하, 이게 '산'자이구나. 산에 가자. 그럼 들에 가자는 어떻게 써? 아하, 들자는 진짜 들판처럼 생겼네. 그럼 강에 가자는?"

찔레꽃 씨는 그렇게 끊임없이 물어 왔다. 나는 그런 찔레꽃 씨의 호기심이 신기하면서도 재미가 있었고, 물어 오는 대로 가르쳐 주다 보니 진구 때문에 지근거리던 머리가 맑아졌다. 찔레꽃 씨는 내가 가르쳐 준 말들을 공책에다 정리하고는 열 번도 넘게 썼다. 처음 써 보는 글씨라고는 믿어지지 않을 정도로 글씨체가 균형이 잡혀 있었다. 찔레꽃 씨는 재밌다는 표현을 자주 하였다. 그동안 몇 번 글자를 배울 기회가 있었는데도 별 생각이 없었던 것은 나한테 글자를 배우려고 그랬던 모양이라고 하며 호호호 웃기도 했다. 찔레꽃 씨는 오늘 배운 글자들을 내일까지 백 번씩 써 오겠다는 결의를 보이기도 했다.

"이 책 내용이 너무 궁금해. 우선 처음부터 끝까지 한 번만 읽어 줘."

나는 책에 나오는 아빠와 아이의 목소리를 나름 대로 흉내 내면서 책을 읽어 나갔다.

“이야, 아이가 아빠랑 재밌게 놀고 있구나. 그게 머릿속에 그려져. 사우야, 우리 아버지도 이렇게 자상한 면이 있었어. 비록 나를 학교에 보내지는 않았지만, 내 생일이면 뒷산에서 각시풀 베어다가 풀각시 인형도 만들어 주고…….”

찔레꽃 씨는 이런 시절에 그렇게 놀았다고 하면서 “갑자기 아기를 낳고 싶네.” 하고 킬킬킬 웃기도 했다. 찔레꽃 씨의 아버지는 무뚝뚝하면서도 여성스러운 섬세함이 있는 사람이었다고 했다. 집 안 곳곳에는 봄, 여름, 가을까지 항상 꽃들이 피고 졌는데 그것들은 모두 아버지의 손길을 받았다고 했다. 아버지는 길을 가다가 예쁜 꽃을 피우는 풀이 있으면 꼭 봐 뒀다가 비가 오는 날이면 그걸 파다가 집 안에다 심었다. 그때마다 찔레꽃 씨를 데리고 다녔다. 장독대 주위랑 뒤란에는 예쁜 꽃밭이 있었다. 빈병을 거꾸로 꽂아서 작은 꽃밭 울타리를 한 다음 온갖 꽃들을 심었다. 그래서 찔레꽃 씨네 집은 마을에서 가장 많은 꽃들이 살아가는 곳이었다.

“이웃집에 사는 홍구는 그런 나를 늘 부러워했어. 난 홍구를 좋아했어. 홍구는 송아지처럼 눈이 맑고 착해. 홍구도 날 좋아했지. 그건 느낌으로 알아. 늘 내 주위를 돌면서, 내 생일 선물도 주고 가고. 근데 난 학교 안 다니고 홍군 학교 다녔어. 공부도 잘해서 중학교부터는 도시로 나갔지. 홍구가 중학교 고등학교 가자, 난 홍구를 더 그리워했지. 홍구도 집에 오기만 하면 나부터 만났어. 우린 강가나 산에서 만났어. 가끔 가까운 도시에 가서 만나기도 했지. 난 내가 학교 안 다니기 때문에 홍구랑 더 이상 가까워질 수 없다고 생각했어. 근데 홍구는 학교 다니지 않아도 상관없다고 했어. 그래서 나도 홍구를 기다렸어. 홍구가 날 좋아한다는 고백을 해 오기를…… 시집 가던 날도, 내내 홍구만 생각했을 정도로. 근데 그놈은 바보 같이 표현을 못 해. 시집 가기 전에 봤거든. '야, 나 시집 간다!' 그렇게 말해도 그놈은 우울하게 고개만 숙이고 있어. 난 그놈이 좋아한다고 했으면, 주위 사람들이 다 말렸어도 그 결혼 안 했을 거야. 그러다가 작년에서야 홍구를 봤는데, 고백을 하더라고. 나를 엄청 좋아했었다고. 바보! 나한테 거절당할까 봐 두려워서 말을 못 했다고 하더라고. 사우야, 이건 내가 미미한테도 했던 말이야. 좋아하는 사람이 있으면 여러 가지 사정 생각하지 말고 말해 버려. 그게 맞아. 거절을 당해도 일단 말하는 거야. 그래야 상대가 알거든. 표현하지 않으면 상대는 절대 움직이지 않아."

찔레꽃 씨는 기회가 되면 같이 산에 가자고 하였다. 맛있는 음식을 준비해서 미미랑 돈키호테 씨랑 다 같이 가자고 하였다. 그 말을 듣자 다시 진구가 떠올랐다. 나는 이 집에서 얼마나 버틸 수 있을지 자신할 수 없었다.

찔레꽃 씨는 인영이랑 계속 연락하냐고 물었다.

나는 인영이 하고는 연락이 되지 않지만 그를 잘 아는 진구라는 아이를 만났다고 말했다. 그리고 터져 나오는 한숨을 가까스로 다시 삼켰다. 어쩌자고 진구 이야기를 했는지 모르겠다. 진구에 대한 이야기를 속시원하게 털어놓고 찔레꽃 씨한테 도움을 받고 싶었는지도 모른다. 하지만 그 낯 뜨거운 사진이 떠오르자 그만 고개를 흔들고야 말았다.

"진구가 그러는데, 인영이는 중학교 자퇴한 뒤로 아무것도 안 하고 산대요. 그놈이 초딩 때는 어른들이 보는 신문을 볼 정도로 특이하고 책도 많이 봤어요. 노래도 곧잘 했지요. 근데 그냥 폐인처럼 살아간다는데…… 워낙 사회에 대한 불신이 커서요, 더 이상 공부할 생각도 없다고 한대요. 대학이 무슨 필요 있냐고요! 특히 어른들을 싫어하지요. 꼰대짓하는 어른들을 가장 싫어한대요. 이래라저래라 하는 어른들, 자기들이 세상 아이들의 모든 고민을 다 해결해 줄 것처럼 나발거리는 어른들……."

찔레꽃 씨는 아무런 말도 하지 않았다.

또 이러면 그땐 정말 죽어!

걸을 때마다 유리 파편이 밟히는 기분이었다. 밤새도록 잠을 자지 못해서 그랬는지 새벽에 택배 상자를 들다가 팔에 힘이 풀리면서 떨어트렸다. 그때는 몰랐는데 일을 마치고 화장실에 가서 양말을 벗어 보니 파란 멍울이 발등에 뿌리를 내린 상태였다.

나는 다리를 절면서 집으로 갔다.

집에 오자마자 진구한테 문자메시지가 왔다.

— 이제 집에 왔지?

아, 정말 돌아 버릴 것 같았다. 나도 모르게 주위를 두리번거렸다. 낯익은 물건들이 모두 진구의 분신으로 보였다.

—어때? 내가 보낸 사진 감상 잘 했지? 자, 이건 또 새로운 거다. 잘 감상해라.

곧바로 날아온 사진 속에는 사촌 동생이 발가벗고 있었다. 내가 사촌 동생들을 강간이라도 하듯이 끌어안고 있었다.

"아, 이 미친 새끼!"

더욱 놀라운 것은 아버지까지 등장했다는 사실이다. 아버지가 사촌 동생의 가슴을 만지는 듯한 사진도 있었다.

어떻게 그런 발상을 할 수가 있는지 그저 경악스러울 따름이었다.

—너, 내가 신상털기 선수라는 거 몰랐던 모양이구나! 이 사진들을 네 아버지가 계시는 대학이랑 네 사촌들이 다니는 학교랑, 네가 다녔던 학교에 다 뿌려 볼까? 어떻게 될까? 야아, 상상만 해도…… 잘하면 네 이름이 인터넷 검색어 1위에 오를 수도 있겠다! 어때? 한번 해 볼까?

"이 개 양아치 새끼야, 꺼져!"

나는 그만 핸드폰을 집어던졌다. 핸드폰은 벽에 부딪히면서 떨어졌다. 그런데도 박살이 나지 않았다. 그저 배터리만 분리가 되었을 뿐이다.

난 그 핸드폰을 변기 속에다 던져 버렸다.

불안해서 집에 있을 수가 없었다. 그래서 무작정 밖으로 나왔지만 그렇다고 마음이 편안해지지 않았다. 아무리 모자를 눌러써도 누군가 옆으로 오기만 하면 불안해졌다. 나는 다시 집으로 들어갔다. 핸드폰을 버린 것은 잘한 일이었다. 침대에 눕자 컴퓨터 모니터가 보였다. 어쩌면 저놈이 몰래 나를 찍어서 진구한테 모든 영상을 보내고 있을지도 모른다. 또 가끔은 진구가 바이러스를 내 컴퓨터로 침투시켜서 모든 메일과 사진을 뒤지고 있을지도 모른다. 나는 벌떡 일어나서 컴퓨터로 연결된 모든 배선들을 다 뽑아 버렸다. 그러고도 불안함이 사라지지 않아서 모니터를 종이로 붙여 버렸다.

만약 찔레꽃 씨라면 이런 상황에서 어떻게 했을까? 진구를 찾아가서 멱살을 잡고 한판 붙었을지도 모른다. "야 이 새끼야, 어디 네 맘대로 해 봐!" 하고 깡다구 있게 몰아쳤을지도 모른다. 그러다가 그 합성사진들이 떠오르자 다리가 풀렸다.

"어떻게 하지, 어떻게 하지, 어떻게 하지?"

나는 침대에서 굴러다니다가 일어났다. 거실 창가로 갔다. 거의 완벽하게 햇볕을 차단한 종이들이 등딱지처럼 붙어 있었다. 나도 모르게 그걸 하나 뜯어냈다. 순간 둑이 터지듯이 햇살이 쏟아져 들어왔다. 순간적으로 내 몸이 녹아내리는 것 같았다. 나는 얼른 두 손으로 그 구멍을 막았다. 손에 물컹한 느낌의 무엇이 잡혔다. 나는 “엄마아!” 하고 비명을 지르며 뒤로 넘어져서 떼굴떼굴 굴렀다. 내 몸이 애벌레 같았다. 귀를 틀어막았다. 내 손을 잘라 버리고 싶었다. 그 느낌, 무엇인가 물컹한 그 느낌이 떨어지지 않았다. 이정록 선생님은 내 손을 잡아서 호호 불듯이 두 손으로 감싸더니, 갑자기 홱 잡아당기면서 당신의 바지 속으로 밀어 넣었다. 순간 물컹한 느낌이 들었고 나는 그만 울음을 터트렸다. 당황한 선생님이 괜찮다고 달랬지만 나는 계속 울었다. 그리고 배가 아프기 시작했으며, 그 다음 날 아침에는 밥도 제대로 먹을 수 없었다. 결국 나는 학교에 갈 수 없었다. 그런 기억들이 저 햇살을 타고 쏟아져 들어오는 것 같았다. 나는 신발장까지 굴러갔다가 머리로 마구 신발장을 들이받았다. 그래도 물컹한 느낌이 사라지지 않자 벌떡 일어나서 손을 백만 번도 넘게 씻었고, 가까스로 종이를 가져다가 거실 창으로 난 햇살 구멍을 막았다.

나는 그대로 누워서 잠을 잤다. 안타깝게도 깊은 잠이 아니었다. 진구가 꿈속까지 들어왔고, 나는 어디론가 달아나다가 눈을 떴다. 식은땀이 온몸에 흘러내렸다. 이제 더 이상 움직일 힘도 없었다. 그때 찔레꽃 씨가 떠올랐다. 구세주 같았다. 찔레꽃 씨한테 도움을 청하자고 생각했다. 만약 돈을 마련하지 못한다면 오늘밤에 어디론가 사라져 버리고 싶었다. 나는 그렇게 배수의 진을 치고 아래층으로 내려갔다.

미닫이문이 살짝 열려 있었다.

나는 그 틈으로 나지막한 목소리로 찔레꽃 씨를 불렀다. 안에서는 인기척이 없었다. 돈키호테 씨를 불러 보기도 하였으나 역시 아무런 소리가 없었다. 그러자 버릇처럼 호주머니를 뒤지다가 핸드폰이 없다는 사실을 알고는 허탈하게 입을 벌렸다. 오늘 처음으로 핸드폰이 나에게 얼마나 필요한 것이었는지를 깨달았다. 괜히 핸드폰에게 화풀이를 한 것 같아서 미안해지기도 하였다. 당장 중고폰이라도 사고 싶었지만 돈이 없었다.

나는 다시 찔레꽃 씨를 불렀다. 작은 메아리만이 집 안에서 울려 퍼졌다. 나는 돌아서다가 은연중에 문턱에 앉고야 말았다.

아버지의 목소리가 귀에서 울렸다. 당신이 감당할 수 없을 정도로 화가 난 상태였지만 우리나라 최고의 지식인답게 욕 한 마디 섞지 않고 말했다.

"넌 어쩌면 끝까지 아빨 힘들게 하니? 네가 사람이니? 이제 아빠가 좀 자리잡고 새엄마 만나서 살아 보려고 하는데, 네가 이럴 수가 있니? 내가 너한테 못해 준 게 뭐니? 넌 인간이 아니야. 어떻게 그런 사진이 학교 사이트에……."

내가 아무리 변명을 해도 아버지는 듣지 않을 것이다. 고모는 나를 악마라고 소리부터 질렀다. 어떻게 사촌 동생이랑 그런 짓을 하는 사진을…… 이라고 차마 말을 맺지 못하고는 한동안 울었을 것이다. 그러다가 이제 조카고 뭐도 완전히 관계를 끊자고 할 것이다. 미미는 찔레꽃 씨를 보고 콧방귀부터 날릴 것이다.

"엄마, 내가 뭐랬어? 그 양아치 새끼 너무 믿지 말랬지? 당장 내보내라고 했지? 그 양아치 새끼가 한 꼴을 보라고!"

나는 찔레꽃 씨의 얼굴이 떠오르자 머릿속이 까매졌다.

"안 돼! 안 돼! 안 돼!"

그렇게 하도록 내버려 두어서는 절대 안 된다고 소리쳤다. 그들이 받을 상처를 생각하니까, 설령 내가 죽더라도 절대 도망치지는 않을 것이라고 입술을 깨물었다. 그러다가 문득 고개를 돌려 보니 찔레꽃 씨네 거실 바닥에 떨어져 있는 하얀 봉투가 눈에 들어왔다. 은행 자동화기기에 꽂혀 있는 돈 봉투였다.

나는 집 안을 둘러보고는 다시 한번 찔레꽃 씨를 불러 보았다. 그리고 천천히 몸을 일으켰다. 집에 오자마자 문을 걸어 잠궜다. 화장실에 가서 봉투에 든 돈을 끄집어냈다. 부들부들 손이 떨렸다. 이건 옳지 않으니 지금이라도 어서 돌려주고 오라고 내 손이 말하고 있었다. 그때까지도 나는 돈을 훔쳐 왔다는 생각을 하지 못하고 있었다. 그러다가 봉투 속에 100만 원이 들어 있음을 확인하자마자 엄청난 일을 저질렀다고 고개를 떨궜다. 더럭 겁이 났다. 나는 어서 돈을 돌려줘야겠다고 일어났다.

무화과나무 밑에서 참새들이 돌림노래를 하고 있다가 날아갔다.

집 안에서 찔레꽃 씨랑 돈키호테 씨의 목소리가 흘러나왔다.

나는 미닫이문 앞으로 가다가 몸을 틀었다. 왜 그랬는지 모르겠다. 마음속에서는 어서 돌려줘야 한다고 생각했지만 발은 엉뚱하게도 대문 밖으로 향하고 있었다.

구름 위를 걷는다는 것이 어떤 기분인지 알 것 같았다. 아무리 땅을 느껴 보려고 발에다 힘을 주어도 심지어 신발을 벗고 양말까지 벗고 걸어 보아도 발바닥은 아무런 느낌을 감지하지 못했다. 그냥 몸이 붕 떠서 어딘가로 흘러가고 있는 느낌이었다.

그러다가 누군가 어깨를 툭 치자 얼마나 깜짝 놀랐는지 모른다. 그제야 밟고 있는 딱딱한 지면이 느껴졌다. 진구가 웃고 있었다. 어쩌면 그놈은 계속 따라다니고 있었을지도 모른다. 어쩌면 그놈은 내가 돈을 훔쳤다는 사실까지 알고 있을지도 모른다.

"야, 이제 완전히 생까네! 내가 저기 교회 앞에서부터 불러 댔는데도……."

진구는 약간 뒷짐을 지면서 나를 올려다보았다.

나는 몇 걸음 뒤로 물러났다.

"전화도 안 받고…… 그런다고, 그렇게 피한다고…… 막말로 너만 핸드폰 안 쓰고 컴퓨터 안 본다고…… 그래? 그런 거냐? 확 질러 버릴까? 오늘 밤에 그 사진들을 네 아버지랑 고모, 그리고 너희 집 주인 여자랑 그 딸한테 다 쏠 거야. 알아서 해."

진구가 바닥에 있는 깡통을 발로 차면서 돌아섰다.

"진구야!"

나도 모르게 소리쳤다. 진구가 놀라면서 멈춰 섰다가 천천히 뒤돌아보았다. 진구는 그림자도 작았다. 내 그림자의 절반도 되지 않았다. 그렇게 작은 아이의 몸 어디에 숱한 사람을 바들바들 떨게 할 정도로 무시무시한 악마의 기운이 숨어 있는지 알 수가 없었다.

진구가 왜 그러냐는 투로 쏘아보았다.

"야, 정말 그 돈만…… 그러면……."

진구는 더듬거리는 내 말을 금방 알아듣고는 표정이 환해졌다.

"당연하지. 거듭 말했지만 난 그렇게 나쁜 놈 아니야. 반드시 갚을 것이고, 더 이상 널 힘들게 하지 않을 거야. 그리고 내가 만든 사진도 다 돌려줄게. 요기, USB 안에 다 들었어. 당장이라도 줄 수 있어."

진구가 호주머니에서 USB를 끄집어내서 보여 주었다. 나는 하마터면 손을 뻗을 뻔했다.

"사우야, 네가 해 줄 줄 알았다. 고맙다. 진짜 이 은혜 잊지 않을게. 지금은 네가 날 나쁘게 생각하겠지만 나중에는 그렇지 않을 거다. 그러니까 반드시 갚는다는 뜻이야. 자, 내 계좌번호 적어 줄게. 언제까지 넣어 줄래? 얼마? 많을수록 좋아. 수술비가 한 100만 원 되거든."

진구가 종이랑 볼펜을 끄집어내서 건물 벽에다 대고 적은 것을 나한테 내밀었다. 나는 그걸 받지 않으면서 주위를 두리번거렸다. 아이스크림 가게가 보였다. 나는 진구한테 그곳에 가 있으라고 하였다. 진구는 대뜸 알아듣고는 그곳으로 갔다. 나는 그 건물 뒤쪽으로 가서 60만 원을 분리한 다음 호주머니에다 넣고 아이스크림 가게로 갔다. 진구가 아이스크림 중에서 가장 작은 것을 시켜 놓고 있었다. 나는 주위를 살피면서 돈 봉투를 내밀었다. 진구는 재빠르게 그것을 받아 호주머니에다 넣었다.

"진짜 눈물겹도록 고맙다. 넌 내 생명의 은인이야!"

나는 그런 진구를 똑바로 보았다. 내 눈을 가린 머리카락을 쓸어 올렸다. 그런 다음 이렇게 말했다.

"이게 마지막이야."

"당연하지."

"또 이러면, 그땐, 죽어!"

나는 그런 말을 미리 생각한 적이 없었다. 내 몸이 부르르 떨렸다. 그래서 내가 더 무서웠다. 내가 뱉어 내면서도 결코 헛소리가 아니라고 생각하고 있었다.

"이 새끼! 알았어. 그런 살벌한 말 하지 마라. 그런 건 강구한테나 어울리는 말이야."

진구는 애써 웃었다. 그리고 아이스크림을 먹었다.

나는 아이스크림을 먹지 않았다.

"진짜야, 또 이러면…… 그땐, 정말, 죽어!"

"하, 이 새끼! 알았어, 알았어. 알았으니까 이제 그만 하고 아이스크림 먹자!"

나는 하도 비장해서 울음이 나올 것만 같았다. 그래서 서둘러 일어났다.

나는 침대에 쓰러지듯이 누워 버렸다.

고양이가 걸어와서 낮게 휘파람을 불었다. 나도 같이 휘파람을 불어 주었다. 〈찔레꽃〉이라는 노래였다.

"고양아, 난, 난 말야. 어쩌면 이렇게 바보 같을까?"

고양이는 아무런 말없이 다른 노래를 휘파람으로 불렀다.

나는 어떤 넘지 말아야 할 선을 넘어 버렸다고 생각했다. 그런 말을 고양이한테 하였다.

"아까 찔레꽃 씨가 날 보자마자 돈 봉투 이야기를 하더라. 혹시 마당에서 무슨 봉투를 본 적 없냐고. 혹시 누군가 집에 들어오는 소리를 들었냐고? 누구한테 빌린 거 갚아 줄 돈이라고……."

차라리 경찰을 부른다고 했으면 모든 것을 체념하고 받아들일 작정이었다. 그게 가장 편할지도 모른다. 어차피 나라는 사람은 어떻게 되든 상관없었다. 다만 나라는 사람을 안다는 사실만으로 테러나 다름없는 일을 당한다면 그것은 내가 견딜 수 없었다. 하지만 나 혼자 당하는 일이라면 공개 처형을 당한다고 해도 감당할 자신이 있었다. 그렇게 나 혼자만 사라지면 되는 것이니까 두렵지 않았다. 경찰이 수사를 한다면 피하지 않고 잡혀갈 작정이었다. 물론 진구 이야기를 꺼내지도 않을 것이다. 내가 감옥에 간다면 아버지도 나를 포기할 것이다. 오히려 더 잘된 일인지도 모른다.

"그래서 내가 경찰을 부르라고 했더니 고개를 흔드셨어."

"네가 참 힘들겠다!"

"넌 왜 나한테 욕을 하지 않니? 넌 모든 걸 다 알고 있잖아? 그러니까 이 양아치 놈아, 어쩜 네가 그럴 수가 있니? 찔레꽃 씨가 너한테 얼마나 잘해 줬는데. 이런 경우를 배은망덕이라고 하는 거야! 뭐 그런 식으로 막 욕하고 비웃어야 하는 거 아냐?"

"그런다고 뭐가 달라지니?"

고양이는 한숨을 내뱉었다.

나도 한숨을 내뱉었다.

"넌 정말 알 수가 없어. 대체 넌 정체가 뭐니? 너야말로 외계인 아니니?"

"그럴 수도 있어."

고양이는 고개를 돌려 알락 꼬리를 입으로 잘근잘근 씹어 댔다. 어디선가 많이 본 듯한 풍경이었다. 늘 거기까지였다. 더 생각하려고 하면 머리가 아팠다.

그런 일을 저질러 놓고도 저녁에 찔레꽃 씨랑 책을 펼쳐 놓고 글자 공부를 했다. 그런 내가 너무 싫었다. 너무나도 감쪽같이 찔레꽃 씨를 속여 버린 내 자신을 한없이 저주하고 싶었다.

찔레꽃 씨는 우리 집에 오면 책꽂이에 꽂힌 책들을 죄다 한 번씩 꺼내서 펼쳐 보는 버릇이 생겼다. 그런 다음 아주 기대에 찬 표정으로 책을 안아 주었다. 찔레꽃 씨는 그 책들 속에 어떤 세상이 숨어 있는지 모른다고 했다. 그래도 그냥 책을 어루만지고 가슴에 안아도 보고 책갈피를 펼쳐도 보는 것이라고 했다.

"그러면 상상이 되거든. 이건 왕에 대한 이야기, 이건 마녀, 이건 벌레, 바다, 별, 외계인…… 난 그렇게 상상하는 재미가 좋아."

그녀는 겉모습만 어른일 뿐 마음은 어린애로 머물러 있을지도 모른다.

나는 그녀에게 『산에 가자』라는 책을 다시 읽어 주었다. 그 책 속에 나오는 글자들을 다 이해하고 외울 때까지 되풀이해서 보기로 했다. 그녀는 내가 읽으면 더 그럴듯하게 따라했다. 마치 연극을 하듯이 아빠와 딸의 목소리와 표정까지 지었다.

나는 그런 찔레꽃 씨를 보면서 어서 이 집을 떠나야 한다고 생각했다. 그것만이 내가 할 수 있는 일이라고 결론을 지었다.

"내가 어떻게 이 집 사람들 얼굴을 보고 사니? 적당한 때에, 최대한 빨리, 다른 곳으로 이사할 거야. 그리고 찔레꽃 씨가 그랬어. 미미한테 한글을 배운다고 했더니 잘했다고 하면서, 한글을 다 배우고 나면 외국어를 가르쳐 달라고 했대. 그랬더니 미미가 영어는 가르쳐 줄 자신 없고, 대신 스페인어를 가르쳐 주겠다고 했대. 미미가 스페인어를 잘하는 모양이야. 그러면서 나한테 같이 스페인어를 배우자고 했어. 그래서 외계인이 가장 많이 나타난다는 남미로 여행 가자고. 그 말을 듣자 괜히 울컥해지더라고. 난 머지않아 이 집을 떠날 건데……."

"네 맘이 가는 대로 해."

고양이의 눈 속에 알 수 없는 숲이 나타나는 것 같았다.

친구가 책임지는 거니?

바람의 끝이 제법 사나웠다. 사람들은 모두 고개를 숙인 채 가고 있었다. 아무도 나를 쳐다보지 못했다. 오직 나만이 고개를 빳빳하게 들고 걸었다. 이제 비 오는 날보다 바람 부는 날을 더 좋아할지도 모른다.

바람은 앞에서만 불어오지 않는다. 가끔씩은 땅에서 솟구치듯이 위쪽으로 불어오고, 그때마다 누군가 내 머리카락을 잡아당기는 듯한 느낌이 좋아서 낄낄낄 웃었다. 위를 보고 펄쩍 뛰기도 하고, 뒤를 돌아다보면서 기분 좋다고 소리 치기도 했다. 그러다가 깜짝 놀라고야 말았다. 십여 걸음 뒤에서 낯익은 여자가 따라오고 있었다.

새민이었다. 새민이는 내가 달아난 만큼 쫓아왔다. 분명히 눈빛을 작살처럼 내 등에다 꽂아 놓고 따라오고 있음을 알 수 있었다.

내가 마트 쪽으로 가자 새민이도 방향을 바꾸면서 따라왔다. 나하고 눈이 마주치자 환하게 웃으면서 손까지 흔들었고 뭐라고 소리쳤다. 어쩌자고 그러는지 모르겠다. 나는 단 1초도 마주치고 싶지 않았다.

나는 마트에서 나오자마자 좁은 골목으로 뛰기 시작했다. 초등학교 운동회 때 달리기를 하여 한 번도 1등을 해 본 적이 없었지만 놀라울 정도로 내 다리는 빨랐다. 캥거루처럼 두 발로 뛰는 게 아니라 한 발씩 따로 놀았으나 내 무릎 관절은 몸의 중력을 적절하게 받아 낸 다음 발바닥으로 전달하였고, 발바닥의 추진력을 잘 받아서 앞쪽으로 튕겨 나가기 좋도록 몸의 각도를 조절했다. 아마도 내 몸은 빛보다 더 빨랐을 것이다.

"어디 갈 테면 가 봐!"

집 앞에서 새민이가 기다리고 있었다. 새민이는 우리집으로 가는 지름길을 잘 알고 있었다. 여전히 바람이 거칠었다.

새민이는 팔짱을 낀 채 웃고 있었다. 머리가 하늘로 솟구치자 땅이 아니라 허공에 새민이의 머리카락이 뿌리를 내리고 있는 것 같았다.

나는 맥이 빠져 버렸다.

"난 세상 끝까지 쫓아갈 수 있어!"

새민이가 자신만만하게 웃었다.

이제 달아날 자신이 없었다.

"돈 때문이라면 더 이상 볼일이 없을 텐데."

나는 불쾌한 표정을 지으면서 도대체 왜 날 쫓아오냐고 쏘아보았다. 내가 너무 퉁명스럽게 받아치자 새민이는 약간 당황했다. 그러더니 뒷문으로 가서 문틈으로 갤쑥갤쑥한 손가락을 넣어 빗장을 풀었고, 익숙하게 계단으로 올라갔다. 환장할 노릇이다.

"일단 너희 집으로 가자."

"야, 이제 그만 오랬잖아!"

내가 성큼성큼 따라가면서 소리를 질렀다. 순간 마당을 덮은 무화과나무들이 출렁거렸다.

새민이는 계단을 올라가다가 홱 돌아섰다. 화가 난 눈빛은 아니었다. 뭔가 간절한 눈빛이었다. 내가 주춤거리자 새민이는 곧장 2층으로 가더니 할 이야기가 있다고 속삭였다. 내가 문을 열었는데도 새민이는 한참 문 앞에 서 있다가 들어왔다. 나는 팔짱을 끼면서 대체 할 얘기라는 게 뭐냐고 다그쳤다. 이제는 진구하고 새민이 이름만 들어도 속이 울렁거렸다. 새민이는 분명 종일 굶어서 배가 고픈 게 아니라 춥다고 하면서 몸을 웅크렸다. 그러고는 신발장 앞에 놓여 있는 고양이 밥그릇을 보고는 주위를 두리번거렸다.

"어, 어디로 갔지? 지난번에 보니까 고양이뿐만 아니라 햄스터도 있었는데."

"너 혹시 고양이를 잘못 본 거 아냐?"

새민이는 내 말을 들은 체도 하지 않고 집 안 곳곳을 들여다본 다음 또다시 그 햄스터가 어디 있냐고 물었다. 나는 새민이가 무슨 말을 하는지 알 수 없었다. 그래서 그냥 아무 말도 하지 않았다. 새민이는 더 이상 묻지 않고 부엌으로 가더니 설거지통에 처박혀 있던 냄비를 끄집어내어 씻지도 않고 물을 부어 끓였다. 수저와 젓가락도 씻지 않았다.

새민이는 라면을 끓이자마자 같이 먹자고 하였다. 나는 고개를 흔들었다.

"난 지구인이라 먹어야 해. 넌 외계인이라 안 먹지? 신통하다. 안 먹고 어찌 사냐?"

새민이는 라면 국물이 튀어서 벽에 꽃잎처럼 찍히도록 게걸스럽게 면발을 빨아들였다. 그녀가 외계인 같았다. 라면처럼 생긴 지렁이를 폭풍흡입하고 있는 외계인일 것이라는 상상을 했다. 새민이는 국물까지 한 방울 남기지 않고 마셔 버렸다. 단 몇 초 만에 끝냈다. 진짜 외계인이 아니고서는 불가능한 일이었다. 그래 맞다. 새민이는 홑몸이 아니니까 진짜 외계인이다.

새민이가 임신부라는 생각이 들자 새삼 그녀를 위에서 아래로 훑어보게 되었다. 겉모습만으로는 그녀가 임신을 했는지 판단할 수가 없었다. 어쨌든 임신했다는 말 자체가 나하고는 너무도 먼 세상의 이야기였다. 나는 조금 거리를 두고 새민이를 지켜보았다.

새민이는 이제야 살겠다고 하고는 거실 바닥에 발라당 누워 버렸다. 그런 다음 두 팔과 두 다리를 최대한 옆으로 벌렸다.

"아, 편하다. 난 나중에 돈 많이 벌면 집 한 채 지을 거야. 벽은 다 막고 유리창 하나도 안 낼 거야. 대신 지붕을 유리로 할 거야. 집 안에서 나무도 자라게 할 거야. 거기서 이렇게 누워 잘 거야. 이불도 필요 없어. 그냥 다 벗고 잘 거야. 그게 내 꿈이야! 히히히!"

새민이는 그렇게 말하면서 자주색 남방을 벗기 시작했다.

순간 나는 엄청 긴장했다. 지금 이 자리에서 새민이가 옷을 홀라당 벗어던지는 줄 알았다. 다행스럽게도 새민이는 더 이상 옷을 벗지 않았다.

"넌 꿈이 뭐냐?"

전혀 예상하지 못했던 말인지라 뭐라 대답할 수 없었다.

새민이는 눈을 감고 있었다. 갑자기 여자들의 몸에 풀이 많이 났으면 좋겠다고 생각했다. 그렇다면 거부감없이 다가갈 수 있을 것 같았다. 내가 만약 스물이 넘도록 살아남아서 누군가랑 사랑을 하고 싶어진다면 몸에 풀이 나 있는 여자를 찾아다닐 것이다. 파란 잔디 같은 풀이 나 있는 여자라면 고릴라 얼굴이어도 사랑스러울 것이다.

새민이는 아무런 말이 없었다. 움직임도 없었다. 숨도 쉬지 않았다. 새민이는 잠시 이곳에서 영혼을 분리해 놓은 채 자신의 육신을 쉬게 해 주고 있는 것 같았다. 나는 그런 새민이한테서 단 1초도 눈을 떼지 않았다.

"야, 언제까지 기다리게 할 거야. 너 말 안 하면 나 죽을 때까지 여기 있을 거야."

새민이는 입을 움직이지도 않고 말하는 재주가 있었다. 진짜, 진짜 외계인이 아니라면 불가능한 일이다.

나는 쫓기듯이 입을 열었다.

"꿈은 없고…… 그냥 죽지 않고 쭉 산다면, 다른 나라 말이나 많이 배우고 싶어. 외계인도 만나 보고 싶어."

나는 놀랍게도 진심을 내보이고 있었다.

새민이가 바닥을 손바닥으로 때리면서 누우라고 했다.

"야, 여기 누워 봐. 너 안 누우면 난 썩어서 송장될 때까지 안 나갈 거야."

그래도 내 몸이 움직이지 않았다.

새민이가 일어나서 내 팔을 잡아끌었다. 내 몸이 거부하지 않았다. 새민이도 내 옆에 누웠다.

"고맙다, 억지로라도 따라해 줘서. 난 너랑 이렇게 누워서 말하고 싶었어."

새민이는 눈을 감고 있었다.

"야, 나랑 사귀자!"

이번에는 새민이의 목소리가 천장에서 수백 톤의 중력으로 떨어지는 것 같았다. 숨이 막혔다. 끔찍했다. 어떻게 이런 상황에서 그런 말을 할 수가 있는지 이해할 수가 없었다. 진짜 외계인이 아니고서는 할 수 있는 말이 아니었다. 머리가 아프기 시작했다. 도망치고 싶었다.

내가 만약 이런 상황을 누군가에게 말했다면 뭐라고 반응했을까?

"그년, 또라이네! 그런 미친년! 하아, 그거 제정신이야? 혹시 마약한 거 아냐? 어떻게 뻔히 임신하고 있는 걸 아는데 그런 소리를 하냐?"

대부분 그와 비슷한 반응을 보였을 것이다.

"너 지금 내가 또라이라고 생각하지? 그래, 난 또라이야. 미친 것도 사실이고. 야, 근데 너도 또라이잖아? 안 그래?"

이번에는 새민이의 목소리가 옆에서 파도처럼 들이쳤다. 할 말이 없었다.

"싫어? 왜? 날 납득시켜야 가지, 안 그러면 내가 죽어서 해골이 된 다음 그 해골을 먹고 자란 파리들이 백만 번 자손을 번식할 때까지 안 일어날 거야. 내가 진구랑 그렇고 그런 사이라서?"

새민이의 목소리가 이상하게도 가시처럼 따끔거렸다.

새민이가 말을 할 때마다 무엇인가 하나씩 떨어지는 것 같았다.

"그래, 걔랑 몇 번 잤어. 그것뿐이야. 우린 뽀뽀 한 번 하지 않은 사이야. 그러니까 우린 같은 공간에서 밤을 보낸 적은 있지만 스킨십 한 번 해 보지 않은 사이라 이 말이야. 왜? 못 믿겠어? 그걸 믿든 말든 그건 네 자유야. 사실 친구 소개로 만났지만 내 스타일은 아니야. 하도 따라 다니길래 나랑 사귀려면 돈이 많아야 한다고 했지. 그랬더니 걔가 내가 원하는 걸 다 해 주겠다고 하더라고. 화장품, 반지, 귀걸이, 옷, 심지어 타투도 해 주겠다고. 그래서 잠시 만나 봤지만 걘 내 스타일이 아냐."

새민이의 이야기를 듣다 보니 어느 순간 높은 곳에 올라갔을 때처럼 귀가 멍해졌다. 분명히 한국어로 말하고 있는데도 생전 처음 들어보는 말처럼 갑자기 이해할 수 없는 말들이 고막으로 파고들었다. 그 단어와 뜻도 알고 있지만 문맥상으로 이해가 되지 않는다는 뜻이었다. 새민이는 진구랑 뽀뽀 한 번 해 보지 않았다고 했다. 그런데 어떻게 임신을 할 수가 있을까? 혹시 새민이한테 다른 남자가 있었던 것은 아닐까? 아니면 새민이가 거짓말을 할지도 모른다. 그렇다고 해도 내가 확인할 수 있는 방법은 없었다.

"사실 며칠 전 너희 집에 온 날, 그날 그만 보자고 한 거야. 밤새도록 싸웠어. 나도 왜 이러는지 모르겠어. 그냥 너 같은 놈을 알고 싶어. 나랑 비슷한 또라이니까! 히히히. 어때?"

새민이가 천장에다 돌을 던지는 것 같았다.

"왜 싫어? 왜? 날 납득시켜 봐. 내가 못 생겨서? 그래, 예쁜 편은 아니지. 내가 라면을 너무 빨리 마셔서? 그렇게 먹어야 맛이 느껴져. 아님, 진구가 두려워서? 야, 뭐든 말해 보라고. 어서 말해!"

나도 모르게 몸을 옆으로 돌렸다. 새민이는 여전히 움직이지 않았다.

"진짜 그걸 내 입으로 말해야 하니? 넌 임신했잖아!"

나는 그렇게 말하고 싶었지만 차마 그 말을 뱉어 낼 수 없었다.

다시 한번 새민이가 나를 흘깃 쳐다보자 더듬거리면서 입을 열었다.

"난, 지금 내 자신도 감당이 안 돼. 그런데 어떻게 널……."

그 정도로 말했으면 새민이가 충분히 이해했으리라고 생각했다. 나 자신도 감당이 되지 않는데 어떻게 임신한 너를 책임질 수 있겠냐는 뜻이었다.

그런데 새민이가 몸을 홱 돌리면서 쏘아보았다.

"또라이! 친구가 책임지는 거니?"

나는 그 눈빛을 받아 낼 수가 없었다.

"병신! 진구 때문이구나! 넌 왜 진구를 두려워하니? 걔가 그렇게 무서워? 너보다 작고 너보다 못생겼는데. 네가 주먹으로 한 번 치면 걔는 완전히 찌그러질 거야. 이 바보야! 난 첨부터 네가 이해가 안 됐어. 왜 그렇게 걔한테 쩔쩔 매는지."

새민이가 내 손을 잡았다. 순간 새민이가 따뜻한 조약돌 하나를 내 손아귀로 밀어서 넣어 주는 상상을 했다. 왜 그랬는지 모르겠다. 손을 빼고 싶었지만 마음대로 움직여지지 않았다.

"너랑 같이 기타 치면서 노래하고 놀고 싶어. 그것뿐이야!"

새민이는 내 새끼손가락을 잡고 꼼지락거렸다.

너무나도 혼란스러웠다. 무엇이 잘못되었는지 모르겠다. 만약 새민이가 나한테 거짓말을 치고 있다면 앞으로 여자라는 인간을 영영 만나지 않을 것이다. 그만큼 여자가 두려워질 것 같았다. 그렇다고 진구가 거짓말을 친 것 같지도 않았다.

새민이는 이 집이 좋다고 낮게 읊조렸다. 그건 내가 듣건 말건 상관하지 않는다는 어투였다. 새민이네 집은 아파트이지만 자기 방이 없다고 하였다. 오빠한테 방을 하나 주다 보니 자신은 부모님이랑 방을 같이 써야 한다고 했다. 할아버지, 할머니랑 같이 살기 때문에 안방을 어른들에게 내주고 늘 거실이나 부모님들이 자는 침대 밑에서 굴러다녔다고 하였다.

"가끔씩 이상한 소리에 놀라 눈을 뜨면…… 엄마, 아빠가 침대에서 사랑을 하고 있는 거야. 아, 그때 얼마나 민망했는지 알아. 넌 모르지? 그럴 때는 왜 그렇게 잠도 안 오는지. 두 분은 할 일을 하고 다시 잠을 잤지만 정작 나는 뜬눈으로 새웠어. 그때마다 난 대학만 가면 나가 살아야지, 나가 살아야지 하고 다짐을 했어. 난 아직까지 한 번도 내 방을 가져 본 적이 없어. 근데 넌 이렇게 좋은 집에서 혼자 살잖아? 누구 잔소리할 사람도 없고, 먹고 싶을 때 먹고 자고 싶을 때 자고. 얼마나 좋아? 넌 행복한 놈이야. 근데 그걸 모르는 것 같아."

누군가의 눈에는 내가 행복하게 보일 수도 있다는 사실이 믿어지지 않았다. 집이 있다고 해서 누구나 다 행복할 수는 없다고 반박하려다가 새민이의 말이 진심인 것 같아서 입을 다물었다.

"게다가 이 집에는 고양이랑 햄스터도 살잖아? 그래, 햄스터도 봤다고. 지난번에 자다가 깼을 때 분명히 봤어. 나도 처음에는 고양인 줄 알았는데 아니었어. 두 번이나 봤다구! 나랑 말도 했어. 근데 오늘은 안 보이네? 네가 어디로 보낸 게 아니라면…… 어디로 갔지? 햄스터는 냉장고 밑으로 들어갔는데. 그렇다면 그놈들이 공간 이동을 한다는 건가?"

새민이가 몸을 돌려서 다시 나를 보고 그 햄스터가 어디 있냐고 물었다. 무슨 이유인지 모르겠지만 이 집은 자신의 비밀을 새민이한테 조금씩 보이고 있다는 것을 알 수 있었다. 그건 내가 어찌할 수 없는 일이었다. 그래서 나는 새민이가 본 햄스터가 실제로 존재한다고 믿었다.

"그러고 보니 진짜 이 집이 마법을 부리네! 분명히 햄스터랑 놀았거든. 난 열한 살 때까지 햄스터를 키웠어. 그때가 제일 행복했던 것 같아. 내가 어린 시절에 같이 놀았던 그놈 같았어."

그 말이 사실이라면 내 눈에 보이는 고양이도 나랑 한때 친했던 녀석이라는 뜻이다. 그런데 아무리 더듬어도 고양이에 대한 기억이 나지 않는다. 아니 그런 기억을 끄집어내려고 하면 할수록 머리가 아팠다.

새민이는 햄스터를 키우다가 죽어서 묻어 주었던 이야기를 하였다. 그런 이야기를 듣자 새민이가 오랜 친구 같았다. 새민이는 멈추지 않고 자기 이야기까지 줄줄줄 풀어 냈다. 도대체 뭘 어쩌자고 그러는 건지 알 수 없었다. 나는 그냥 들어만 주었다. 그러다가 새민이가 불쑥 물었다.

"너도 그 고양이랑 말을 하지? 그치? 누가 이런 말을 들으면 미쳤다고 하겠지만 상관없어. 난 내가 느낀 대로 생각하고 살아가니까. 내가 이 집에 왔을 때 분명히 봤어. 그놈이 신발장 밑으로 사라져 버렸어. 들고양이 같지만 평범한 녀석은 아니야. 분명 너랑 관련이 있는 놈이야. 그치? 너도 그 고양이를 잘 알고 있지?"

나는 고양이가 자주 다니는 곳들을 번갈아 가면서 본 다음 낮게 읊조렸다.

"우리 집에 고양이가 사는 건 사실이야. 근데 내가 키우는 것은 아니야. 고양이는 오래 전부터 여기서 살아왔대. 난 그 고양이에 대해서 아는 게 없어. 그 고양이가 몇 살인지, 어떻게 살아왔는지, 아무것도 몰라. 근데 그 고양이는 나를 잘 알고 있어. 그게 좀 이상하기는 하지만……"

너무나 많은 것을 의지했던 사람들

토요일이었다. 물류센터 일을 마치고 집에 돌아오자 문틈에 쪽지가 남겨져 있었다. 시원시원하게 뻗은 글씨체가 미미라는 것을 알 수 있었다.

—사우야, 이따가 나랑 맥주 한잔 하자. 어때? 참, 너 전화번호 바뀌었냐? 아무리 전화해도 안 되고 말야. 그래도 나한테는 알려줘야 하는 거 아냐?

나는 어제 새 핸드폰을 사면서 번호까지 바꿔 버렸다. 원래 내 핸드폰에 저장되어 있던 전화번호는 몇 개 되지 않았고, 그래서 대부분 다 외우고 있었다. 나는 새 전화기를 들고 오면서 미미한테도 바뀐 번호를 알려줘야겠다고 생각했다. 하지만 인영이한테 문자메시지를 보낸 다음 답장을 기다리다 보니 잊어 버린 모양이었다. 인영이한테는 답장이 없었다.

—미안해. 깜박했어. 오후에는 아무 때라도 괜찮으니까 연락해.

나는 그렇게 문자메시지를 보내 놓고 샤워를 하고 나왔더니 답장이 와 있었다.

—그럼 너희 집으로 맥주 사 들고 갈게.

미미가 우리 집으로 온다는 문자를 보자마자 나는 화장실 앞에 뒹굴고 있는 옷들을 세탁기에다 집어던졌다. 그리고 거실에 나뒹굴고 있는 쓰레기들을 치우고 청소기를 돌렸다. 오히려 청소기를 돌리자 집안 구석구석에 웅크리고 있던 담배 냄새랑 술 냄새가 뛰쳐나오는 것 같았다. 요즘 들어 진구랑 새민이가 들락거리면서 집안은 엉망이었다.

집안을 대충 정리하고 나자 미미가 들이닥쳤다. 미미의 머리는 더욱 짧아져 있었고 얼굴은 약간 감실감실했다. 꼭 운동선수 같았다.

"어, 그래도 제법 깨끗하게 하고 사네! 담배 냄새만 안 나면 살겠는데…… 야, 밖에 나가서 피워라. 밖에서 담배 피운다고 누가 뭐라고 할 것도 아닌데. 야, 그리고 내가 사 준 옷 좀 입고 다녀. 왜 좋은 옷 두고 꾀죄죄한 옷만 입고 다니냐? 우리 엄마랑 내 철학은 좋은 옷 아끼지 말기. 평상시에도 최대한 예쁘게 차려입기. 혼자 있을 때도 자기 몸을 최대한 단정하게 가꾸기야. 그러라고 옷 사 준 건데…… 아, 땀 냄새에 라면 국물에다 담배 냄새까지 찌든 냄새! 세탁기에다 던져 넣고 버튼만 누르면 돼. 좀 빨아 입어라!"

끝없이 이어지는 미미의 잔소리가 그리 싫지는 않았다. 미미는 비닐봉지에 든 캔맥주를 식탁 위에다 꺼내 놓고는 주위를 두리번거리더니 쓰레기통에 걸려 있던 새민이의 스타킹을 발견했다.

"어, 이건 뭐야? 여자 스타킹에다 화장품 샘플까지……."

새민이가 버리고 간 것들이었다. 새민이하고 특별한 관계는 아니지만 미미가 나를 보고 야릇한 미소를 흘리자 조금 불편해졌다. 그렇다고 애써 변명할 필요도 느끼지 않았다.

"네가 이 집에 처음 이사 왔을 땐 내가 엄마한테 별 얘기를 다했어. 괜히 골치 아픈 일 생기기 전에 어서 내보내라고. 근데 여친까지 있고…… 야아 제법이다, 너! 쉽게 죽지는 않겠네! 이제 안심했어."

미미는 만두까지 꺼내서 먹을 수 있도록 판을 벌린 다음 캔맥주를 땄다. 내 앞에도 캔맥주가 놓여 있었다. 내가 머뭇거리자 미미가 그걸 낚아챘다.

"넌, 술 못 마시지? 에구, 그 생각은 못 했네. 넌 만두나 먹어라.

헤헤헤, 괜찮지?"

나는 만두 하나를 집어서 우적우적 씹어 먹은 다음 구석에서 나오는 고양이를 보았다. 미미는 고양이를 보고 깜짝 놀랐다. 내가 고양이를 키우고 있을 줄은 몰랐다고 했다. 그러고는 알락 꼬리를 보더니 "어, 우리집 마당에서 몇 번 본 그 들고양이잖아?" 하고 손가락질했다. 나는 고양이한테 만두 하나를 주었다. 고양이는 그걸 물고 안방으로 사라졌다. 미미가 이름이 뭐냐고 물었다. 나는 그냥 고양이라고 부른다고 했다. 미미는 고양이나 강아지 같은 애완동물을 좋아하지 않는다고 하였다. 사람한테 달라붙어 내숭 떠는 짓을 보면 징그럽다고 하였다.

"아무튼 그 고양이가 여기까지 드나드는 줄은 몰랐어. 고양이라는 동물은 참 은밀해. 눈빛도 은밀하고, 걷는 것도 은밀하고, 소리치는 것도 은밀하고, 누군가랑 친구하는 것도 은밀하고. 근데 왠지 너랑 잘 어울리는 것 같다."

나는 더 이상 고양이에 대한 이야기를 하고 싶지 않았다. 그래서 대꾸하지 않았고 대신 슬그머니 손을 뻗어 미미 앞에 있는 캔맥주를 끌어당겼다. 사실 나는 아직까지 술을 마셔 본 적이 없다. 그래서 더욱 겁없이 꿀꺽꿀꺽 마셨는지 모른다. 약간 쓴맛이 강했을 뿐, 다른 자극적인 맛은 없었다.

"야, 한잔하자! 내가 너한테 술 한잔하자고 한 것은 널 괜찮은 놈으로 인정했다는 뜻이야. 알지? 너 일 나간다는 말 듣고 적어도 남을 등쳐먹지는 않겠구나, 하고 생각했지. 아직은 공부할 나이니까 공부하는 것이 가장 바람직하겠지만 그게 안 된다면 일이라도 해야지. 난 그렇게 생각해."

나는 지나치게 어른스러운 척하는 미미가 부담스러우면서도 그런 그녀의 세계를 인정해 주고 싶었다.

"넌 그것만 마셔라. 네가 아무리 감추려도 해도 내 눈은 못 속여. 넌 아직 숙맥이야. 양아치는 양아친데 조금 부류가 달라."

미미는 벌써 두 캔째 마시고 있었다. 머리가 짧아서 그런지 얼굴과 목으로 번지는 붉은 기운이 유독 선명했다. 참으로 이상한 일이다. 그녀의 얼굴이 붉게 물들자 그토록 강해 보이던 얼굴선이 부드럽게 변했다. 미미는 자주 혼잣말을 하면서 히히히 웃어 댔다. 그런 웃음은 찔레꽃 씨랑 거의 비슷했다. 두 사람이 피 한 방울 섞이지 않았다는 사실을 믿을 수가 없었다. 자세히 보니 왼쪽에 있는 볼우물이랑 오른쪽 아래 잇몸에 난 덧니까지도 닮았다. 우연이라고 하기에는 너무 비슷했다. 미미는 술기운이 번져갈수록 자주 웃었고 몸을 위아래로 흔들었다. 바른 자세로 꼿꼿하게 앉아서 좀처럼 흐트러짐이 없던 평소의 모습하고는 너무 달랐다. 나는 이렇게 산만해 보이는 미미가 오히려 편했다. 내가 마음 놓고 바라봐도 될 만큼 자신의 허점을 드러냈다. 나는 술이라는 것을 처음으로 접했지만, 술 때문에 이런 반전이 일어나는 거라면 앞으로 애주가가 될지도 모른다며 속으로 웃었다.

"야, 좋다. 어제 방학해서 학교 친구들이랑 한잔할까 했는데…… 네 생각이 나더라. 참 우습지? 어떻게 너라는 인간이 편하다고 느껴졌는지 모르겠다. 얼마 전에 엄마가 돈을 잃어버렸다고 많이 속상해하시더라. 난 솔직히 널 의심했어. 그래서 엄마한테 말했지. 엄만 단호하게 아니라고 하시더라. 히히히, 난 솔직하게 말하는 거야. 그만큼 아직도 너에 대한 생각이 오락가락해. 근데도 네가 불편하지 않다는 것이 이해가 안 돼. 너랑 술 한잔하고 싶다는 생각을 하다니, 아무리 나 자신에게 물어도 모르겠어. 왜 그러는지 말야."

돈 봉투 이야기가 나오는 순간 나도 모르게 캔맥주를 들이켰다. 미미의 이야기가 들리지 않을 정도로 취해 버리고 싶었다. 그러나 캔맥주 하나를 비워도 전혀 얼굴에 열이 느껴지지 않았다.

"어쭈, 술도 제법 하네. 여자도 알고 술도 아니 진짜 쉽게 죽지는 않겠구만."

미미는 다시 나를 보고는 시실시실 웃었다.

"진짜 넌 신기한 놈이야. 아무래도 지구인은 아닌 것 같애. 그치? 맞지? 히히히, 그렇지 않고서야 우리 엄마를 저렇게 바꿔 놓을 수가 없지. 너 때문에도 엄마가 그 아픈 기억으로부터 벗어난 것 같아. 정말 놀라워. 난 엄마가 다니는 신경정신과 의사랑 많은 이야기를 했거든. 의사 선생님은 엄마가 받은 마음의 상처가 너무 커서 약물 치료를 오래 받아야 한다고 했어. 근데 엄마는 요새 약도 안 먹어. 의사 선생님도 믿기지 않는다고 하시더라. 내가 보기엔 넌 양아치 꼴통인데, 그런 놈이 무슨 마법을 부리는지 우리 엄마를 달라지게 한 거야. 내가 그렇게 글을 배우라고 했을 땐 끄떡도 하지 않던 엄마가 글을 배우겠다고 하질 않나…… 그것보다 더 놀라운 일은, 요즘 들어서 아빠가 술을 마셔도 소리를 지르지 않는다는 사실이야. 난 하루에 한 번 아빠랑 통화하는데, 엄마가 편해지자 아빠도 편해졌대. 이제 술 마시면 그냥 노래 부르고 싶대. 아니 이런 말도 안 되는 일이 요 몇 달 새 벌어진 거야. 근데 그 중심에 너란 놈이 있는 거야! 야, 외계인! 진짜 고맙다!"

미미는 세 번째 캔맥주를 비웠다. 그때부터 미미의 목소리는 아주 느려졌다. 나는 미미가 취했다는 것을 알았다. 미미는 걸핏하면 나를 보고 시실시실 웃었다. 나는 그런 미미를 보고 처음으로 예쁘다고 생각했다. 평소에도 그렇게 웃어만 준다면, 그런 여친 하나 두고 싶었다. 나는 그런 감정을 상대에게 들킬세라 고개를 흔들면서 머리카락으로 얼굴을 가렸다.

나는 술이 들어갈수록 정신이 맑아졌다. 신기했다. 옆에 있는 미미는 술을 마실수록 긴장이 풀어지면서 무장이 해제되고 있는데, 나는 반대로 몸이 더욱 경직되고 있었다. 나도 이 집 식구들이 편하고 좋았다. 그러나 벌써 해서는 안 될 짓을 하고야 말았다. 그런 나 자신이 실망스러워 견딜 수가 없었다. 또한 앞으로 어떤 일이 벌어져서 이 집 식구들에게 해를 끼치게 될지 알 수 없었다. 그러기 전에 떠나는 것이 옳다고 이미 마음을 정리를 한 상태였다. 나는 조만간 이사할 생각이라고 입을 열었다.

미미는 내 말이 장난이라고 생각했는지 히히히 웃다가 머리를 긁적였다.

"갑자기 왜? 너 임대차보호법이 2년이라는 거 모르냐? 설마 내가 양아치, 또라이라고 욕해서 그런 건 아니겠지? 그럼 뭐야? 내가 자꾸 술 먹자고 할까 봐? 그것도 아니라면…… 혹시 네가 외계인이라는 것이 밝혀져서 그런 거냐? 히히히, 그런 거라면 내가 비밀 지켜 줄게. 진짜, 약속할게."

미미가 손을 쭉 뻗어 내 손을 잡았다. 나무줄기를 휘감으려고 뻗어 온 거대한 덩굴손 같아서 흠칫 놀랐다. 미미는 자기 새끼손가락이랑 내 새끼손가락을 엇갈리게 걸고는 "자, 약속!" 하고 히히히 웃었다.

나는 그런 미미의 눈길을 피하면서 아버지가 계시는 지방으로 갈 것 같다고 둘러댔다. 물론 그런 생각 역시 한 번도 해 본 적이 없었다. 그런데도 순간적으로 그런 거짓말이 나오자 본질적으로 내가 잔머리를 잘 굴리는 성격이었음을 인정하지 않을 수 없었다. 너무나도 그럴싸한 말이라서 미미는 당황했고 언뜻 다른 말을 하지 못했다. 술에 취했지만 그런 이유라면 어쩔 수 없지 하고 말하는 것 같았다.

"이거 뭐야! 이제 좀 친해지려고 하는데…… 확정된 거냐? 에이, 짜식! 엄마랑 내가 커튼을 선물하려고 했는데. 지금 천을 구입해서 디자인하고 있거든. 저기 거실에 달 것은 끝났고 방에 칠 것도 거의 다 끝나가고 있어. 디자인만 끝내면 엄마가 만들 거야. 그래서 깜짝 선물 해 주려고 했는데…….

선물이라니, 그것도 커튼 선물이라니? 듣기만 해도 가슴이 뭉클해졌다. 어떤 말도 할 수 없었다. 괜히 입을 열었다가는 어처구니없게도 눈물이 터질 것만 같았다. 침묵이 흘렀다.

미미는 더 이상 나를 쳐다보지도 않았고 빈 깡통만 손가락으로 튕겨 내다가 다시 술을 마셨다. 더 이상 히히히 웃지도 않았고 몸을 흐느적거리지도 않았다. 어느새 그녀는 평소 모습으로 돌아와 있었다.

"그래, 그래, 그래……. 어쩔 수 없지. 근데 넌 묘한 매력이 있어."

미미는 거기까지 말을 한 다음 일어났다. 미미가 비틀거리면서 흐느적거리자 내가 부축을 해 주려고 했으나 단호하게 거절했다. 나는 계단을 내려가는 것이 걱정이 되었지만 그녀는 보란 듯이 또박또박 내려갔다.

미미가 나가자 내 정신은 점점 또렷해졌다. 이 세상에 있는 모든 술을 다 마실 수 있을 것 같았다. 처음으로 나한테도 대단한 재능이 있다는 것을 깨달았다. 더불어 술 잘 마시는 아버지가 눈앞에 그려졌고, 이런 대단한 유전자를 물려준 것에 대해서 감사하고 싶었다.

온갖 종이가 붙여진 거실 창을 보자 몸 속 깊은 곳에서 뜨거운 덩어리 하나가 꿈틀거렸다. 아직 강하다고는 할 수 없지만 그래도 예전에 비해서는 내 자신이 단단해지고 있음을 느낄 수 있었다. 이 집이 나를 그렇게 어루만져 주고 있었다. 그러니까 나는 여기에서 살아야 한다. 더구나 그녀들이 커튼까지 선물하겠다고 하지 않는가. 만약 커튼을 드리운다면 내 허물 같은 종이들을 다 떼어 버려도 된다. 그러면서 조금씩 조금씩 한낮에도 커튼을 열고 햇살과 마주하는 연습을 할 수 있을 것 같았다. 그런데 나는 왜 이렇게 운이 없을까, 하는 생각도 들었다. 이제야 조금 마음을 잡고 살 수 있을 것 같은데 떠나야 한다는 생각을 하자 온몸에 열이 올랐다.

나는 미미가 두고 간 캔맥주를 계속 마셨다. 그래도 취하지 않았다. 그러다가 화장실에 가야겠다고 일어서는 순간 무릎이 꺾이면서 하마터면 앞으로 꼬꾸라질 뻔했다. 그제야 내가 취했음을 알았다. 어지러웠다. 그런 느낌도 좋았다. 방안이 흔들리면서 거실 바닥이 천장으로 보였다.

구석 어디에선가 나온 고양이가 나를 보고 깔깔깔 웃어 댔다. 또 다른 동물들도 보였다. 햄스터가 나와서 기어 다니고, 하얀 토끼랑 누런 강아지도 보였다. 나는 밖으로 뛰쳐나가고 싶었다. 그렇게 제멋대로 빙글빙글 도는 세상을 보고 싶었다. 사람들이 거꾸로 다니고 거대한 빌딩들이 엿가락처럼 휘어졌다가 아슬아슬하게 땅바닥에 매달려 있는 그런 꼬락서니들을 내 눈으로 확인하고 싶었다.

나는 진짜 애주가가 될 것 같았다. 술에 취했을 때 보이는 세상이 너무 마음에 들었다. 그런데 몸을 움직일 수가 없었다.

새 어머니가 될 여자는 나를 보자마자 지갑에서 명함을 꺼내 내밀었다. 그 작은 종이 한 장이 수백 수천 마디의 말을 대신하였다. 명함이란 그것이 비록 형식적인 틀 속에 갇혀 있기는 해도 낯선 사람과 처음 만날 때는 제법 세련되게 상대를 배려할 수 있음을 인정하지 않을 수 없었다. 내가 만약 근사한 직업을 얻을 수 있을 때까지 살아남을 수 있다면 이보다 더 근사한 명함을 만들어서 가지고 다닐 것이다. 그러면 새로운 사람을 만날 때도 지나치게 긴장하지 않아도 될 것이다.

그 여자는 아버지랑 같은 대학의 강사였다. 키가 작았고, 얼굴도 작았고, 손과 입 그리고 눈도 작았다. 그래서 귀염성이 있었다. 다만 목소리만 듣고 보면 아버지가 쩔쩔맬 정도로 강단이 있어 보였다.

그 여자는 말이 많지 않았다. 물론 아버지하고 둘이 있을 때야 다르겠지만 내 앞에서는 꼭 필요한 말만 내놓았다.

"자취 할 만하니?"

그것이 나에게 던진 첫 번째 물음표였다.

나는 적당히 고개를 끄덕여 주었다.

주위가 너무 고요해서 오히려 불편했다. 게다가 상대의 눈빛은 네 개였다. 그 여자는 일부러 내 눈길을 피해 주기도 했지만 아버지는 이 자리가 엄청 중요하다고 말하듯이 잠시도 나한테서 눈을 떼지 않았다.

"난 애써 새엄마 노릇을 하지는 않을 거야. 그냥 자연스럽게 서로를 인정하고 존중하면서 살았으면 좋겠어. 그냥 편한 이웃집 아줌마처럼 생각해도 좋아. 다만 기본적인 예의만 지켰으면 해. 혹시 나한테 바라는 거 있니?"

그 여자는 최대한 솔직하게 말했다.

이번에도 나는 적당히 고개를 가로저었다.

"애가 원래 말이 없어."

아버지가 보충 설명을 보탰다.

나는 그런 아버지가 못마땅했다. 익숙하지 않은 사람 앞에서 한껏 숨을 죽이며 웅크리듯이 침묵해야 하는 그 괴로움을 아버지는 모르고 있었다.

다행스럽게도 그 여자는 더 이상 묻지 않았다. 그런 여자의 배려가 조금은 고맙게 느껴졌다.

"사우야, 그리고 제발 그 머리 좀 잘라라! 아빠는 그냥 보기만 해도 답답해서 숨이 막힌다. 네가 무슨 좀비도 아니고……. 눈구멍 하나 보이지 않게 하고 다니니?"

생전 처음으로 아버지는 내가 당신의 아들이라는 것을 강조하듯이 이런저런 잔소리를 늘어놓았다. 그때마다 여자는 적당히 웃어 주었다. 얼굴보다는 눈동자 속에 웃음이 더 많아 보였다.

"그만하세요. 그게 뭐가 문제라고……."

그 여자가 그렇게 말했다. 나도 모르게 그 여자를 쳐다보았다. 그 여자는 슬쩍 눈길을 다른 곳으로 돌렸다. 나는 다시 그 여자를 보았다. 그리고 어쩌면, 나는 앞으로 그 여자에게 많은 말을 하게 될지도 모른다고 생각했다. 아버지는 좋아 보였다. 나는 아버지가 이렇게 말을 많이 하면서 웃는 모습을 거의 기억하지 못한다. 하늘나라에 있는 엄마도 이제는 아버지에 대한 걱정을 내려놓을 수 있을 것 같았다.

나는 집에 오자마자 곧장 무화과나무 밑으로 가서 엄마를 불렀다.

"엄마, 새어머니 될 사람 만나고 왔어. 아빠가 좋아하는 것 같았고, 좋은 사람 같았어. 엄마, 이제 나만 문제네. 나만 잘 살면 되는데."

마지막으로 병원에 가던 엄마의 얼굴이 떠올랐다. 엄마는 아버지가 업으려고 하자 고개를 흔들었다.

"이게 마지막일지도 모르니까 내가 걸어서 나가고 싶어요. 살아 있다는 것은 걸어 다닌다는 뜻이니까, 그런 즐거움을 조금이라도 맛보고 싶어요."

엄마는 허리를 꼿꼿하게 펴고 한 걸음 한 걸음 거실로 가서 화분에 있는 풀과 나무들에게도 웃어 주었고, 내 방에 와서 침대도 쓸어 주고, 신발장을 열어 수많은 신발들을 하나씩 만져 주면서 작별 인사를 했다. 6학년이 되고 두 달 정도 지났을 때였다. 파릇파릇 새싹이 돋아나던 단풍나무를 꼭 끌어안고 뭐라고 속삭이기도 했다. 땅에서 돋아난 작은 풀꽃들을 어린아이처럼 어루만지기도 했다. 엄마는 그렇게 병원까지 그 누구의 수발도 받지 않고 걸어갔다. 그때부터 우리 가족 외에는 병문안도 거부했으며, 일주일 만에 조용히 당신의 목소리를 하늘로 날려 보냈다.

"내가 처음 본 죽음이었어요. 두렵지 않았어요. 너무 평온했거든요. 근데 이상하게도 나이를 먹을수록 엄마가 생각나고 나도 모르게 울먹울먹할 때가 많아져요. 실은 오늘도 새어머니가 될 사람을 보는 순간 살짝……."

나는 저녁에 만난 찔레꽃 씨한테 그렇게 말했다. 한번 말이 터지자 엄마를 보내던 순간의 감정들이 다 살아났다. 나는 그 모든 것들을 입 밖으로 다 흘려보냈다. 특히 입관식할 때 엄마의 발이 너무 차가워서 죽음이란 차가운 것이구나, 하고 느꼈던 순간을 이야기하자 찔레꽃 씨는 뜻밖에도 눈시울을 글썽였다.

"그 차가움은 겨울의 차가움하고 달라. 겨울의 차가움은 봄이 오면 따뜻해지는데 그런 차가움은 영원한 것이거든. 그래서 무섭고 싫은 거지."

찔레꽃 씨의 말을 듣자 죽음이란 차가운 것이구나 하는 생각이 다시 들었다.

찔레꽃 씨가 휘파람을 불었다. 그런 다음 『산에 가자』라는 책을 가지고 왔다.

"사우야, 오늘은 우울한데 이 책이나 신나게 읽어 보자."

나는 고개를 끄덕여 주었다.

"나 이 책에 나오는 글자들은 다 알아. 이제 진짜 산에 가듯이 읽고 싶어. 네가 아빠해라. 내가 아이 할게. 어때?"

나는 다시 고개를 끄덕여 주었다. 그럼 다음 책을 펼치고 어린 시절 아빠의 모습을 떠올리면서 목소리를 굵게 내려고 하였다.

–솔아, 아빠랑 산에 가자. 야, 날씨 한번 좋구나. 솔아, 오늘은 꼭대기까지 가 볼까?

–아빠, 아빠, 저쪽으로 뭐가 뛰어갔어.

–음, 청설모구나. 쪼르륵 쪼르륵 잘도 뛰어가네.

–아빠, 나도 청설모야!

–그럼 아빠는 친구 만나러 가는 곰이다.

–아빠, 나도 곰이야.

–그럼 아빠는 깡충깡충 토끼다.

–아빠, 나도 토끼야.

–야호, 내리막길이다. 미끄럼 타자!

–솔아, 넘어질라. 천천히 가.

찔레꽃 씨는 그림책 속 주인공 아이처럼 폴딱폴딱 뛰었다. 사실은 나도 그렇게 뛰고 싶었다. 어린이들을 위한 책이지만 이렇게 어른들도 재미있게 볼 수 있다는 사실이 놀라웠다. 그러나 아무리 생각해도 아버지하고 즐거웠던 기억은 떠오르지 않았다. 뭔가 아주 소중한 것을 잃어버린 것 같았다. 나는 아버지가 새엄마랑 결혼하면 꼭 예쁜 아기를 낳으면 좋겠다고 말했다. 그리고 그 아이가 나만큼 자랐을 때 아버지의 모습을 이 책에 나오는 아이의 아빠처럼 기억이 되었으면 좋겠다는 말도 덧붙였다.

—솔아, 여기 좀 봐. 여기가 박새네 집이야.

—어디? 어디? 에이, 아무것도 없네 뭐.

—새끼들 다 키우고, 지금은 딴 데 이사 갔나 봐.

—아빠, 멀었어? 다리 아파 못 가겠어.

—그럼 여기서 쉬었다 가자.

—이야, 밑에서 보니까 나뭇잎이 더 예쁘네.

나는 최대한 신나게 책을 읽었다. 옆에 있는 찔레꽃 씨가 엄마 같았다. 자꾸만 눈물이 나오려고 했다. 다음 달 월급을 받으면 그것으로 훔친 돈을 지불하고 이 집을 떠날 작정이었다. 아버지나 고모한테는 나중에 자연스럽게 말할 때가 올 것이다. 그런 내 결심은 어쩔 수 없는 선택이었다. 어쩌면 살아가면서 많이 이 집을 그리워할지도 모른다. 다시는 이런 사람들을 만나지 못할 것이다. 그들은 아버지나 고모보다 더 가족 같은 사람들이었다. 나는 가슴이 먹먹해질 때마다 목소리를 크게 하면서 읽었다.

용감한 기사 돈키호테

다음 날 오후에 이모를 만났다. 아버지의 소식을 전해야 할 것 같아서 전화를 했더니 만나자고 하였다. 작년에 환갑이었다는 이모는 그새 많이 늙어 있었다. 늙어 버린 티가 너무 났다. 나는 이모한테 다시 사랑을 해 보라는 말을 하고 싶었지만 이모부를 떠올리고는 겸연쩍게 웃어 버렸다.

나는 이모가 몹시도 불편했다. 이 세상에 남아 있는 엄마의 유일한 핏줄은 내 몸 구석구석을 들여다보려고 하였다. 그러고는 얼굴이 말랐다, 아버지가 용돈을 안 주니, 남자 혼자서 어떻게 챙겨먹고 사니…… 뭐 그런 말을 무시로 흘려 내면서 혀를 끌끌 차 댔다. 나는 그런 눈길을 받고 싶지 않았다. 설령 내 얼굴이 말랐어도 그냥 모른 체 지나가 주었더라면 그렇게 서둘러 피자집을 나오지는 않았을 것이다. 나를 보고 너무도 안쓰러워하는 이모의 눈길을 견딜 수가 없었다. 나는 그런 동정을 받고 싶지 않았다. 이모는 엄마에 대한 말을 해도 관심을 나타내지 않았다. 내가 앞으로 엄마의 생일을 챙길 것이라고 했을 때도 아무런 말을 하지 않았고, 오로지 살아 있는 내 앞날만을 걱정해 주는 것이 이모의 의무라고 생각하고 있었다. 때로는 지나친 관심이 부담일 수도 있다는 사실을 이모는 모르고 있었다.

집에 도착할 즈음에는 어둠이 깔리면서 부슬부슬 비까지 내렸다. 나는 일부러 비를 맞으면서 그 어두운 교회 뒷골목을 돌아다녔다. 뒤쪽 담장은 죄수들이 가득 차 있는 감옥의 담을 연상시킬 정도로 높았다. 요새는 십자가에다 불을 밝히지 않는다고 하던데 이 교회의 십자가는 붉은빛을 강렬하게 토해 내고 있었다. "이 세상에서 내가 가장 높은 존재다!" 하고 한껏 으스대고 있는 것 같았다. 알 수 없는 새들이 무리를 지어 그 교회당 십자가 쪽으로 날아갔다. 나는 집 앞에서 기타 소리를 들었다. 우리 집에서 흘러나오는 소리였다. 갈기갈기 찢어진 조각 같은 불빛들도 거실 창으로 새어나오고 있었다. 나는 단숨에 2층으로 뛰어 올라갔다.

"안뇽? 내가 이렇게 들어왔다고 전기계량기에 있는 비상키 치우지 마라."

새민이는 연분홍 모자만 썼을 뿐인데 전혀 다른 사람으로 보였다.

식탁 위에는 라면 봉지가 어지럽게 널려 있었다. 누군지는 몰라도 나중에 저 여자랑 사는 남자는 오히려 편할 것이다. 라면 살 정도의 돈만 벌어다 주면 될 테니까.

새민이가 기타를 놓고 벽에다 등을 기댔다.

"옷차림 보니까 데이트라도 갔다 온 것 같은데? 만약 다른 여자가 있다면……."

나도 모르게 휘파람을 불었다. 이렇게 휘파람을 불면서 기타를 잘 쳤으면 좋겠다고 중얼거리기도 했다. 그런 다음 새민이를 보았다. 나도 모르게 한숨이 나왔다. 대체 저 여자를 어떻게 해야 할지 가슴이 답답했다.

저 여자는 진구의 여친이다. 나는 저 여자한테 관심이 없다. 이제 적당히 내 앞에서 사라졌으면 좋겠다. 나는 지난번에 저 여자한테 관심이 없다는 표현을 하였다. 그런데도 그녀는 자신을 싫어하는 충분한 이유가 되지 않는다고 하면서, 자신이 나를 포기할 만한 충분한 이유를 대라고 하였다. 그렇다면 오늘은 확실하게 이야기를 해야겠다고 입술을 깨물었다.

그러다가 핸드폰이 울리자 내가 얼마나 놀랐는지 모른다. 핸드폰을 바꿨기 때문에 진구한테 전화가 걸려 와서는 안 된다. 나는 화면에 뜬 숫자가 진구의 전화번호임을 알고는 새민이를 노려보았다. 새민이를 의심할 수밖에 없었다.

새민이는 그런 내 눈빛을 피하면서 "받지 마!" 하고 소리쳤다. 새민이의 손이 고양이 발톱처럼 날카롭게 빛났다. 새민이는 그런 손으로 자기 얼굴을 긁어 댔다. 얼굴에 붉은 줄이 네 개나 그어졌다. 새민이는 열이 나는지 모자를 벗어 부채질을 하였다.

"아, 지겨운 새끼! 며칠 전에 그만 보자고 정리를 했는데."

내가 전화를 받지 않자 곧바로 진구한테서 문자가 왔다.

—야, 너희 집에 새민이 있지? 다 알고 있어. 좋은 말 할 때 나한테 전화하라고 해라.

나는 그 말을 그대로 새민이에게 전했다.

새민이의 얼굴이 창백해졌다. 얼굴에 배열되어 있는 핏줄이 다 드러났다.

"답장하지 마! 내가 다음에 끝장을 낼 거야!"

—야, 내 문자 씹지 마라. 내가 지금 너 다 보고 있다. 지금 집 근처거든. 하나, 둘, 셋, 셀 때까지 그년 안 내보내면 너까지 죽는다! 너 그 걸레랑 사귀냐?

나는 마지막 말만 빼고 그대로 새민이에게 전했다.

"아, 이런 쓰레기 새끼! 내가 한심하다. 그런 새끼랑 1년 가까이 만나고 다녔으니……."

다시 진구한테 문자가 왔으나 이번에는 보지 않았다. 대신 새민이를 노려보았다. 그와 동시에 나는 궁금한 게 있다고 말했다. 일부러 머리카락도 쓸어 올렸다. 내 표정이 진지해지자 새민이는 숨을 멈추는 것 같았다.

"어떤 말을 해도 난 널 미워하지 않을 거야. 그러니까 솔직하게 말해 줘."

"어, 그래. 뭔데?"

"너 임신했지?"

새민이는 모자를 벗고 마구 머리를 흔들어 대다가 "뭐라고?" 하고 입을 내 귀 쪽으로 들이댔다. 내가 아무런 말을 하지 않자 깔깔깔 웃어 버렸다.

"야, 너 나한테 임신했냐고 했냐? 헐! 야 개자식아, 난 분명히 말했잖아? 난, 난 말야, 아직 남자랑 뽀뽀 한번 안 해봤다고! 근데 달빛이 내 몸속으로 들어와서 임신이 되었겠니? 아니면 햇빛이…… 난, 진짜 솔직하게 말한 거였는데, 넌……. 비참하네. 비참해! 내가 이 진구 이 자식을…… 가만두지 않겠어!"

새민이가 벌떡 일어났다.

나도 모르게 새민이를 막아섰다. 그래놓고 얼마나 당황했는지 모른다. 왜 그런 짓을 했는지 나 자신도 알 수 없었다. 오히려 조금 전까지만 해도 어서 새민이가 이 집에서 나가 주기만을 바라고 있었다. 다만 새민이가 "비참하네, 비참해!" 하고 말할 때 이상하게도 내 마음이 아팠다.

"혹시 그 쓰레기가 낙태 어쩌고 하면서 너한테 돈 뜯어냈니?"

나는 대답할 수가 없었다. 새민이의 말을 듣자마자 가슴이 막히면서 얼굴이 확 달아올랐다. 새민이는 내가 대답하지 않아도 다 안다는 표정이었다. 몇 달 전에도 어떤 친구한테 그렇게 돈을 뜯어냈다고 하였다. 그게 마지막이라고 해서 넘어갔더니 이런 일이 벌어졌다고 하면서 얼마를 줬냐고 물었다.

"어쩐지 요새 자꾸 맛있는 거 먹으러 가자고 하고, 화장품이나 옷을 사 주겠다고 하면서…… 미안하다. 나 때문에……."

"진구도 알바한다면서? 그 돈으로도 충분히 네가 원하는 것을 사 줄 수가 있었을 텐데."

"뭐, 알바? 알바는 개뿔! 걘 알바 안 해. 아니 알바해 봤자 딱 사흘도 견디지 못하고 나와 버려. 걘 그런 놈이야!"

더 이상 할 말이 없었다. 분노할 수도 없었다. 내가 바보같이 진구한테 철저하게 속아 넘어갔다는 사실이, 그런 사실조차 새민이를 통해서 알았다는 것이 한없이 부끄러웠다.

다시 진구한테 문자가 왔다. 열을 셀 때까지 새민이를 내보내지 않으면 직접 쳐들어가겠다는 협박성 메시지였다.

새민이가 나가겠다고 하는 걸 조금만 참으라고 하였다.

"왜 그래? 넌 빠져. 이건 내 일이야."

"아니, 이제 내 일이기도 해. 너 나가면 나도 같이 나갈 거야. 근데 지금 나가면 무슨 일이 벌어질 것 같아서. 난 싸움도 해 본 적이 없지만, 지금 나가면…… 내가 어떻게 할지…… 알았지? 나도 몰라서 그래."

이토록 내 자신이 냉정해질 수 있다는 사실이 믿어지지 않았다. 나는 깊은 숨을 내쉬면서 솔직하게 말했다. 그런 다음 진구한테 문자메시지를 보냈다.

—너 날 속였지? 날 가지고 논 거지?

—이 새끼가 무슨 헛소리를 하고 지랄이야. 어서 그년이나 내보내!

—야, 말 돌리지 말고! 넌 아주 치밀하게 나를 속였어. 개새끼, 첨부터 그러려고 나한테 접근했지? 개새끼, 존 말 할 때 꺼져라. 너 지금 나한테 잡히면 죽어. 농담 아냐.

내 손이 부르르 떨렸다. 나는 컵도 없이 수도꼭지에다 입을 대고 물을 벌컥벌컥 들이켰다.

—뭐라는 거야? 이 새끼가 지금 돌았나! 너 왜 그래?

—어서 꺼져라. 나 지금 뚜껑 열리기 직전이다. 너 나한테 잡히면 그땐…….

—야, 너 그년한테 이상한 말 들었구나! 그거 다 거짓말이야! 그년이랑 이미 산부인과도 갔다 왔어. 내가 낙태까지 시켜 주니까, 그년이 이제! 오리발을 내미네!

그 문자메시지를 보자 다시 혼란스러워졌다. 나로서는 누가 거짓말을 치고 있는지 알아낼 방법이 없었다. 맥이 빠져서 문자도 보낼 수가 없었다.

—누가 거짓말을 하든 상관없어. 이제 난 널 보고 싶지 않아. 그러니까 꺼져!

—야, 너 그 돈 때문에 그래? 그건 내가 갚는다고 했잖아. 당장 계좌번호 알려줘. 늦어도 다음 달까진 갚을게.

—꺼지라고, 이 새끼야!

—야, 그년 때문에 그래?

—꺼져! 꺼지라고!

—야, 그년이랑 같이 있지? 어서 내보내! 그년 내보내기 전에는 안 갈 거야!

나는 더 이상 문자메시지를 보내지 않고 주저앉았다. 그러자 진구의 문자메시지가 곧바로 날아왔다.

—야, 그년 안 내보내! 어서 내보내라고 이 새끼야!

그리고 5초 정도 지났을까. 쾅, 하고 현관문이 흔들렸다. 진구가 현관문을 발로 차면서 흔들어 대고 있었다. 혼자가 아니었다. 옆에는 진구보다 곱절 이상 큰 아이가 팔짱을 낀 채로 웃고 있었다. 내 입에서는 비겁한 놈이라는 말이 새어 나왔다.

"어서 문 열어! 어서 문 열어 새끼야!"

막상 진구의 목소리가 집 안으로 게릴라처럼 침투하자 새민이는 조금 전에 당당하던 모습하고는 전혀 다르게 번데기처럼 몸을 웅크리고 있었다. 두려움에 가득 찬 표정이었다.

나는 잠시 눈을 감았다가 뜨면서 나가려고 하였다. 이제는 내가 나서야 한다고 생각했다. 나는 그 어떤 경우라도 싸우고 싶지는 않았다. 싸운다는 것이 얼마나 유치한 짓인지 잘 알고 있었다. 그렇다고 중학교 때처럼 일방적으로 맞지는 않을 것이다. 그건 분명했다. 그래서 나는 계속 망설이고 있었다. 이 상황을 수습할 어떤 대책이 없었다는 뜻이다. 이런 상태로 나갔다가는 나도 모르게 그들과 맞붙을 것이 뻔했다. 만약 그렇게 된다면 그때는 나도 감당할 수 없는 어떤 극단적인 사태가 벌어질 것만 같았다. 나는 계속 그런 상상을 하고 있었고, 그런 내가 솔직히 두려웠다.

새민이가 내 팔을 잡아끌었다.

"나가지 마. 너 나가면 진짜 무슨 일 날 것 같애. 부탁이야. 저놈 저러다가 말 거야. 설마 지놈이 여길 부수고 들어오겠어! 그냥 잠시만 있자. 그러다 조용해지면 내가 나갈게. 미안해. 이 모든 게 나 때문이야. 미안해."

나는 잠시 눈을 감고 다른 경우의 수를 생각했다. 놀랍게도 미미의 얼굴이 떠오르기도 했다. 나는 고개를 흔들어 버렸다.

"그년을 안 내보내면 이 집을 다 부숴 버릴 거야! 어서 안 나와, 이……."

내 핸드폰이 계속 울렸다. 이제는 핸드폰을 들여다볼 수가 없었다.

진구는 현관문을 주먹으로 두드리고 발로 차면서 마구 욕설을 뱉어 냈다. 듣기만 해도 섬뜩하고 무시무시한 욕설이었다.

나는 다시 입술을 깨물었다. 이제는 그 어떤 불행한 일이 생겨도 그것은 어쩔 수 없는 일이라고 마음먹었다. 그러자 두려움도 사라졌다. 나는 포탄을 한아름 가슴에다 안고 적진으로 뛰어드는 용사처럼 현관문 쪽으로 갔다.

또 다시 새민이가 막아섰다. 얼굴이 겁에 질려 있기는 해도 나를 보면서 웃었다.

"사우야, 내가 나갈게. 이건 내 일이야."

새민이가 내 손을 잡았다.

"사우야. 내가 만약 내일까지 살아남는다면 나랑 공연 보러 갈래? 내가 좋아하는……"

내가 고개를 끄덕였는지 어쨌는지 그건 모르겠다. 다만 내 손을 꼭 잡은 새민이의 손이 풀어지는 순간 몸이 연기처럼 흩어지는 것 같았다. 그리고 기적처럼 돈키호테 씨의 목소리가 집 안을 우렁차게 흔들었다. 헬멧을 썼을 때만 터져 나오는 거친 음성이었다.

"야이 하와이 새끼들아! 비겁하게 2층에서 그러지 말고 이리 내려와! 어서 내려오란 말야! 나랑 한번 붙어 보자! 끝장내 보자 이 새끼야! 이 하와이 새끼들아, 거기 2층에서 그러지 말고 어서 마당으로 내려오란 말야! 어서 나와 이 하와이 새끼들아! 내가 올라가면 너는 뼈도 못 추릴 줄 알아!"

전혀 예상하지 못했던 우군이었다. 나는 보지 않고도 돈키호테 씨의 늠름한 모습을 상상할 수 있었다. 로시난테를 타고 풍차를 향해 돌진하던 돈키호테처럼 깡마른 그는 시공간을 초월해 온 진짜 기사인지도 모른다. 돈키호테가 거대한 풍차를 향해 돌진할 때도 저렇게 목소리가 우렁찼을 것이다.

"아니 씨바, 저건 또 뭐야? 하와이 새끼라니? 우리보고 저러는 거야?"

"야이 새끼야, 걔는 2층에서 혼자 산다고 했잖아? 뭐야, 하이바까지 쓰고!"

진구랑 그 옆에 있던 아이는 그렇게 당황하면서 달아날 곳을 두리번거렸을 것이다.

그 틈을 주지 않고 돈키호테 씨의 목소리는 무화과나무 밑에서 표창처럼 날아왔다.

"야이 하와이 새끼들아! 2층에서 그러지 말고 어서 마당으로 내려오란 말야! 비겁하게 숨지 말고 어서 나왓! 여기가 어딘 줄 알고 까불어 새끼들아! 이 하와이 새끼들아! 너희들은 나한테 잡히기만 하면 이를 다 뽑아 버릴 거야! 어디서 시끄럽게 씨부렁거려! 여기가 어딘 줄 알고 씨부렁거려엇!"

"에이, 씨바! 하필 이럴 때 저런 좀비 같은 인간이!"

"난 갈래! 저 아저씨까지 붙으면 골치 아파진다!"

먼저 키가 큰 아이가 계단 옆에 있는 담 아래쪽으로 몸을 날리는 것 같았다. 곧바로 진구도 사라졌다.

돈키호테 씨의 목소리가 그들을 추격했다.

"거기 안 서! 이 하와이 새끼들아, 거기 서란 말야! 어디서 감히 우리 집에 와서 행패를 부려! 잡히기만 하면 네 놈들 다리를 가루로 만들어 버릴 거야! 이 하와이 새끼들아! 거기 서!"

새민이는 재빠르게 집을 나가 뒷문으로 사라졌다.

— 사우야, 고마워.

새민이가 보낸 문자를 확인하고 있을 때 아래층에서 사람들이 올라왔다. 찔레꽃 씨와 미미 그리고 돈키호테 씨가 환하게 웃고 있었다. 놀랍게도 돈키호테 씨의 얼굴에서는 술기운 한 점 띠지 않았다.

"윤 군, 내가 그놈들을 지하철역까지 쫓아 버렸네. 키가 큰 놈은 신발이 벗겨졌는데도 그냥 달아나 버리더라고!"

돈키호테 씨는 내 앞에서 헬멧을 벗고는 진짜 악당을 물리친 것 같은 표정으로 웃었다.

나는 고맙다고 고개를 숙였다. 진짜 나를 구해 줬다는 말을 했다. 악당들을 물리치고 나를 구해 준 것이었다.

그토록 쩌렁쩌렁하게 고함을 친 돈키호테 씨가 새삼 부러웠다. 나는 처음으로 이순신이나 세종대왕 같은 위인들 말고도 존경할 만한 사람이 생긴 것 같았다. 찔레꽃 씨가 준비 중인 책에도 이 장면이 꼭 들어가야 한다고 말하고 싶었다. 지금 내 앞에 있는 돈키호테 씨는 동네 술주정뱅이로 유명한 부정적인 얼굴이 아니었다. 내가 만약 돈키호테 씨만큼 살아남을 수 있다면 저렇게 세상을 향해 소리칠 수 있도록 우렁찬 목소리를 많이 단련할 것이다.

"사우야, 괜찮아? 대체 어떤 놈들이니?"

나는 차마 그 아이가 진구라고 말할 수 없었다.

찔레꽃 씨는 다소 상기된 표정이었다. 찔레꽃 씨 뒤에 있는 미미만 표정의 변화가 거의 없었다. 찔레꽃 씨가 경찰을 부르려고 하자 미미가 그럴 필요가 없다면서 막아섰다.

"오늘은 아빠만으로도 충분했어. 완벽했어, 아빠! 진짜 슈퍼맨 같았어. 와아, 짱이야! 난 아빠가 그렇게 욕을 잘하는지 몰랐어. 내가 듣기에도 충분히 위협적이었어. 창문도 깨진 곳이 없고, 모든 게 완벽한 작전이었어. 우리 아빠의 욕이 이렇게 쓰일 줄은 몰랐네. 그때 그 배신자들 때문에 아빠가 많이 속상했을 텐데, 이제 깨끗이 복수한 셈이야. 그치 아빠? 우리 이따가 치맥하자! 근데, 사우야. 만약 그놈이 또 오면, 그땐 내가 나설 거야. 경찰을 부를 거야. 알았지? 절대 네가 맞짱 뜨겠다고 나서면 안 돼. 무조건 경찰을 불러."

미미가 그렇게 말하면서 두 사람에게 눈짓을 하였다. 찔레꽃 씨랑 돈키호테 씨는 더 이상 묻지 않고 뒤돌아섰다. 나는 그들에게 고맙다는 말밖에 할 말이 없었다.

"그 여자가 네 여친이니? 아까 나가는 걸 봤어."

미미가 슬그머니 나를 보았다. 나는 고개를 돌렸다.

"차라리 그랬으면 좋겠어."

"여친이 아니란 말야? 그럼 도대체 왜?"

"미미야, 고마워. 오늘 경찰을 불렀다면 더 골치 아팠을 거야."

나는 미미의 대답을 피하면서 그렇게 말꼬리를 돌렸다.

미미는 나한테 할 말이 많지만 오늘은 참겠다고 손으로 입술을 눌렀다.

"그 키 큰 놈은 누군지 전혀 모르고, 작은 놈은 중학교 1학년 때 우리반이었어. 최근에 우연히 그놈을 다시 만나게 된 거야. 그 여자는 그놈 여친이야."

이렇게 된 이상 숨길 필요가 없었다. 나는 솔직하게 풀어 놓았다. 그러나 진구한테 속아서 찔레꽃 씨의 돈을 훔쳤다는 말은 끝내 할 수가 없었다. 그것만큼 직접 찔레꽃 씨에게 고백하고 용서를 구하고 싶었다.

엎친 데 덮친 격이라는 말은 이럴 때 하지 않을까. 이런 일까지 생기고야 말았으니 이제는 더욱 이 집에서 살 수 없다고 쓴웃음이 터져 나왔다. 나는 살갗이 싸늘해지도록 계단 끝에 서 있다가 터벅터벅 돌아섰다.

자존심을 지킨다는 것은
외로운 일이야

"기어이 이런 일이 일어나고 말았구나! 그래도 이 정도로 끝난 게 다행이야!"

그다음 날 저녁이었다. 고양이는 까만 안경을 쓰고 걸어왔다. 고양이 몸에서는 이상한 냄새가 났다. 나는 코를 문지르면서 얼굴을 찌푸렸다.

"넌 어디 있다가 이제 나타났니?"

"나도 할 일이 많아. 데이트도 해야 하고, 친구들도 만나야 하고, 새로운 노래도 배워야 하고…… 난 그렇게 살아왔어. 어딜 돌아다니든 그건 내 자유야."

"누가 뭐래! 근데 이 냄새는?"

"이거 은단이야. 너도 좀 먹어 볼래?"

"윽, 싫어!"

"왜?"

"야, 싫다고 했잖아! 저리 치워!"

나도 모르게 고양이 손에 들려 있던 은단 통을 낚아채서 집어던졌다. 은단 통은 벽에 부딪혀서 깨져 버렸고, 그 안에 들어 있던 하얀 구슬 같은 은단이 파편처럼 튀었다. 고양이는 은단이 아깝다고 하면서 혓바닥으로 그 작은 알갱이를 하나씩 핥아먹다가 어디론가 사라졌다.

내가 청소기를 들고 나올 때 찔레꽃 씨가 문을 두드렸다.

찔레꽃 씨의 손에는 잡채가 소복하게 쌓여 있는 접시가 들려 있었다. 어린 시절에 가장 좋아했던 음식이라 오랜만에 만들어 봤다고 하면서 웃었다.

"어, 이거 무슨 냄새지? 응, 우리 할머니 냄새네. 은단! 맞지? 이거 우리 할머니가 엄청 좋아하셨는데. 근데, 이게 어디서 난 거니?"

그 말을 듣는 순간 외할머니를 떠올렸다.

그건 외할머니 냄새이기도 했다. 그런데도 나는 그 냄새를 싫어했다. 그건 이정록 선생님의 냄새이기도 했기 때문이다. 내가 선생님한테 성추행을 당했다고 엄마한테 말하고 두 달 가량이 지났을까…… 아버지는 나를 외할머니네로 보내 버렸다. 나는 그곳에서 몇 달간 머물렀다. 그때가 내 생애 가장 긴 시간 같았다. 참으로 행복한 나날이었다. 아무 걱정도 없었다. 그런 날들이 다시는 오지 않을 것이다. 누군가 떠오른다. 이웃집 여자아이. 이름이 정인이다. 형들도 있었고 동생들도 있었다. 아이들은 나를 놀리지 않았다. 여자처럼 생겼다고, 작다고, 어쨌다고…… 그래서 좋았다. 그리고 고양이가 한 마리 있었다. 쥐약 먹은 어미가 죽어 가면서 낳은 새끼였다. 그놈의 꼬리가 알록달록했다. 나는 그놈이랑 잤다. 할머니는 곧 죽을 것 같다고 안쓰러워하면서 그놈에게 밥을 먹였다.

나는 거기까지 기억해 내고는 벌떡 일어나서 신발장 쪽으로 갔다. 고양이는 보이지 않았다. 안방으로 가서 침대 밑에도 찾아보았다. 이제야 그 고양이가 어디에서 왔는지 알 수 있었다.

"이제 알 것 같아요. 저 은단은 고양이가 가지고 왔어요. 그 고양이요. 그때 외할머니 집에 살았던 그 고양이요. 하도 자기를 알아보지 못하니까, 외할머니가 은단을 보낸 모양이네요."

나는 찔레꽃 씨가 내 말을 이해해 줄 것이라고 확신하고 있었다. 그 고양이에 대한 이야기도 대충 들려주었다. 그러면서도 내가 외할머니네 집에 가게 된 이유만큼은 말할 수 없었다.

"찔레꽃 씨, 전 이 집이 너무 좋아요. 이 집에는 그 고양이도 살고 있는 걸요. 그때 그 죽어 가던 고양이요. 그놈이 살아났거든요. 제가 날마다 밥 먹이고, 옷 속에다 넣고 다녔어요. 할머니가 저한테 그랬어요. '역시 어린 목숨이 귀중한 목숨을 살리는구나! 봄에 싹트는 새싹 같은 네 기운이 고양이를 살렸단다!' 하고요. 제가 누군가를 살렸다는 말이 얼마나 좋고 자랑스럽던지요. 그런 말 첨

들어봤거든요. 근데 그 고양이를 서울로 데려오지 못했어요. 아버지가 워낙 반대해서요. 엄마가 아파서 안 된다고 하자, 고양이를 안고 도망치다가 콘크리트 수로로 떨어져서 머리를 크게 다쳤거든요. 큰 병원에 일주일 정도 입원했는데 다행히 뇌는 이상 없다고 했지만, 그때 그 고양이에 대한 기억을 잃어버렸나 봐요. 어쩜 이렇게 기억나지 않을 수가 있는지, 이제야 조금씩 기억이 나기는 하지만……."

찔레꽃 씨는 순간적으로 어린애처럼 헤헤헤 웃었다. 그러고는 나에게 비밀 이야기를 할 듯이 손짓하여 가까이 오라고 하였다.

"사우야, 난 밤마다 당나귀랑 놀아. 어릴 때 아랫집에서 당나귀를 키웠는데, 난 그놈을 엄청 좋아했어. 봄이면 내가 온갖 들꽃을 꺾어다가 그놈 몸에다 치장해 줬어. 그놈은 내 말을 가장 잘 들었어. 고집을 부리다가도 내가 다가가면…… 동네 어른들이 그랬어. 당나귀가 나한테 장가 가고 싶어 한다고. 근데 그놈이 이 집에 나타난 거야. 이사 와서 첫날밤에…… 남편이랑 미미는 아무리 말해도 믿질 않았어."

나는 꽃으로 치장한 당나귀를 상상해 본 적이 없다고 했다. 꽃으로 자기 몸을 치장할 수 있는 동물은 인간밖에 없을 것이다. 그러니 당나귀는 자신의 몸을 예쁘게 해 주는 찔레꽃 씨가 얼마나 좋았을까.

"이게 내 비밀이야. 여기 와서 밤마다 당나귀랑 놀다 보니 내가 생각하기에도 몸이 젊어지는 것 같았어. 내가 얼굴이 어려 보이는 것은…….”

그 말을 들으면서 나도 모르게 헤헤헤 웃고 있었다.

“나도 이 집이 좋단다. 미미는 이 집에 와서 계속 불행한 일이 생겼다고 하지만 난 그렇지 않다고 생각해. 물론 이 집에 오자마자 힘든 일들이 생긴 건 사실이야. 재판 받던 날이 생생하게 떠올라. 판사가 나를 보고 계속 비웃는 것 같았어. 아마 판사가 생각하기에도 너무 뻔한 일이라 웃음이 나왔을 거야. 어쨌든 판사는 내가 정직하게 살아온 가정주부이고, 또 아직까지 전과가 없어서 너그럽게 선처해 준다고 하더니 어처구니없게도 벌금 100만 원을 내라잖아. 그놈들은 무죄이고 나한테 죄가 있다는 뜻이지. 그러자 내가 벌떡 일어나서 재판이 무효라고 소리쳤지. 판사들한테 손가락질하면서 따졌어. 이렇게 증거가 있는데, 귀가 뚫린 사람이라면 다 알아들을 텐데 왜 못 알아듣냐고! 지나가는 개한테 판결을 내리라고 해도 이렇게는 안 할 거라고! 법이라는 것이 힘없는 서민들에게는 얼마나 어처구니없는 것인지 새삼 깨달았고, 그래서 목에서 핏줄이 터져라 소리쳤어. 어쩌면 그때 내가 쓰러지지 않았다면 핏줄이 터져 버렸을 거야. 아니 내가 쓰러지지 않았다면 법정 소란죄나 법정 모독죄 같은 것으로 구속됐을지도 몰라. 사우야, 난 그동안 열심히 일하고, 돈 벌고, 집을 사고…… 그러면 잘 사는 것인 줄 알았어. 세상이 나한테 못되게 해도 그냥 참고 사는 것이 순리인 줄 알았어. 근데 살다 보니 자존심이 더 중요하다는 것을 깨달은 거야. 자존심을 지킨다는 것이 무모하고 외로운 짓이란 걸 알지만 난 결코 후회하지 않아. 내가 깨어나니까 미미가 막 울면서 말했어. '엄마 이러다가 죽으면 개죽음이야. 왜 그걸 몰라! 이제 제발 그만 해!' 하고. 그때 난 이렇게 말했어. '미미야, 미안해. 근데 난 지금이 가장 좋아. 왜냐면 내가 살아있다는 것을 느끼니까! 난 다시 일어나서 또 싸울 거야. 이러다 죽어도 상관없어. 내 모든 것을 걸고 이 못된 세상이랑 싸울 거야. 아무도 알아주지 않아도 돼. 상관없어. 옛날보다 지금의 내가 더 좋고 자랑스러우니까! 알았지? 그러니까 조금도 슬퍼하지 마.' 그랬더니 미미가 막 울면서 '엄마가 항소하면 난 죽어 버릴 거야! 진짜야! 난 엄마가 이렇게 죽는 걸 볼 자신 없어!' 하고 말하면서 울어 대더라. 그리고 내가 퇴원하자 아예 학교도 안 가고 내 옆에 붙어 있었어. 결국 내가 손을 들었지. 자식을 이길 부모는 없거든. 알았다고, 이제 포기하겠다고 했지. 그러자 내 마음이 아프기 시작했어. 견딜 수가 없었어. 우선 사람들이 보기 싫었어. 눈에 보이는 모든 인간들이 그 판사 놈처럼 보였거든. 그런 시간들을 어떻게 버텼는지 몰라. 아마 이 집이 아니었다면, 저 나무가 아니었다면 힘들었을 거야. 그래도 저 나무 옆으로 가면…… 나무가 위로해 주고, 이 집에 사는 당나귀랑 고양이랑 강아지랑 그런 동물들이 위로해 주고, 그래서 버틸 수 있었던 거야. 넌 알 거야. 이 집에는 수많은 생명체들이 살고 있다는 것을. 다른 사람들은 그걸 모르지."

나는 무릎 틈에다 얼굴을 묻은 채 찔레꽃 씨의 다음 말을 기다렸다. 찔레꽃 씨는 휘파람으로 찔레꽃이라는 노래를 부른 다음 다시 입을 열었다.

"그리고 이사 오자마자 모든 유리창을 종이로 도배해 버린 어떤 아이도 이해할 수 있었어. 사실은 나도 그러고 싶었으니까. 사우야, 내가 무슨 말을 하려고 하는지 알겠지? 어젯밤에 네가 이사 가겠다는 말을 했을 때, 난 너무 마음이 아팠어. 며칠 전에 있었던 그 소란스러운 일 때문이라면 이사 가지 않아도 돼. 네가 이사 가야 하는 다른 이유가 있다면 몰라도…… 우린 가족이나 마찬가지잖아? 난 그렇게 생각해. 알지? 이 집에 사는 사람들이 다 남남이라는 거? 남편, 딸내미, 나, 피 한 방울 안 섞였어. 그래도 가족이 되어 살잖아! 그런 거지. 난 그렇게 생각해. 알았지?"

나는 못 이기는 척 고개를 끄덕이고 싶은 충동을 어떻게 참았는지 모른다. 갑자기 막막해지면서 가슴 속에서 뜨겁고 뭉클한 것들이 솟구쳐 올랐다.

나는 새벽 두 시가 지나도록 잠을 부르지 못하고 있었다. 놀랍게도 그 시간에 누군가 찾아왔다는 사실을 알고 다시 긴장했다. 낮고 비밀스럽게 속삭이는 소리는 새민이었다.

나는 놀라면서도 걱정스러운 표정으로 문을 열었다.

바람이 새민이의 머리카락을 뽑아낼 것처럼 사납게 으르렁거리고 있었다. 뭔가 꽉 붙잡지 않으면 새민이의 몸조차 갈기갈기 찢겨져서 날아갈 것 같았다. 새민이는 낯선 곳에서 오랫동안 떨고 있다가 마치 엄마의 품으로 뛰어들듯이 안으로 들어왔다. 그러더니 내 손부터 덥석 잡았다.

"사우야, 미안해. 시간이 너무 늦어서 다음에 말을 하려고 했는데, 오늘 꼭 널 만나서 말하고 싶었어. 그래서 온 거야. 나 잠깐만 있다가 갈게. 그리고 더 이상 너한테 피해가 가지 않도록 할게. 나 오늘 날이 밝으면 그 자식을 만날 거야. 만나서 내가 죽든 그놈이 죽든 할 거야. 그러니까 이제 걱정하지 마."

새민이는 나를 위로해 주려고, 그 말을 하기 위해서 혼신의 힘으로 어둠을 밀고 찾아왔음을 알 수 있었다. 그런데 나는 조금도 위로받지 못했다. 새민이의 눈 속에는 수많은 불빛들이 타오르고 있었는데 죄다 불안하게 흔들리고 있었고, 나를 잡은 손도 떨고 있었다. 새민이는 잔뜩 겁을 먹은 작은 야생동물을 연상시켰다. 오히려 내가 위로해 주어야 할 판이었지만 바보같이 적절한 말을 끄집어낼 수가 없었다. 내가 만약 이 집에서 오래오래 살아남을 수만 있다면, 훌륭한 사람이 되지 않아도 좋으니까 이런 순간에 상대에게 따뜻한 말 한마디 건넬 수 있을 만큼만 슬기로워졌으면 좋겠다.

새민이의 눈은 붉게 충혈되어 있었다. 방전되기 직전인지라 나를 오래 쳐다보지 못했다. 그래도 목소리만큼은 힘이 있었다.

"난 그놈의 소유물이 아니야. 난 그냥 나일 뿐이야!"

새민이는 거기까지 말하고 밖으로 나갔다.

나는 순간적으로 라면을 떠올렸으나 새민이를 붙잡지 않았다. 새민이를 붙잡아서 라면을 끓여 주기에는 나 역시 너무 지쳐 있었다.

바람의 서슬은 더욱 거칠어졌고, 새민이의 옷자락까지 마구 물어뜯는 것 같았다. 나는 제발 새민이가 무사히 살아남기만 바랄 수밖에 없었다.

잠을 자려고 불을 끄자 벽에서 고양이가 걸어 나왔다.

"알락 꼬리야, 미안해. 널 기억하지 못해서. 난 바본가 봐. 어쩜 이렇게 기억이 나지 않을 수가 있을까?"

나는 순간적으로 고양이의 이름을 기억해 내고는 어느새 뜨거워진 눈시울을 문지르고 있었다.

고양이는 한동안 나를 보고 환하게 웃어 주었다. 그런 다음 내 곁으로 와서 자신의 볼을 내 무릎에다 문질렀다.

"괜찮아. 난 첨부터 그런 것 신경도 안 썼어. 어차피 기억은 지나가라고 있는 거야. 잊어 버리라고 있는 거라구! 그게 뭐가 중요해?"

나는 고양이를 안아서 뜨거운 눈물이 흐르는 내 볼을 문질렀다.

"그래도 미안해. 그때 의사 선생님이 단기기억 상실증 같은 것이 올 수 있다고 했던 것 같아. 난 여러 가지로 정상이 아닌가 봐."

"그런 건 중요하지 않아. 다만 네가 행복하지 않아서 슬플 뿐이야. 네가 행복하게 살았으면 좋겠어. 그게 가장 중요한 거야. 지나버린 시간보다 지금 이 시간이 가장 중요하다는 뜻이야."

고양이는 내 볼에 흐르는 눈물을 따뜻한 혀로 닦아 주었다. 그러면서 내가 외할머니네 댁에서 떠난 뒤에도 행복하게 살았다고 살포시 눈을 감았다.

"수많은 친구를 사귀었고, 수많은 세상을 탐험하기도 했지. 난 인간들이 외계인이라고 하는 이들도 수백 명 만났고, 수만 가지의 노래를 들어 보았지. 물론 다 각기 다른 언어로 된 노래들이지. 그래서 살아가는 것들은 다 다르지만 노래는 비슷하다는 것도 알게 되었지. 그리고 살아가는 것들은 거의 대부분이 휘파람을 분다는 것도 알았고, 지나간 과거보다는 지금 당장, 눈앞에 보이는 현실에서 행복해야 한다는 것도 알았어. 그래야 과거와 미래도 아름다운 거야.

믿기지 않겠지만 지금 네 눈에 보이는 난 과거 속에 사는 고양이가 아니야. 난 철저하게 현실에서 살고 있어. 네 눈에 보이는 현실 그리고 보이지 않는 현실 속에서. 또한 인간들이 갈 수 없는 현실 속을 넘나들면서……. 현실이란 무한한 시간이거든. 무화과나무가 품고 있는 저 작은 마당이 무한해 보이듯이."

고양이의 목소리는 이상하게도 졸음을 몰고 왔다. 외할머니네 집에서 살 때도 고양이랑 나는 이렇게 재잘거리다가 잠이 들곤 했다. 때로는 서울에 사는 친구들 이야기도 하였고, 때로는 고양이가 한 마리의 쥐를 잡기 위해서 얼마나 많은 시간을 기다려야 하는지에 대해서도 들었다. 굳이 고양이 말을 배울 필요도 없었고, 굳이 인간의 말을 가르쳐 줄 필요도 없었다. 우린 그냥 통했다.

나는 그렇게 스르르 잠이 들었다.

내가 만약 땅속에 묻힌 작은 풀씨였다면 이 자리에서 새싹을 내밀고 싶었을 것이다. 내가 이렇게 편안하게 수면을 취해 본 것은 엄마의 자궁 속에 있을 때를 제외하고는 아마도 처음일 것이다. 영원처럼 깊은 잠이었다.

더 이상 뒷모습을 보여 주기 싫었다

드디어 월급을 받았다. 90만 원이었다. 나는 현장 소장님한테 일부러 직접 현금으로 달라고 부탁하였다. 처음으로 일한 대가를 받아 보는 기쁨을 만끽하고 싶다고 했더니 소장님은 "짜식, 겉보기와는 다르네!" 하고 흔쾌히 고개를 끄덕여 주었다.

나는 100만 원을 채워서 봉투에 넣고 찔레꽃 씨를 찾아갔다. 뒷문을 열고 들어와서 곧장 무화과나무 밑으로 걸어갔다. 다른 때보다 그곳은 더 넓고 깊어 보였으며 태곳적의 고요가 머물러 있는 것 같았다. 그만큼 조용했다. 문 밖에만 나가면 사납게 고막을 쪼아 대는 온갖 소음들이 들끓었지만 이곳에 흐르는 그 어떤 영적인 힘이 그걸 막아 내고 있었다.

"찔레꽃 씨!"

내 목소리는 묘한 울림이 있었다. 꼭 동굴 속에 들어와 있는 기분이었다. 몇 차례 다시 불러 보았다. 그러고 싶었다. 엄마만큼이나 한없이 불러 보고 싶은 이름이었다.

집에서는 아무도 대꾸하지 않았다. 찔레꽃 씨와 미미한테 차례로 전화를 걸었다. 둘 다 받지 않았다. 이런 경우는 한 번도 없었다.

나는 잠시 멍하니 서 있다가 무화과나무를 보았다. 엄마 얼굴이 떠올랐다.

"엄마, 나 월급 탔어. 저번 달에는 늦게 일을 시작해서 한 열흘치 받았지만 사실상 이게 첫 월급이라고 할 수 있어. 내 스스로가 너무 대견스러워. 나를 칭찬해 주고 싶어. 첫 월급 타면 부모님한테 뭔가 선물을 한다고 하던데, 난 그럴 수도 없네. 이걸로 찔레꽃 씨한테 용서를 구할 작정이야. 엄마도 그래야 한다고 생각하지? 당연히 그래야지. 어쩌면 곧 엄마랑 헤어져야 할지도 몰라. 그래도 불안하진 않아. 이 집이 영원할 거라고 확신하거든. 그 어떤 괴물이 와도 이 집을 어떻게 하지는 못할 거야. 가끔씩 보러 올게. 내가 집 밖에서 손짓하거나 불러도 서운해하지 말고, 살짝 아는 체만 해 줘. 이파리나 가지를 흔들어 주면 돼."

나는 엄마가 무화과나무 이파리를 흔들어서 대답한다는 것을 알았다.

그때 호주머니에서 핸드폰이 울렸다. 미미였다.

"아깐 전화 못 받았다. 너 일 갔다 왔냐?"

미미의 목소리는 막 잠에서 깬 것처럼 가라앉아 있었다.

“시간 나면 여기 병원 좀 들러. 실은 오늘 아침에 아빠가…….”

미미는 밤새 운전을 하고 돌아오던 돈키호테 씨가 사고를 당해서 지금 병원에 입원 중이라고 더듬더듬 말했다. 나는 말도 안 된다고 소리 치고 웃어 버릴 뻔했다. 그 무시무시한 풍차한테 달려들었어도 아무렇지 않았던 돈키호테가 교통사고로 의식을 잃었다는 말을 듣자 믿어지지가 않았다. 얼굴에 비해서 터무니없이 큰 오토바이 헬멧을 쓰고 “이 하와이 새끼들아!” 하면서 용감하게 돌진하는 돈키호테 씨는 세상 그 어떤 괴물하고 부딪쳐도 끄떡하지 않을 것 같았다.

누군가 나를 보았다면 틱 증세가 심한 아이라고 손가락질했으리라. 그만큼 나는 심하게 머리를 흔들어 대고 있었다. 나는 그렇게밖에 할 수 없었다.

미미의 목소리는 더욱 가라앉았다.

“아빤, 겉모습만 보면 전혀 사고 난 사람 같지 않아. 근데 뇌에 충격을 받았대. 그게 좀 걱정이 돼.”

“미미야, 걱정마. 아저씨는 돈키호테처럼 씩씩하게 일어나실 거야!”

나도 모르게 돈키호테라는 말을 끄집어냈다.

다행히도 미미는 그 말에 별다른 반응을 하지 않았다.

병원은 지하철을 네 번이나 갈아타고 두 시간을 씹어 먹어야만 도착할 수 있을 정도로 멀었다.

다행스럽게도 돈키호테 씨는 중환자실에 없었다. 내가 가는 동안에 의식을 회복하여 지금은 일반 병실 옆에 있는 집중치료실로 옮겨졌다는 말을 듣자 한결 마음이 가벼웠다.

집중치료실 옆에 있는 휴게실에서 찔레꽃 씨가 나를 먼저 알아보았다.

“사우야, 왔구나! 미미가 연락했니? 걱정 마라. 그 양반 깨어났다. 한숨 푹 자고 일어난 것처럼 헤헤헤 웃더라고. 난 괜찮을 줄 알았어. 우리 남편이 보기보다는 깡다구가 있거든. 밤새 일하고 깜박 졸았던 모양이야. 전봇대를 들이받았지만 큰 피해는 없었어. 다른 사람을 다치게 하지도 않았고. 천만다행이지.”

“아저씨를 뵐 수 있어요?”

“그럼 지금 미미랑 수다 떨고 있을 거야.”

찔레꽃 씨가 앞장서서 집중치료실로 들어갔다. 세 명의 환자가 있었다. 그중 유일하게 돈키호테 씨만 장난기 끓는 눈동자를 굴리고 있었다. 온몸에 연결되어 있는 각종 의료기기들이 심각하게 상태를 체크하고 있었지만 돈키호테 씨는 나를 보자마자 손을 들어 흔들어 줄 정도로 말짱해 보였다. 헬멧만 쓰면 지금 당장 병원을 뛰쳐나갈 수 있을 것 같았다. 아무리 생각해도 환자복하고는 어울리지 않았다.

“아빠, 사우 왔어. 알지?”

"윤 군, 고맙네."

돈키호테 씨가 내 손을 잡았다. 참으로 따뜻했다.

"저는 아저씨가 돈키호테처럼 아무 일 없이 일어나실 줄 알았어요!"

나도 모르게 그런 말이 나왔다. 돈키호테 씨는 알아듣지 못했는지 미미랑 찔레꽃 씨를 번갈아 보면서 무슨 말이냐고 눈빛으로 물었다.

나는 돈키호테 씨의 왼쪽 귀로 입을 가져가서 속삭였다.

"아저씨가 돈키호테처럼 끄떡없이 일어나실 줄 알았다고요! 전 아저씨가 돈키호테 같아요!"

"허허허!"

돈키호테 씨는 누렇게 늙어 가는 이를 드러내고도 어린애처럼 웃는 재주가 있었다. 아무리 연기를 잘하는 사람이라고 할지라도 도저히 흉내 낼 수 없는 웃음이었다. 그 정도의 삶을 살아 내지 않고서는 지을 수 없는 색깔의 웃음이었다.

돈키호테 씨가 나한테 귀엣말을 하였다.

"윤 군, 어떻게 알았나? 젊었을 때 내 별명이 돈키호테였다네. 한때 그렇게 살고 싶었지."

돈키호테 씨가 다시 허허허 웃은 다음 이번에는 오른쪽 귀에다 속삭였다.

"윤 군, 실은 조금 전에 내 애마인 로시난테랑 실컷 놀다 왔다네! 내장이 튀어나오고 얼굴을 알아볼 수 없을 정도로 으스러진 채 죽어 버린 녀석이 불쌍해서, 정성껏 씻어 준 다음 꽃단장을 해 줬지. 평생 나만 위해서 희생한 그 녀석을 보면서 슬퍼하고 있었지. 그 녀석 아니었으면 난 죽었다네. 내 앞으로 악마를 태운 탱크가 달려왔거든. 그런데 로시난테 녀석은 피하지 않고 정면으로 충돌한 거야. 대단하지? 나는 예쁜 들꽃 꺾어다가 머리에도 꽂고, 어깨며 등, 발에도 꽂아 줬다네. 꽃무덤을 만들어 주고 싶었다네. 그런데 죽은 줄 알았던 녀석이 벌떡 일어나는 거야. 멀쩡하게 살아난 거야! '저는 영원히 죽지 않습니다!' 하고 일어난 거야. 그래서 녀석이랑 신나게 놀았다네. 알락 꼬리 고양이도 만났지. 징검다리 저쪽에서 폴딱폴딱 뛰어와서 화관을 만들어 내 머리에다 씌워 주고는, 윤 군 자네랑 친구해 줘서 고맙다고 하더구먼. 근데 말야, 더 진짜 놀라운 것은, 강아지랑 햄스터랑 도마뱀이랑 송아지랑 알 수 없는 새랑 나비들이…… 윗동네, 아랫동네에 그 옆 동네 온갖 친구들처럼 무리지어서 꽃을 들고 왔다네! 내가 아프다고 병문안 온다면서? 아, 얼마나 기분 좋았는지 모르네. 얼마나 행복했는지……."

나는 그런 풍경들을 충분히 상상해 낼 수 있었다. 나도 돈키호테 씨처럼 웃으려고 아직까지 철들지 않은 이를 드러냈지만 이상하게도 웃음이 어색하기만 하였다.

찔레꽃 씨가 나를 보고 배고프지 않냐고 물었다. 내가 대답하기도 전에 돈키호테 씨가 같이 가서 밥을 먹으라고 눈짓하였다.

찔레꽃 씨는 병원 지하식당에 앉자마자 나를 유심히 보았다.

"이사 안 갈 거지?"

나는 물잔만 계속 비웠다. 그리고 갈비탕이 나오는 것을 보고 나서야 입을 열 수 있었다.

"다 알고 계셨지요?"

"그럼, 다 알고 있었지. 선생님한테 성추행을 당해서 힘들게 살아온 아이가 너라는 것."

"아니, 그게 아니고요."

나는 몰래 훔친 돈을 염두에 두고 한 말이었다. 그런데 찔레꽃 씨는 엉뚱하게도 인영이 이야기가 내 이야기였다는 것을 이미 알고 있었다고 받아쳤다.

"괜찮아. 넌 대단한 아이야. 어떻게 그걸 이겨 냈니?"

"찔레꽃 씨…… 전…… 전…… 진짜 엉터린데요. 겁쟁이에다……."

"아냐, 넌 겁쟁이가 아냐. 그러니까 살아 있는 거잖아? 나라면, 내가 그런 일을 당했다면 과연 잘 살 수 있었을까? 솔직히 자신 없어. 근데 넌 잘 살고 있잖아? 넌 대단한 거야!"

이번에는 내 입에서 말이 나오지 않았다. 아무리 말을 하려고 해도 불가능했다. 그래도 나는 멈추지 않고 입술을 움직였다. 찔레꽃 씨는 그걸 다 알아듣는 것 같았다.

"자, 이제 이 시간 이후로 고맙다는 말은 당분간 쓰지 말기로 하자. 그리고 너 월급 탔지? 맛있는 거 한번 쏴라. 대신 네 방에 커튼 달아 줄게. 다 완성됐어. 기대해도 돼. 미미가 디자인했는데…… 너도 맘에 들 거야. 첨엔 까만 우주를 생각했는데 너무 어두워서 바탕색을 파란색으로 바꿨어. 안방 커튼에는 온갖 새들이 파란 우주에 떠 있는 별 사이로 날아다니고 있고, 거실 창에다 달 커튼에는 무화과나무 한 그루가 사는 작은 별에 널 닮은 아이가 고양이랑 강아지랑 당나귀랑 송아지랑 뒹굴뒹굴 노는 것인데…… 헤헤헤, 기대해라. 그리고 우리 여행 가자. 우리 식구 다 같이. 그러고 보니 아직까지 가족 여행 한 번 가지 못했네. 난 아직 비행기 한 번도 안 타 봤어. 어때? 좋지?"

나 역시 아직까지 가족 여행을 가 본 적이 없었다. 엄마는 내가 어렸을 때부터 너무 아팠고, 아빠는 그런 엄마를 챙기는 것조차 버거워했다. 그래서 나는 부모님의 손을 잡고 놀이동산에 가서 어리광 한 번 맘껏 부려 보지 못했다. 어쩌면 우리는 가족이 되기도 전에 흩어져 버렸는지 모른다.

그런 생각을 하고 있었는데 인영이가 떠올랐다. 갑자기 왜 인영이가 떠올랐는지 그건 모르겠다. 어서 인영이를 만나고 싶었다. 인영이가 어디에 있든 상관없었다. 제주도에 있다고 해도, 미국이나 저 먼 우주의 어느 별에 있다고 해도 달려갈 것이다. 어서 인영이를 만나 나를 보여 주고 싶었다. 그리고 내가 살아가는 이야기를 들려줄 것이다. 그것만큼은 자신 있게 할 수 있을 것 같았다.

"찔레꽃 씨, 저 지금 일어날게요. 갑자기 만나야 할 친구가 있어서요. 찔레꽃 씨한테 말했던 그놈요. 인영이를 꼭 만날 거예요!"

찔레꽃 씨가 일어서는 나를 잡아서 다시 앉혔다.

"밥은 먹고 가야지. 근데 인영이가 너 아니었어? 진짜 인영이라는 친구가 있는 거야?"

나는 대답하지 않고 뛰쳐나갔다. 에스컬레이터를 타고 1층으로 올라가자 미미가 회전문 앞에서 손을 흔들었다.

미미는 누군가랑 통화를 하고 있었다.

"아, 그렇다니까요. 예예, 폐차하지 않을 겁니다. 아니, 우리가 폐차하지 않겠다는데…… 아빠가 곧 연락 드릴 겁니다."

미미는 급하게 전화를 끊고 다가왔다.

"사우야, 어디 가?"

"응, 누구 좀 만나러 가."

"누구?"

"무화과나무 한 그루가 있는 작은 별에 사는 외계인!"

나는 뒷걸음질 치듯이 걸었다. 마침 병원 앞으로 들어오는 마을버스를 핑계 삼았지만 실은 미미한테 내 뒷모습을 보여 주기 싫었다. 이제는 얼굴을 많이 보여 주고 싶었다. 생각해 보니 그동안 살아오면서 뒷모습만 드러내려고 했었다. 그런 내 뒷모습을 지켜보았을 숱한 눈길들이 떠올랐다. 부모님을 비롯하여 외할머니, 인영이, 인영이 부모님들, 고모, 고모부, 이모, 이모부, 사촌 동생들, 학교 선생님들, 그리고 나랑 같이 학교에 다녔던 숱한 아이들……
그들은 내 뒷모습을 보고 무슨 생각을 했을까.

작가의 말

작가는 자기만의 시간을 먹고 산다고 합니다. 이 글 역시 제가 오랫동안 소설을 쓰려고 간직했던 저만의 아픈 시간입니다.

제가 청년 시절에 세 들었던 집에는 어마어마하게 큰 무화과나무가 마당 한복판에서 살고 있었습니다. 서울에서 그렇게 큰 무화과나무를 만나기란 앞으로도 불가능할 것입니다. 최근에 기억을 되살려 가 보았더니, 그곳은 거대한 교회와 아파트촌으로 바뀌어 있었습니다. 그 시절 제가 조금이라도 여유가 있었더라면 최소한 그 나무라도 살려 낼 수 있었을 텐데, 그 당산나무 같았던 생명체가 꿈에 나올 때마다 이상하게도 죄인 같아집니다.

그 집에는 일생을 씩씩하면서도 열심히 살아온 여자가 있었습니다. 배우지 못했고 그래서 한 생을 가장 낮은 곳에서 살아온 그녀였지만 묘하게도 상대방이 함부로 대하지 못하게 하는 기품이 있었습니다. 그걸 당당함이라고 표현하면 어떨까요? 나는 그녀의 따뜻한 웃음과 어떤 곳에서도 당당하게 뒤를 내보일 수 있는 그녀의 태도를 배우려고 애썼습니다. 더구나 그녀는 한글조차 알지 못했습니다. 그녀의 달력에는 그녀가 창조해 낸 수많은 언어들이 표기되어 있었고, 그녀는 자신의 언어만으로도 이 세상을 살아가는 데 아무런 부족함이 없었습니다. 그녀는 자기보다 높은 곳을 열망하지도 않았고, 그저 묵묵히 노동하여 얻어 낸 대가만큼만 받아들이면서 한 걸음 한 걸은 당신에게 할당된 시간을 살아왔습니다. 저는 처음으로 그런 사람이 인정받는 사회가 가장 훌륭한 것이라고 생각했습니다. 불행하게도 이 세상은 가장 성실하게 살아온 그녀의 시간을 인정하지 않았습니다. 재판을 받고 올 때마다 그녀는 분노했으며, 그렇게 법이라는 거대한 권력과 싸울수록 꽃처럼 얼굴이 피어났습니다. 그리고 행복하다고 했습니다. 이제야 살아 있음을 느끼고, 살아 있다는 것은 늘 꿈틀대는 것이라고 말했습니다. 그리고 그 거대한 무화과나무를 안고 이렇게 바둥거린다는 것이 얼마나 큰 용기를 필요로 하고, 그래서 몸은 아파 가지만 살아 있기 때문에 아픈 것이라고 말했습니다. 결국 그녀는 법정에서 몇 번이나 쓰러졌고, 그렇게 그녀의 시간은 스러져 갔습니다. 저는 절망감이 밀려올 때마다 그 무화과나무를 보면서 위로받았고, 그녀의 시간을 기억하려고 애를 썼습니다.

세월이 흘러 작가가 된 뒤로, 그 이야기를 가장 먼저 복원하려고 했습니다. 그러다가 간신히 복원해 낸 것이 〈무화과나무집의 산

문〉이라는 단편소설이었습니다. 저는 20여 년 전에 소설을 발표했지만 이는 그 시간을 잊지 않으려는 스케치에 불과했고, 이제야 제 나름대로 상상해 낸 세상에다 그녀라는 생명체를 복원해 낸 셈입니다. 현실에서는 그녀가 환갑도 안 된 나이에 생을 마감하지만, 제 소설 속에서는 영원한 생명을 얻었을 것입니다.

이 소설에 나오는 주연배우 격인 청소년은 어려서 학교 선생님으로부터 성추행을 당해 갑자기 어린 시절을 잃어버린 아이지만, 그 모습 또한 사춘기 때의 제 모습이랍니다. 제가 성추행을 당했다는 뜻은 아닙니다. 하지만 저 역시 이 소설에 나오는 주인공처럼, 그렇게 외계인처럼 살아갔습니다. 제 스스로 외계인이라고 생각했던 적도 있답니다. 그런 저의 과거와 또한 지금도 그 주인공하고 비슷한 아픔에 시달리는 숱한 아이들과 그리고 한 세상을 아름답게 살다 가신 그녀의 시간이 봄볕처럼 따뜻하게 모아질 수 있었던 것은, 결국 그 나무 덕분입니다.

살아가면서 자신의 살점을 늘 누군가에게 주기만 했던 그 무화과나무에게 이 글을 바칩니다.

새로운 생이 시작되는
2018년 어느 날
이상권

서울 사는 외계인들

초판 1쇄 발행일 | 2018년 3월 22일
초판 8쇄 발행일 | 2022년 6월 28일

지은이 | 이상권
펴낸이 | 정은영

펴낸곳 | (주)자음과모음
출판등록 | 2001년 11월 28일 제2001-000259호
주 소 | 10881 경기도 파주시 회동길 325-20
전 화 | 편집부 (02)324-2347, 경영지원부 (02)325-6047
팩 스 | 편집부 (02)324-2348, 경영지원부 (02)2648-1311
이메일 | jamoteen@jamobook.com

ISBN 978-89-544-3828-5 (43810)

이 도서의 국립중앙도서관 출판예정도서목록(CIP)은 서지정보유통지원시스템 홈페이지(http://seoji.nl.go.kr)와 국가자료공동목록시스템(http://www.nl.go.kr/kolisnet)에서 이용하실 수 있습니다.(CIP제어번호: CIP2018001837)